LA TENTATION D'EDOUARD

DU MÊME AUTEUR

Fissures, L'Harmattan, 1996
Petite révision du ciel, Ramsay 1999, J'ai lu 2002
Blanche cassé, Ramsay 2000
La Tournante, Ramsay 2001
L'Unité de la connaissance, Bernard Gilson 2002
Les Jupiters chauds, Belfond 2002

ELISA BRUNE

LA TENTATION D'EDOUARD

Roman

belfond
12, avenue d'Italie
75013 Paris

Si vous souhaitez recevoir notre catalogue
et être tenu au courant de nos publications,
envoyez vos nom et adresse, en citant ce livre,
aux Éditions Belfond,
12, avenue d'Italie, 75013 Paris.
Et, pour le Canada,
à Vivendi Universal Publishing Services,
1050, bd René-Lévesque-Est,
Bureau 100,
Montréal, Québec, H2L 2L6.

ISBN 2-7144-4039-8
© Éditions Belfond 2003.

I

Paris, le 9 février

Madame,

Je suis tombé amoureux de vous.

C'est arrivé le mois dernier, en visitant cette exposition de vos photos à la galerie Équivalence.

Le regard que vous portez sur les hommes, bon Dieu, quelle révélation ! Je frissonnais rien qu'à l'idée de pouvoir y être soumis. J'y aspirais, j'en mourais d'envie. Qu'une femme me regarde ainsi et je deviendrais le demi-dieu qui hésite en moi. C'est la réaction épidermique très vive qu'a suscitée votre travail. Une envie éperdue de vous offrir mon corps, de le soumettre à votre bénédiction photographique.

Mais les réactions épidermiques se succèdent, et souvent l'une chasse l'autre. Je ne m'inquiétais pas outre mesure. Il suffirait sans doute de laisser s'essouffler l'excitation enfantine dont je suis encore capable. Cependant, je n'ai pas cessé de penser à vous, même après plusieurs vagues d'émotions diverses. J'entendais toujours une petite voix tenace en mes tréfonds qui susurrait : « Il y a une femme, pas loin d'ici, qui détient un secret. Celui dont tu as besoin à cet instant précis. Une femme qui manie le désir plutôt que de lui obéir, en virtuose. » Et le projet lancinant de vous approcher s'emballait au lieu de s'éteindre.

Voilà pourquoi je capitule. Je m'engage dans la voie qui se creuse sous mes pas. J'arrive. Je viens vers vous.

Je sais que j'ai beaucoup à apprendre sur les subtilités du désir. Mais moi, que puis-je vous apporter ? La sensibilité à ce sujet, qui n'est pas si répandue chez les hommes, j'imagine. Mon corps, s'il vous agrée, comme modèle et source d'inspiration, pour autant que votre tempérament d'artiste le trouve à son goût. Mon insatiable curiosité des choses de l'amour, qui devrait nous garantir à tout le moins quelques années de conversations nourries.

Vous voulez peut-être en savoir plus sur ma personne ? Âge, mensurations, profession... Avant de me décrire, je vais vous demander de choisir vous-même les renseignements qui vous intéressent. Je ne vous donnerai que ceux-là. Ainsi serai-je sûr de me découvrir dans l'ordre de vos priorités. De mon côté, ne croyez pas que je profite d'un grand avantage. Je ne vous connais que par cette seule exposition. Je ne vous ai jamais vue, ne sais pas où vous habitez, et suis obligé de me rabattre sur l'adresse de la galerie pour vous contacter. Vous voyez, nous partons presque à égalité, et il ne tient qu'à vous de réclamer l'information qui nous remettra à niveau.

Pourquoi ? me direz-vous. Mais pour le plaisir, bien sûr. Songez au nombre de désagréments que nous subissons chaque jour en baissant la tête, et nous n'esquissons jamais un geste pour être heureux. Je veux dire, il y a tant d'initiatives à prendre dans le sens du plaisir, si l'on veut bien se souvenir qu'il est tout simple de poser un acte. Nous supportons les factures et nous n'écrivons jamais aux gens qui nous plaisent. C'est trop dommage, c'est trop petit, c'est trop servile. Il est temps de relever la tête et de gouverner soi-même sa bonne fortune, à défaut du reste.

Je parle haut, mais j'ai longtemps hésité avant de vous écrire. Un échec reviendrait peut-être à attirer l'adversité là où elle ne rôdait pas encore. À fermer une porte qui n'existait pas jusqu'au moment de la décrire. Et c'est ainsi qu'on finit dans un couloir.

Mais, qui dit que vous n'allez pas l'ouvrir, cette porte, et installer une histoire vraie sur le lieu d'une simple possibilité ? L'argument est à double tranchant. Je le laisse entre vos mains.

Encore un mot : si j'ai tant aimé vos photos, c'est qu'on y sent beaucoup plus qu'un amour de l'homme. C'est une enquête. Une découverte, au sens des grands explorateurs. Une fascination qui cherche ses limites et se nourrit d'elle-même. Un jeu de miroirs. Un doute sur l'univers entier, à travers la peau des hommes. C'est un travail où l'érotisme rejoint la philosophie, sans se soucier de la consoler, sinon par hasard. Un sourire qui rassure. Un geste qui comprend. Ce sont des choses qui arrivent.

Vous me direz ce que vous voudrez, ou vous ne me direz rien ; mais je serai heureux d'avoir agi, car c'est la seule consolation qui nous reste, après l'impasse de réfléchir.

Aller là où les autres sont, et danser avec eux.

Bien à vous,
Edouard

Paris, le 22 février

Madame,

Vous faites la sourde oreille. C'est votre droit.
Pourquoi vous fieriez-vous à un parfait inconnu ?
Je réalise à quel point écrire une lettre est un acte de confiance. Si vous me connaissiez, vous auriez tous vos apaisements, mais dans l'attente rien ne vous garantit que je ne suis ni un obsédé, ni un psychopathe, ni un emmerdeur, ni un don juan, ni un imposteur, ni un paparazzi, ni un vampire, que sais-je encore — les possibilités de mauvaises rencontres sont sans limites.

Peut-être dois-je me découvrir davantage pour vous convaincre de vous montrer à votre tour ? Rédiger un curriculum vitæ ? Envoyer une photo ? Écrire une dissertation ? Répondre au questionnaire de Proust ? Dessiner un arbre ? Subir une analyse graphologique ?

Les techniques d'investigation de la personnalité sont nombreuses mais, si vous le permettez, je préfère encore la lettre. Vous ne pourrez pas y mettre une note en chiffres, mais votre idée n'en sera pas moins précise si je prends la peine de m'expliquer.

Il est vrai que, dans un premier temps, enthousiasmé par l'évidence lumineuse de son projet, on a tendance à croire qu'autrui va se pâmer et applaudir. Il faut se méfier de cette joyeuse présomption, qui oublie la lente maturation nécessaire dans les régions obscures du cerveau. Chez moi aussi, le brouillard d'envie a longtemps tournoyé dans les limbes avant de se cristalliser en un projet net. Une idée doit toujours faire son chemin. Or j'imagine que vous pourriez déjà vous trouver à mes côtés, piaffant d'impatience et prête à m'emmener là où je vais.

Pardonnez ma brutalité.

Vous avez raison de me ramener à plus de mesure Je ne suis pas pressé. Je veux soigner cet itinéraire avec vous et m'éloigner au possible des butors qui, dans leur précipitation, piétinent les délicates friandises semées sur la route. Nous les chercherons plutôt ensemble, voulez-vous ? comme les œufs cachés à Pâques dans les jardins.

La fougue de mon tempérament l'emporte parfois sur les raffinements de la progression méthodique, mais c'est pour le plaisir d'entendre rugir le moteur avant de revenir au plus charmant badinage. Quoi que suggèrent mes audaces de langage, vous ne me verrez jamais brûler les étapes.

Le week-end dernier, je travaillais au jardin (ah ? voici un premier indice sur ma vie privée, vous devriez tenir un petit carnet pour les consigner au fur et à mesure), je jardinais, donc, en méditant sur votre silence, et les enfants du quartier sont venus me demander de redresser la jante d'un vélo tordue par une chute. Plutôt que de procéder à la réparation, j'ai proposé au plus grand de s'en occuper lui-même en suivant mes conseils. Il y est arrivé sans problème, et les mômes sont repartis, heureux d'avoir maîtrisé la situation, un brin plus adultes et confiants que le matin même. C'est peut-être ce genre d'exercice que votre silence m'impose. Puiser, découvrir, voire créer au fond de moi ce sentiment que votre sollicitude se refuse à jeter aux quatre vents sans économie ni discernement.

Ce serait trop facile d'être pris par la main, à peine s'est-on jeté dans le noir.

Il faut que je persévère, que je travaille, que je donne corps à mon idée par trop fantasque des premiers moments. Vous avez le droit d'attendre en vous croisant les bras.

Argumentons.

Il y a cette impulsion première qui est de dire : vous m'avez séduit. Elle est banale à pleurer, j'en conviens. Si ce n'est, il faut le souligner, que je me déclare sans même vous avoir rencontrée. Je viens vers vous à la lumière d'une seule de vos manifestations (ce qui nous laisse d'autant plus de latitude pour la suite). J'aurais très bien pu craquer pour une cantatrice à cause de sa voix, pour une actrice au jeu admirable, ou pour une artiste peintre en regardant ses toiles, mais rien de tout cela n'est jamais arrivé. J'ai pour habitude de connaître les femmes dont je tombe amoureux. Cette fois, non. Je suis préfoudroyé. C'est une expérience perturbante, je vous assure.

À cause de ces photos, donc. Voyez-vous celle que vous avez prise d'un homme se soulageant contre un arbre ? Seulement les jambes, la main, la verge et l'arbre. C'est une photo qui n'a rien d'érotique. Elle l'est pourtant beaucoup plus qu'une autre. Non pas dans son objet, mais dans votre regard. Le fait que vous saisissiez l'homme à cet instant précis qui ne doit rien à l'amour et qui vous y fait penser quand même. Vous transformez un geste quelconque en un jalon éclatant sur le chemin du plaisir. Vous plongez dans un nuage de désir l'objet « homme » tout entier, et pas seulement l'occasionnel homme bandant. De même qu'on peut lire entre les lignes, vous voyez l'homme entre les coups, l'homme en puissance au-delà de l'homme puissant. C'est cette sensibilité hors norme qui me donne envie de pleurer. Des larmes de joie, bien sûr, d'émotion, de reconnaissance.

Si je maîtrisais un art quelconque, je tâcherais peut-être de vous rendre la pareille, de vous asséner une démonstration irréfutable, et le tour serait joué. Mais le talent n'est pas donné à tout le monde. Faut-il s'en désoler ? Je ne crois pas. Certains sont nés pour l'art, et bercent le regard de ceux qui sont nés pour autre chose, voilà tout. J'ai toujours été très sensible aux œuvres sans prétendre m'y essayer, mais je fais très bien la cuisine, vous verrez (si vous voulez), et je n'ai pas mon pareil pour dénicher les fraises des bois, consoler les dépressifs ou lire une carte des transports publics (et vous noterez quatre indices d'un coup dans votre petit carnet). Ne venez pas dire que cela ne se compare pas, il y a autant à voir dans un bus à cinq heures que dans toute la chapelle Sixtine, ce n'est pas à une photographe que je vais seriner ce genre de leçons.

Mais je m'égare. Je suis séduit, disais-je, ce qui est à la portée du premier plouc venu, mais encore je vous propose un marché que peu d'hommes envisagent. Nous allons prendre, si vous le voulez bien, l'amour non comme un moyen plus ou moins recommandable (en vue d'atteindre la stabilité affective, l'assouvissement sexuel et le renouvellement des familles) mais comme une fin en soi, un aboutissement, une authentique œuvre d'art (et ainsi je serai quand même un artiste).

Nous essaierons les cordes qui n'ont encore jamais vibré, nous mélangerons les contraires, nous irons jusqu'aux secrets d'alchimiste, nous mettrons tout notre soin à parfaire la composition, là où des générations se sont contentées de solutions approximatives. Elles avaient sans doute d'autres chats à fouetter, mais heureusement cette époque se termine. Croyez-moi, les jours de l'amour menu sont comptés. J'ai des projets d'éternité.

Mais je ne partirai pas sans vous.

Votre dévoué,
Edouard

Paris, le 6 mars

Madame,

Décidément, je ne vous ai pas encore convaincue.
Me mettez-vous à l'épreuve, ou bien aux oubliettes ? Je souffre de ne rien savoir. Et si vous ne lisiez même pas mes lettres... Ah ! dans quoi me suis-je lancé ?
Une entreprise que l'on amorce prend du corps et du poids, elle crée sa propre étoffe.
En me renvoyant au silence, vous me faites douter à la fois du monde, de mon action sur le monde, et même de ma raison.
Je sais qu'il ne faut pas dramatiser, ce n'était qu'une bouteille à la mer, mais, tout de même, vous êtes quelqu'un pour moi.
On peut oublier un projet trop ambitieux, mais comment oublier quelqu'un à qui l'on s'est déjà donné ?
Je pense à vous en me disant que j'existe un peu pour vous peut-être — ce n'est même pas sûr. À quel exercice vous m'obligez (pardonnez-moi, le seul fautif bien sûr c'est moi), en poursuivant cette histoire sans savoir si je suis lu, reçu, écouté...
Ça ressemble à la vie, au fond. Nous espérons tous que là-haut quelqu'un nous regarde, nous écoute et nous comprend, mais quand va-t-il se montrer ? Nos vies se déroulent comme des lettres à l'éternité, misant sur la promesse, fabriquée de toutes pièces, de se voir un jour reconnues et récompensées.
Je m'estime quand même en bien meilleure position, car si vous ne m'avez assuré de rien, au moins je suis sûr que vous existez. Il n'est donc pas absurde de vouloir vous écrire en espérant vous toucher. Si seulement vous me lisez.

Pourquoi ne le feriez-vous pas ? Je retourne cette question dans ma tête. Parce que vous êtes à l'étranger ? C'est peu probable. Parce que vous êtes mariée ? Curiosité n'est pas péché. Et puis, si je vous importunais, vous auriez renvoyé mes lettres plutôt que de vous exposer à en recevoir d'autres. Et si la galerie assurait mal la transmission ? Ce n'est pas cela non plus, j'ai posé la question. Je ne peux supposer que vous jetiez tout simplement mes enveloppes sans les ouvrir, c'est la pire et la plus noire des possibilités. Vouloir être aveugle, cela ne peut venir de vous.

Ainsi je me convaincs de poursuivre mon chemin dans le désert, en pariant qu'il n'a du désert que l'apparent silence. Un jour viendra, peut-être, où je ferai surgir votre voix au moment où je m'y attends le moins, en marchant sur tel caillou plutôt qu'un autre. Qui sait où est cachée la clé ? Peut-être même pas vous. Et vous serez la première surprise de vous entendre répondre à tel couplet que j'aurai chanté au hasard.

Mais laissons là mes inquiétudes et mes fantasmes. Ils ne sont guère opportuns puisque vous n'êtes pas de celles que l'on appâte avec quelques harangues.

Vous souvenez-vous de cette façon d'engager un jeu, sous les préaux d'école, lorsqu'on circulait dans la cour en sautillant et en chantant « Qui veux jouer avec moi ? » jusqu'à ce que quelqu'un se décide à emboîter le pas ? Aucun effet sur vous, cette technique. Vous attendez une proposition plus personnalisée. Mais précisément, c'est à vous et à vous seule que je m'adresse. Bien sûr vous avez le droit d'en douter. Je vous connais si peu.

Comment puis-je soutenir que je suis amoureux de vous sur la foi de quelques photos ? Vous pensez que c'est absurde. Ou puéril. Ou inquiétant. Vous ne me prenez pas au sérieux. Laissez-moi vous dire que la seule façon d'en avoir le cœur net serait de nous rencontrer pour disséquer la chose, mais, puisque vous faites l'impasse sur ce procédé vulgaire, je peux vous bercer encore longtemps de mon babillage affectueux, aussi longtemps qu'il vous plaira.

C'est d'un germe d'amour qu'il s'agit, bien sûr, d'une ébauche ; je ne vous parle pas d'une passion faite. Mais je vous la propose en point de mire, poussé par cette envie forte et belle qui me saisit quand je pense à vous. Ce n'est pas non plus l'emballement épidermique d'un jeune mâle trop fougueux (bien que je ne sois pas vieux non plus — avez-vous toujours votre petit carnet pour noter les indices ?), celle-là n'aurait pas survécu, faute de nourriture. Non, c'est la prémonition d'un accord profond qui prend naissance par votre style — votre style si totalement présent dans vos photos, pouvez-vous le nier ?

Nous avons tous deux yeux et nous ne voyons pas la même chose. J'aime ce que vous voyez. Ce que vous extrayez délicatement du monde comme des moments de grâce au milieu des décombres. Je pressens qui vous êtes. Une femme rêveuse et sensuelle, trop souvent chahutée par la façon monolithique des hommes. Le message est dans vos images : voyez comme on peut se désirer autrement. Subtilement. Infiniment. Voyez tout ce qui passe à notre portée et que nous ne faisons pas l'effort d'imaginer.

Encore ne faut-il pas considérer que je fantasme sur vos fantasmes, tel un simple complice en érotisme, un banal amant. Ce serait évidemment une excellente entrée en matière (pardonnez-moi l'expression), mais je ne peux pas croire que la rencontre se limiterait à cela, qui est pourtant sans limites. Une histoire charnelle peut chatoyer de mille couleurs, mais une histoire de désir, quand ce désir a mûri dans la tête, n'est-ce pas une symphonie d'un niveau supérieur ?

Je pense que le désir est une fonction physique ou intellectuelle, indifféremment, alternativement, sans lien évident. On peut jouir sans aimer, comme on peut fondre d'amour par lettres interposées (me ferez-vous cet honneur ? J'en rêve). Entre ces deux extrêmes, les couples jouent sur l'un et l'autre tableau pour animer les débats. Mais un désir qui naît et qui grandit hors de portée de la chair me semble avoir toutes les raisons de se croire magnifié (et donc magnifique ?).

Si je vous voyais, ce désir se répandrait très rapidement en désir sensuel, comme une eau qui déborde, mais dans l'attente, son existence vous prouve justement l'absence de toute lubricité. Nul signal provenant de votre corps n'a excité mes yeux, mes doigts ou mes papilles. Rien de primaire ne me pousse (encore). Je viens vers vous par d'autres trajectoires, plus cérébrales, plus indirectes, plus soigneusement réfléchies.

Je vous désire pour ce que je sais de vous, qui paraît peu mais en dit long, si on veut bien quitter les évidences. Je vous désire pour l'infinie richesse de votre regard — à quoi j'aimerais coupler bientôt vos rires et vos caresses, plutôt que de procéder dans l'ordre inverse, simple vision des priorités.

De mon côté, j'espère, en écrivant, vous donner à voir ce que je vois en vous, et qui est aussi une façon de me dévoiler. Regardez chaque lettre comme une photo que je prends de vous, et vous m'apercevrez en filigrane. Attendez de bien voir s'il le faut, mais de grâce arrêtez-moi si j'ai déjà perdu toutes mes chances.

Votre dévoué,
Edouard

Paris, le 20 mars

Madame,

J'essaie d'apprivoiser votre silence. De l'imaginer bienveillant.

Par moments, j'ai l'impression de mimer ces bébés chimpanzés qui, en lieu et place de leur mère, s'attachent à un mannequin tendu par des zoologistes sans pitié. Ou bien ces insectes qui se laissent tromper par les subterfuges d'une fleur et qui épuisent sur elle leurs élans amoureux. Au moins, s'ils échouent à féconder leur femelle, servent-ils à féconder la fleur. Croyez-vous que mes efforts puissent se montrer d'aucune utilité ? Si je ne vous séduis pas, puis-je au moins espérer vous amuser, vous intriguer, vous émouvoir, vous donner des idées ? La plus petite victoire serait réconfortante. Mais ce silence inquiétant...

Non, non, j'exècre les Cassandre. C'est m'offenser moi-même que de courir à leur suite. Halte-là !

Vous êtes curieuse, mais vous n'osez pas entrer en piste. Vous me laissez avancer pour m'examiner à loisir. Plus je me répandrai sur le papier, plus j'approcherai du moment où vos dernières réticences s'évanouiront. Il n'y a aucun doute là-dessus, n'est-ce pas ?

Poursuivons donc cette entreprise, et, puisque vous ne daignez pas m'indiquer les éléments d'information qu'il vous plairait de découvrir, je vous ferai part spontanément de ceux qui me semblent saillants (le mot est peut-être osé) pour la suite de nos relations.

Je suis séduisant. Si, si, je vous assure, vous gagneriez à me connaître. Ce n'est pas moi qui le dis. Les femmes sont unanimes (celles que j'ai connues d'assez près), j'ai un petit quelque chose qui les ravit. Je vous dis ça pour créer d'emblée un climat de confiance, à la manière naïve des publicités de la première heure, mais il va de soi que je peux difficilement argumenter plus avant sans abuser de prétention, d'ailleurs, je serais bien en peine de dire ce qu'elles me trouvaient, celles qui m'ont trouvé — n'aime-t-on pas toujours pour des raisons obscures ?

Aussi, je voulais seulement vous assurer que je ne suis pas un vieux garçon aigri et rabougri qui bêle d'avoir enfin trouvé son égérie. Vous n'avez rien à craindre de mon inexpérience. Vous n'avez rien à craindre non plus de ma frivolité. Ai-je passé l'âge ou ai-je passé mon tour, je ne suis guère friand de ces petites passades à trois francs six sous qui se confondent dans la mémoire encore plus vite que des souvenirs de restaurant. Non, une femme est plus qu'une assiette, plus qu'un livre, plus qu'une ville. Il faut la célébrer longuement.

Mais restons-en là pour mes dispositions galantes. J'ai d'autres centres d'intérêt, oui, à vrai dire beaucoup, mais je vous épargnerai des énumérations de sports et de hobbies comme il en suinte dans les annonces matrimoniales. Vous savez bien, je l'espère, que je ne suis pas en campagne pour trouver l'être quelconque qui meublera mon existence. Je suis en éveil à cause de vous, uniquement vous, à cause de tout ce que vous avez bouleversé dans les profondeurs houleuses et mal connues de moi-même. Sachez à tout le moins que je ne suis ni colombophile, ni collectionneur, ni parachutiste, ni internaute, ni footballeur, ni envieux, ni gros, pour ne citer que quelques tares banales. En revanche, je fréquente fidèlement la totalité des beaux-arts, dont pas un n'échoue à me surprendre et à me fasciner.

Mon métier ? Scrutateur de l'âme. À l'université. Je tâche de mettre en fonctionnement des contingents de matière grise que les plus sinistres de mes collègues ont déjà copieusement endommagée. Quelle pitié de voir toute cette jeunesse ânonner des clichés ! Je travaille de mon mieux à leur mettre des bâtons dans les roues, à empêcher qu'ils s'ankylosent définitivement, c'est bien le moins que la psychologie puisse pour eux. Mais s'ils ne s'attellent pas à faire des « cérébraux » aussi farouchement qu'on fait des abdominaux en vue de l'été, je n'aurai servi qu'à leur fournir une référence pour le mot « excentrique », voire un mot plus dur encore. C'est un risque à courir.

Donc, je m'empoigne avec eux pour les obliger à exister, et parfois ils me le rendent bien, c'est ce qui me permet de continuer.

Ce que vous remuez dans vos œuvres est évidemment beaucoup moins brut, moins formulé, moins lourd que ces discours primaires. Vous évoluez dans les couches supérieures de la sensibilité, alors que j'essaie de jeter les bases d'une approche de l'humain. Mais, je vous l'ai dit, je ne suis pas envieux. Mes facultés sont telles, et je les exploite comme telles.

Je voudrais revenir un moment sur cette photo dont je vous ai déjà parlé, l'homme et l'arbre. Sur le trouble qu'elle a provoqué en moi. Ma curiosité. Mon envie de vivre la scène pour la comprendre vraiment. Étiez-vous amoureuse de cet homme ? Était-ce votre amant ? Depuis quand ? Qui de vous deux était le plus épris de l'autre ? Et de la situation ? Lui avez-vous donné des directives ? Êtes-vous venue le remercier de la main ? De la bouche ? Qu'avez-vous fait après ? Avez-vous développé les photos avec lui ? En avez-vous discuté ?

Peut-être était-ce lui qui vous avait soufflé l'idée ? Ou bien vous le photographiez souvent ?

Cette seule image peut constituer le pivot de nombreuses histoires différentes, mais toutes ont en commun votre magnifique et légère convoitise. Une femme que le physique de l'homme met dans un appétit merveilleux, ni mièvre ni féroce, un appétit félin.

Vous voyez que je ne suis pas près de vous laisser mourir dans mon imaginaire. Même sans le moindre élément neuf, votre domaine en moi continue à s'étendre.

N'est-ce pas ce qu'on pourrait appeler un sortilège ?

Votre languissant,
Edouard

Paris, le 10 avril

Madame,

Je suppose que vous ne m'en voulez pas de vous relancer de la sorte. Sans quoi, il ne tiendrait qu'à vous de m'imposer le silence. Je n'aurais pas l'indélicatesse de poursuivre cette « conversation » contre votre avis, soyez-en sûre. Je me dis, encore et toujours, qu'un jour je vais écrire la phrase imprévisible — brûlante, comique ou peut-être anodine — qui vous fera tressaillir et parler. Le tout est simplement d'écrire assez longtemps...
Puisque vous ne vous découvrez pas, j'ai mené ma petite enquête — uniquement dans le domaine public, rassurez-vous — et j'ai trouvé en librairie un livret dont vous avez réalisé toutes les photographies. Mon Dieu comme vous m'avez touché, encore plus que je ne l'espérais. Pas d'histoire inutile, de mise en scène pompeuse, de scénario alambiqué, non, de simples instantanés du quotidien, mais avec cette lumière, ce relief nu, cette évidence qui devient mystérieuse, ce flottement bizarre propre à l'inaperçu — inaperçu parce que trop présent. À voir toutes ces images que vous pêchez dans la vie telle qu'elle est, on se prend à la trouver magnifique. Incroyablement émouvante. Je ne sais comment exprimer ce ton juste que vous pouvez tirer d'un clavier dont aucune note n'avait semblé convenir, avant votre passage. Vous allez dire que j'essaie de vous flatter. Loin de là. Pourquoi irais-je surclasser un travail en vue de séduire quelqu'un que je ne connais pas ? C'est au contraire votre travail qui m'a séduit, je devrais dire saisi, et qui m'oblige à vous

séduire en retour (à mes risques et périls, car après tout vous êtes peut-être insupportable).

Comment vous dire le charme de cette conjonction entre des images volées dans l'urgence et leur assemblage conçu avec le plus grand soin ? C'est le principe de la cuisine aigre-douce. Les extrêmes se renforcent au lieu de s'annuler. La magie opère avant qu'on se l'explique. Il est trop tard pour poser des questions quand on s'est engagé de quelques pas sur le chemin que vous tracez à peine. Où qu'il aille, on veut y aller aussi. Et on vous suit de photo en photo, sans ordre et sans logique, dans l'émerveillement de celui qui reçoit, pour une fois, un spectacle vraiment neuf.

Un vent frais. C'est ce qu'a déclenché votre petit livre dépouillé dans mes couloirs trop grands et d'entretien coûteux.

Plus encore qu'avant, j'ai envie de vous connaître. D'approcher l'être humain que je devine derrière les arabesques. De remonter à la source. De m'entretenir avec l'artiste qui marie si intensément le quotidien et l'étrange. Vous me faites penser à ce moine tibétain qui mettait des pieds à ses chaussures, et non l'inverse.

Ah ! quand viendrez-vous me rejoindre sur le petit ponton de l'écriture, que nous soyons deux à contempler l'océan ? Je me sentirais moins gratuit dans mon agitation exotique...

J'ai vu ce week-end un film qui vous aurait beaucoup plu. C'était *Paris*, de Raymond Depardon. Un film diffus et poétique sur les femmes qu'on rencontre dans les gares, en particulier à la gare Saint-Lazare. L'idée de l'auteur est de choisir une femme dans la rue pour réaliser un film qui racontera sa vie, la vie de cette femme-là, même s'il ne la connaît pas encore. Alors il se poste à la gare Saint-Lazare pour accumuler les rencontres, et le film devient l'histoire de cette recherche. Une trame toute simple, et combien plus riche qu'un scénario en bonne et due forme. D'abord, il regarde passer la foule, s'habitue à ses remous, apprend à isoler les visages. À la sortie du métro, il y a cette scène étonnante des gens qui apparaissent les uns après les autres derrière les battants des portillons automatiques. On dirait un jeu où chacun se présente en deux ou trois secondes, le temps d'être retenu ou éliminé. Vous voyez bien le procédé ? Les portes s'ouvrent, un visage, les portes se ferment et se rouvrent, un autre visage, les portes se ferment et se rouvrent, un autre visage... Et, dans cette série interminable, vous voulez arrêter quelqu'un, le sortir de la foule et le faire parler. Par votre intervention, transformer un visage en personne. « Je cherche une femme pour tourner un film. » C'est à peine une parodie. Chacun cherche une femme pour tourner un film. Les candidates s'asseyent, boivent un café et racontent ce qu'elles veulent. On tourne un bout d'essai. Quelques minutes à peine.

Tout est fascinant dans ce film, mais surtout : la fatalité physique (on n'arrête pas quelqu'un, on arrête un corps qui marche, on se fie à des signes arbitraires — oui, mais il n'y en a pas d'autres), la ressemblance (elles disent toutes leur âge, où elles habitent, leur métier, leur copain, leurs parents) et la dissemblance (le style personnel fait de chacune un nouveau monde, quelqu'un avec qui l'on pourrait vivre ou ne pas vivre, et chaque fois cette vie serait absolument différente), et puis l'envoûtant plongeon sans fin que représente tout arrêt sur visage, comme chez vous tout arrêt sur image.

Et le fait de savoir que l'immense majorité de ces vertiges nous échappe à tout jamais.

J'en suis sorti le cœur tremblant sur ses assises.

Certain de me fourvoyer à enseigner une approche de l'humain basée sur la raison.

La raison n'est qu'un épiphénomène de l'esprit, très limité, très chancelant, une structure en fils, quand le réel est fait de chair pleine.

Je voudrais enseigner la psychologie de la même façon qu'on enseigne la pâtisserie, à titre de curiosité. Aimable distraction. Cerise sur le gâteau. Accessoire occasionnel.

L'art me paraît plus vrai, beaucoup plus près du drame de vivre.

Ce drame qui est aussi un miracle — et on ne sait même pas quelle vision choisir, alors comment vivre, bon sang ?

Pour ma part, j'essaie de tirer le miracle du côté où l'imagination jouit de quelque latitude. J'écoute les enfants, je cuisine, je dépense mon argent, je regarde les gens, j'éteins la radio, je danse avec le chat, j'écris à une femme admirable.

Mais l'imagination perd une énergie folle à lutter contre la facilité, l'inertie, les autoroutes de l'esprit et les plombs dans l'aile, alors qu'elle n'est pas taillée pour ce combat-là. Elle aurait dû décoller avant de s'empêtrer dans ces plans tout tracés. Parfois, je me dis que si je ne retrouve rien de l'artiste qui balbutiait en moi, c'est que l'éducation l'a tué. Toutes ces pensées bien rangées, ce désir de rigueur... quels freins ridicules, quand j'en vois d'autres voler si haut. Ce sont mes moments les plus tristes. Et puis je réagis en constatant que je ne suis même pas fichu de jouir de ce qui est à ma portée. Je me lamente sur les étoiles au lieu de m'entraîner à escalader les nuages. Et puis, qui dit ce qui vaut quoi ? Peut-on comparer deux infinis ? Votre monde avec le mien ? Ils se recouvrent bien assez. Se prêtent au moins à la correspondance. Ou est-ce que je me trompe ?

Votre fidèle,
Edouard

Paris, le 24 avril

Madame,

Je crains qu'aujourd'hui vous ne me trouviez découragé. Ma belle confiance commence à se désagréger. Je me suis peut-être monté la tête. Vous n'avez rien à me donner, pas plus qu'à me prendre. J'ai été sot.

De la plupart des actes que l'on pose dans la vie, on peut juger après coup s'ils ont été bien inspirés, bénins ou vraiment très ineptes. De celui-ci, je ne le saurai jamais. Non seulement parce qu'il me manque votre avis, mais parce qu'il me manque le mien aussi. Je ne sais que penser d'une représentation que j'ai donnée sans partenaire et sans public. C'est presque comme une gaffe d'enfant sage. Elle est si petite que personne ne la voit, on peut l'enjamber, considérer qu'elle n'a jamais existé. Ce qui paraissait si important, finalement, restera logé dans un unique casier de ma seule petite tête. Personne ne s'est retourné. Oublions.

Il restera un doute, pourtant, une hypothèse floue sur ce qui s'est passé de votre côté, si du moins quelque chose s'est passé. Car ce qui n'a fait aucune vague a-t-il vraiment existé ?

Cela prouve, presque à en faire peur, combien nous avons besoin de signes. S'il n'y a pas de signe, il n'y a rien ; nous ne pouvons compter que sur ce qui nous parvient. C'est une fatalité qui donne le tournis, pour peu qu'on pense à tout ce qui ne nous parviendra jamais.

J'étais hier dans un café où passait un morceau de musique dont certains accords me plaisaient. Et puis cette idée m'a frappé : il existe certainement dans le monde un morceau particulier qui me rendrait fou de joie, la musique exacte du bonheur pour moi. Elle est là, mais le hasard veut que je n'y accède jamais. Même chose pour tous ces livres parfaits qui disent exactement ce que je voudrais lire. Muets, ils sont muets, simplement parce que je ne les connais pas. Ils ne toucheront jamais ma vie, donc ils n'existent pas. « Être ou ne pas être » n'est pas du tout la question, mais bien : « Être à quel point ? » Toute chose existe non pas dans l'absolu mais à un certain degré, qui est fonction de ses rapports avec d'autres. Et mes lettres, si vous ne les avez pas ouvertes, n'existent pas du tout. Objectivement pas du tout. Scientifiquement pas du tout.

C'est une vision instrumentale. Chaque entité émet des signes qui sont perçus par d'autres, et il suffit de compter les points. Michael Jackson existe énormément. Le pape aussi.

On peut privilégier une autre approche, moins contemporaine, qui pose une existence absolue et une valeur intrinsèque. Robinson perdu sur son île (c'est-à-dire perdu pour les autres) existe bel et bien pour lui-même, ainsi que l'ermite retiré au cœur de la forêt, ainsi peut-être que l'homme plongé dans le coma. Il ne faut pas juger sur les signes. Ceux qui en dispensent le plus sont souvent les coquilles les plus vides (je me demande qui du pape ou de Michael Jackson mérite le plus ce commentaire). Cette vision plus rassurante suppose néanmoins une sorte de référentiel absolu, comme l'éther dans lequel baignaient tous les corps célestes avant le coup de boule d'Albert Einstein. Il nous faut un solide principe extérieur pour exister en tant que tels, sans l'aide du regard d'autrui. On a coutume de l'appeler Dieu, et, s'il existe, il aura sûrement noté dans ses carnets qu'en ce printemps je vous ai adressé plusieurs lettres qui sont restées sans suite. Je ne manquerai pas de vous le rappeler lors du Jugement dernier. S'il n'existe pas, en revanche, je perds toute mon assise et dois considérer que j'ai gaspillé mon temps à gesticuler dans le vide. Je n'ai rien écrit du tout, puisqu'il n'en résulte rien du tout. Les cailloux qui ne font aucun rond dans l'eau ne sont pas des cailloux. Ces choses curieuses mériteraient peut-être de méthodiques explorations, mais ce ne sont pas des cailloux. Des fantômes, peut-être, des fantasmes...

Admettons que j'ai eu un fantasme.

Votre découragé,
Edouard

II

Geneviève avait fini par prendre goût à ces missives louangeuses. Elle appréciait l'humour et l'imagination de l'olibrius qui s'était mis en tête de la séduire sans la connaître. Mais jamais au grand jamais elle ne voudrait le prendre au sérieux. Ce gars vivait un doux délire. Il n'était pas question de l'encourager.

Doux délire, elle aimait bien cette expression. On dit aussi doux dingue. Le mot « doux » est là pour indiquer que ce n'est pas grave, il ne faut pas s'inquiéter.

Ce n'était pas la première fois qu'elle se trouvait courtisée ouvertement par un « admirateur ». Une femme qui photographie les hommes, rien de tel pour éveiller des pulsions. Tantôt lubriques, tantôt pathologiques — et il valait mieux se garder des unes comme des autres. Mais, cette fois, le sujet avait l'air curieusement sain. Elle aimait bien son petit air de vous parler dans l'oreille, sans se rendre ridicule ni importun. Et elle aurait volontiers continué à récolter de ces protestations d'amour qui lui assuraient une sorte de thérapie gratuite fondée sur les messages positifs. Pourquoi les médecins n'avaient-ils jamais pensé à prescrire la cure épistolaire ? Une petite dose de phrases gratifiantes le matin avant de sortir, et la journée commence avec le sourire.

Mais des tribulations amoureuses, elle en avait connu son lot. Dix ans de vie sentimentale tumultueuse l'avaient laissée sur les genoux. Souffrir, jouir, attendre, exulter, s'inquiéter, espérer, maudire... toujours les mêmes ingrédients. Maintenant elle aspirait au calme, et ce calme était possible avec Jean-Luc. Elle vivait avec lui depuis deux ans. Malgré ses craintes initiales au sujet de la vie de couple, la cohabitation se déroulait pour le mieux. Geneviève attachait beaucoup de prix à cette stabilité qui lui permettait de travailler sérieusement — ainsi qu'elle aurait dû le faire depuis longtemps (mais quand le cœur bat la chamade, Dieu sait qu'il n'y a pas moyen de se concentrer). Elle avait accompli plus de progrès en deux ans que pendant toute sa vie antérieure.

Jean-Luc était de toute évidence l'homme qu'il lui fallait. Sérieux, tendre, attentionné, toujours prêt à l'encourager, pas mesquin pour un sou. Le pire des défauts chez un homme : la mesquinerie. Elle appréciait beaucoup de pouvoir compter sur lui. Rien ne l'épuisait davantage que l'idée de douter des sentiments ou des intentions d'autrui. Jean-Luc, heureusement, n'avait jamais joué au chat et à la souris avec elle, c'était un homme non sans mystère mais du moins sans calcul, et elle l'aimait surtout pour cela. Parfois même, il la faisait rire. Pas aussi souvent qu'elle l'eût souhaité, toutefois. Elle était fascinée par le rire, le pouvoir de se sentir joyeux, et le pouvoir d'entraînement des gens qui font rire. Il y a un ressort miraculeux dans le rire que Geneviève ne se lassait pas de mettre à l'épreuve, comme un enfant qui joue inlassablement au même jeu. Jean-Luc, à cet égard, n'était pas un champion, mais rien n'empêche de rire avec qui l'on veut, et Geneviève ne manquait pas de natures enjouées dans son entourage.

Parmi ses plus anciennes copines, Daphné tenait une place de choix. Une fille ronde, blonde et pétaradante. Inséparables depuis l'adolescence, Geneviève et Daphné plaçaient les fous rires au-dessus de tout autre signe d'intimité. Elles n'avaient de sœur ni l'une ni l'autre et s'étaient désignées pour ce rôle d'un commun accord, sauf qu'une politesse des sentiments les poussait à partager plus volontiers les joies que les peines et à accepter par principe les divergences de caractère. En somme, elles étaient comme sœurs, mais s'accordaient le respect que la promiscuité de l'enfance eût empêché à tout jamais. Habitant à un jet de pierre l'une de l'autre, elles se voyaient deux ou trois fois par semaine sans qu'il fût jamais nécessaire de prévenir. Chacune pouvait pointer le nez au moindre prétexte — achat, question ou anecdote — et s'installer comme chez elle — à moins qu'une présence masculine ne la persuadât de battre en retraite. Seul l'amour pouvait faire patienter l'amitié.

Daphné, bien sûr, fut la première informée lorsque la lettre de l'inconnu arriva. Elle ne put retenir un sifflement d'admiration. « Voilà quelqu'un que tu inspires, dis-moi ! » Elles discutèrent longtemps pour savoir s'il fallait répondre ou non, mais Geneviève avait déjà arrêté sa décision. Surtout ne pas entrer dans le jeu du séducteur. Daphné eut beau évoquer les joies d'un dialogue enivrant, ou la possibilité de tendre des pièges diaboliques, Geneviève se montra intraitable. C'était déjà bien assez de louvoyer entre les sous-entendus visqueux qui affluaient lors des vernissages et mondanités de la profession. Si en plus il fallait s'occuper des candidatures spontanées, elle n'en sortirait jamais !

Geneviève plaisait beaucoup aux hommes. En plus d'avoir les traits fins et réguliers, la silhouette élancée, les cheveux denses et brillants, elle dispensait cette sorte de lumière qui laisse supposer la jouissance d'un grand secret, le secret du bonheur peut-être, et qui donne immanquablement envie de s'approcher pour en grappiller les miettes. Tout le monde veut vivre dans le sillage des gens heureux, même s'ils sont les premiers à ne pas comprendre ce qui les distingue, même s'ils ont le sentiment de naviguer à vue comme les autres. Ils fascinent par une certaine ferveur qui s'installe autour d'eux, une évidence inscrite dans le grain de la peau, un sourire de bas-relief roman, un regard éclairé de l'intérieur, une voix qui trace des arabesques indiennes, une harmonie, enfin, qui donne envie de tendre la main. Geneviève avait reçu cette beauté envoûtante et s'attirait facilement une cour d'interlocuteurs attentifs alors même que son attitude restait des plus effacées. Il faut peut-être appeler « grâce » ce pouvoir de séduire par sa seule présence.

Daphné, c'était différent. Une de ces personnalités toniques et enjouées que tout le monde adore pour animer les soirées, mais que chacun hésite à fréquenter personnellement. Toujours présente pour donner un coup de main, filer un tuyau, raconter des histoires en se tordant de rire, suggérer une sortie ou improviser une fondue au fromage, elle terminait régulièrement la nuit seule parce qu'aucun homme ne se sentait de taille à lui donner la réplique une fois les invités partis. Son carnet de rendez-vous n'était pas vide pour autant. Les hommes mariés la courtisaient beaucoup, qui ne pouvaient lui consacrer plus de quelques heures d'affilée.

Écœurés de vie familiale, pris en tenaille entre surmenage et ennui, ils appréciaient vivement les bienfaits d'une bourrasque passagère — tel un piment pour la route. Mais personne encore jusqu'ici ne s'était risqué à goûter Daphné en plat principal.

Elle ne s'en plaignait que sur le mode de la plaisanterie — faisant rire tout le monde aux éclats — et cherchait activement dans quel recoin de la planète se fourvoyait l'élu trop étourdi pour arriver à temps au rendez-vous.

Seule Geneviève savait quelle contrepartie en larmes accompagnait cette belle vitalité.

Ce jour, donc, où la première lettre arriva, Geneviève et Daphné devaient se retrouver le soir même au cours d'aérobic. Elles avaient déjà commenté l'événement par téléphone car Geneviève n'avait pas résisté au plaisir d'égayer la journée de bureau de son amie par un flash d'information frivole. Chaque fois qu'elle pouvait l'arracher à ses dossiers grâce à une anecdote ou une nouvelle amusante, elle se disait que le monde gagnait en bonne humeur ce qu'il venait de perdre en productivité, et qu'elle aille se faire pendre, la productivité. Elles potinaient à qui mieux mieux, et quand des bruits de pas s'approchaient de sa porte ouverte, Daphné changeait brusquement de ton pour demander quel serait le supplément de prix si on imprimait le dépliant sur un papier bouffant ou bien pour assurer que les listes d'adresses fournies par le client étaient au bon format. Une fois l'alerte passée, elle pouffait de tout son cœur en chuchotant : « C'était mon andouille de patron, je l'ai bien eu. »

À peine arrivée dans les vestiaires — tout essoufflée parce que son travail lui permettait rarement de partir à temps —, Daphné voulut voir de ses yeux la missive dont Geneviève lui avait lu quelques extraits. Son opinion s'en trouva confirmée : il fallait répondre à cet original, et avec autant de ronds de jambe si possible.

Geneviève résistait.

— Tu n'y penses pas, je vais encore me faire embobiner par un raseur dont je ne saurai plus me débarrasser.

— Comme tu joues les dédaigneuses avant même de le connaître ! Il a l'air le plus correct du monde. Un gentleman, qui sait, et c'est drôlement rare à notre époque.

— Peut-être, mais je n'ai besoin de personne. Si je marque le moindre intérêt, j'aurai tout le mal du monde à faire machine arrière.

— On voit que tu as de l'expérience. Mais ne sois pas si entière ! Tu peux très bien lui dire tout de suite que tu n'es pas libre, ou même mariée, mais que tu acceptes de le voir pour bavarder, sans plus. On ne te demande pas de tomber dans ses bras.

— Il annonce quand même bien la couleur. Il n'a pas dit « intéressé » ou « curieux », il a dit « amoureux ».

— Mais c'est une figure de style, enfin, il ne t'a jamais vue.

La conversation se poursuivit pendant l'échauffement, les étirements et même les abdominaux, ponctuée de fous rires qui sont aussi d'excellents exercices musculaires. À la fin, il fut entendu qu'on attendrait une deuxième manifestation de l'inconnu pour voir s'il était persévérant, avant de statuer sur le traitement à lui réserver.

Entre-temps, Geneviève avait fort à faire. Elle travaillait sur un projet de scénario photographique qui lui permettrait de monter une nouvelle exposition pour la rentrée. L'arrangement avait été pris avec la galerie sur la base du seul projet — et grâce au succès de l'exposition précédente — alors que le travail n'était pas encore réalisé. C'était un peu grisant de négocier sans filet — tous les artistes rêvent de ce moment où ils pourront signer leur premier contrat de confiance — et en même temps cela comportait un petit goût d'obligation qui avait quelque chose de polluant. Pour la première fois, elle ne travaillait pas seulement par conviction mais aussi par engagement, parce qu'elle devait garnir les cimaises à telle date. Et si l'inspiration ne venait pas ? Si elle ne produisait que des platitudes ? L'appareil en bandoulière, elle sillonnait la ville en essayant d'apprivoiser cette angoisse inédite. Elle savait qu'elle tenait un projet et que ce projet était bon, mais elle ne parvenait pas à y puiser un sentiment de sécurité. Le meilleur projet peut déboucher sur un fiasco, et le plus faible sur un chef-d'œuvre, tout est dans la manière. Regardez la lettre du dénommé Edouard : c'est parce qu'il argumente bien qu'on a envie de l'écouter. Pourtant, séduire une femme, Dieu sait s'il s'agit du plus banal des projets, du plus rabâché, et qui ne peut vraiment étonner personne. En photo, c'est la même chose, l'originalité de l'idée compte moins que l'originalité du travail. On attend la perspective que peut offrir un style personnel sur un thème universel. Donc, projet accepté ou pas, elle pataugeait dans l'inquiétude.

Son idée de base était la suivante : elle allait construire une fiction à partir de scènes réelles (capturées dans la rue sans aucun arrangement) dans lesquelles on suivrait quatre ou cinq personnages incarnés chaque fois par des individus différents mais facilement identifiables (par exemple : un enfant, une jeune femme, un vieillard, un directeur, un chien...). À elle d'imaginer un scénario qui prenne forme à partir des configurations spontanées apparues lors de ses sorties.

Elle aimait se donner des contraintes à la fois définies et malléables qui lui permettaient d'intégrer les propositions fournies à jet continu par le réel. Elle voyait le monde autour d'elle comme une usine à images dont toutes livreraient un potentiel de sens insoupçonné selon qu'on les rassemblerait dans telle ou telle histoire, avec tel ou tel fil conducteur. Il y a toujours un moment où la consigne a priori arbitraire débouche sur un ensemble d'où émerge une beauté irrésistible. En attendant ce moment, il faut accueillir tout ce qui vient, dans le désordre et presque sans discernement. Au-delà d'une certaine masse critique, l'idée peut se matérialiser, comme le sel cristallise dans une solution saturée. Mais cela faisait cinq journées entières que Geneviève consacrait à capturer des scènes au hasard sans ressentir aucun début de cristallisation, et elle commençait à trouver le temps long. Elle triturait son matériel en tous sens et y cherchait en vain le fil conducteur, le principe qui allait assigner à chaque image sa fonction — la recette, en somme, pour transformer ce magma en plat composé. Peut-être y a-t-il des consignes qui ne débouchent jamais sur rien ? Des ingrédients qui, mis dans n'importe quel ordre, cuisson et proportion, ne feront jamais un dîner acceptable ?

Il valait mieux attendre et laisser décanter. Oublier l'impasse en se plongeant dans le boulot. Elle appelait « boulot » les photos qu'elle prenait pour gagner sa vie, par opposition au « travail » qui lui donnait un sens. Elle réalisait des reportages pour des particuliers, des entreprises ou des agences, parfois l'agence où travaillait Daphné, bien que ce genre d'engagement devînt vite fastidieux. Elle trouvait quand même très instructif de visiter l'organisation humaine au hasard et en toute innocence, au fil des occasions que lui apportaient ses clients. Elle photographiait des inaugurations, des symposiums, des élevages de chiens, des scènes d'usine, des salons de coiffure, des ouvriers du bâtiment, des banquets d'entreprise. Jamais elle n'avait utilisé ces clichés dans une exposition, mais il lui arrivait, pour elle-même, de se livrer à des confrontations inattendues, de rajouter quelques prises de vue au cadrage incongru, de capter un visage particulièrement attachant. Dans une cuisine de restaurant, elle saisissait le regard triste d'une fille derrière les vapeurs de friture, dans une fabrique de conserves, la main d'une ouvrière en train de rajuster sa coiffe en plastique, dans une ferme d'aquaculture, le reflet d'une affiche de cinéma sur l'aquarium d'alevins. Parfois, il est plus facile de trouver un sujet dans un lieu imposé que dans la rue, en toute liberté.

La deuxième lettre de l'inconnu arriva plus rapidement qu'elle ne s'y attendait. Elle en trouva la tournure élégante et persuasive. Eut presque envie de se laisser tenter. Cet homme avait l'art de manier le détachement et l'ardeur comme les deux faces d'une même lame, amenant le tout dans un tourbillon de fantaisie des plus rafraîchissants. Ce n'était sans doute pas l'un de ces soupirants poussifs et empotés dont elle avait pris les jérémiades en horreur. Mais son discours, justement, était si attirant qu'elle hésitait à se jeter à l'eau. Il roucoulait trop bien, cet oiseau-là. Mieux valait continuer à se laisser bercer. Répondre, c'était risquer de le décevoir, désenchanter le fantasme et le réduire en simple anecdote. Pour tout dire, elle craignait de ne pas se montrer à la hauteur. Daphné la gronda copieusement, car de son côté elle n'aurait pas tergiversé pour récompenser un enthousiasme aussi bien troussé. Mais Geneviève était d'une autre trempe, prudente, timide, et par moments peureuse ; on ne pouvait attendre qu'elle réagisse avec le même joyeux appétit que son inséparable copine. Elle se protégeait, elle attendait son heure — au risque de la laisser passer, car qui peut être sûr que son heure est la même que celle d'autrui ?

Et puis, comme il y allait ! Parler tout de suite de la photo la plus bizarre, celle qu'elle avait longtemps hésité à exposer.

L'érotisme possède ses avenues fréquentées où l'on peut évoluer en toute quiétude. Nul ne voudra s'en formaliser. Mais photographier un homme qui urine contre un arbre, n'est-ce pas déjà de l'autre côté de la frontière séparant l'audace du mauvais goût ? Le verdict de sa mère avait été sans appel : «C'est répugnant, pourquoi exposes-tu une chose pareille ?» Edouard, au contraire, trouvait ce geste extraordinaire. Seulement, elle ne savait trop ce que cela prouvait. Qu'il était original, comme elle était tentée de le croire, ou qu'il était pervers, comme l'aurait dit sa mère ? Il n'avait pas froid aux yeux, à tout le moins, car est-ce vraiment le premier sujet que l'on aborderait avec quelqu'un dont on veut s'attirer la confiance ? D'accord, c'était elle qui avait pris la photo, mais tout de même, il aurait pu attendre, louvoyer, laisser entendre qu'il allait en parler dans trois mois sans en parler tout de suite, enfin bref, progresser à pas de loup, un peu, pas trop.

Geneviève était effarouchée par sa franchise. Quel risque énorme, la franchise. Comment n'avait-il pas peur ?

Alors qu'elle faisait quelques courses pour le dîner, Geneviève repensa à la comparaison d'Edouard : « Il y a autant de détails à voir dans un bus à cinq heures que dans toute la chapelle Sixtine. » Elle avait d'abord été frappée par la similitude avec sa propre perception du banal comme réservoir inépuisable, mais en y repensant elle eut une illumination bien plus concrète. Voilà le point de départ qui lui manquait pour son projet. L'idée pour ancrer son scénario. Elle allait commencer dans un bus, choisir quelques personnages qui le prenaient tous les soirs et illustrer leurs activités de la journée, et puis ce qu'ils faisaient le week-end, avant de les retrouver le lundi dans le bus, et ainsi la boucle serait bouclée. Ou bien le matin. C'était mieux de commencer le matin. Elle choisirait un écolier, un jeune cadre, une dame avec son chien et peut-être le conducteur du bus, et de là tout s'enchaînerait. Elle la tenait, son idée. Elle la tenait. Et grâce à Edouard, en plus !

Maintenant, la mise en œuvre. Pas facile de photographier des gens dans le bus. Il lui fallait un stratagème. Le plus sûr, c'était d'emmener un complice — Daphné lui avait déjà rendu ce genre de service — avec qui elle pouvait rire et bavarder pendant qu'elle déclenchait l'appareil au jugé, ou en simulant des réglages et des essais de cadrage. En général, les gens n'y voyaient que du feu et se désintéressaient de l'appareil au bout de deux minutes. Parfois, Daphné décidait de mettre les pieds dans le plat, s'il s'agissait d'un jeune homme séduisant, et au lieu de manœuvrer lui demandait carrément de poser, mais Geneviève n'aimait pas l'air à la fois flatté et embarrassé que les gens prenaient dans ces cas-là. Neuf fois sur dix, agir à découvert casse le charme, et la photo est perdue.

Pendant une bonne semaine, Daphné accepta de se lever une heure plus tôt pour sillonner la ville avec Geneviève et l'aider à prendre plusieurs centaines de photos. Elles changeaient de bus quand il fallait engager un nouveau film et recommençaient leur numéro depuis le début. Les gens, à cette heure, dormaient littéralement debout et se retournaient à peine sur leur petit manège. On aurait dit que rien ne pourrait jamais les intriguer. Leur corps était dans le bus et leur cerveau dans la purée, à se demander parfois si les organes des sens étaient encore raccordés. Il est vrai que Geneviève était rapide et que Daphné détournait l'attention à merveille. Elle faisait mine de poser elle-même pour que Geneviève vise au dernier moment la personne à côté d'elle. Ou bien elle éternuait lorsque Geneviève déclenchait l'appareil. D'autres fois, elle se penchait avec des moues de chirurgien : « Tu es sûre qu'il est bloqué ? Essaie un peu comme ça pour voir... »

Quand les films furent développés, elles eurent quelques belles occasions de fou rire, car les photos prises au jugé dépassent parfois tous les effets qu'on aurait pu calculer. Un homme dans un début de bâillement formidable, une dame en train de se curer béatement l'oreille, un gamin comptant sur ses doigts, un pékinois qui fixait l'objectif en grondant, sans parler des photos ratées, parfois géniales. Bilan de l'opération : une bonne vingtaine de clichés avec lesquels Geneviève pourrait travailler.

Ensuite, ce fut une véritable partie de plaisir. Geneviève put réexaminer toutes les photos accumulées durant la semaine précédente, les interpréter d'un œil nouveau et constater que plusieurs d'entre elles s'intégraient parfaitement dans sa ligne de conduite. Elle avait déjà de quoi illustrer une vie de chien et une vie d'écolier. Elle avait plusieurs vieillards, aussi, sur des bancs, au marché ou dans des cafés, ainsi que des étudiantes absorbées dans leur lecture ou en train de s'esclaffer. Elle voyait de mieux en mieux comment elle arriverait à évoquer des univers totalement différents, quoique strictement juxtaposés dans le bus ainsi que sur les trottoirs et dans certains lieux publics. L'incessante navette entre lieux partagés et lieux spécifiques allait créer le rythme de son scénario. L'église, par exemple, ne serait un lieu commun que pour peu de gens, le club de sport et la librairie aussi, alors que le supermarché et le bus les rassembleraient tous.

Il lui manquait encore des scènes d'intérieur, surtout pour le jeune cadre, mais aussi pour l'école, pour le salon de coiffure de la dame au chien ou pour le casse-croûte du conducteur de bus. Pour ces moments plus difficiles à saisir au vol, il allait falloir réfléchir un peu, trouver des expédients pour entrer dans certains endroits avec ou sans complicité et sous divers prétextes. Dans sa petite carrière, elle s'était déjà fait passer pour une enquêtrice, une étudiante, une assistante sociale, tout était bon du moment qu'elle pouvait endormir la méfiance. Traquant ainsi les gens dans leurs gestes quotidiens, elle se voyait comme une journaliste du banal, une paparazzi de l'infime, un rôle infiniment plus délicat que les glaneurs de scoops habituels. Elle ne cherchait rien de sensationnel, seulement les émotions ordinaires, celles qui s'enchaînent sans blanc pour former le gros de la toile des jours. Le projet allait décidément bon train et se montrait riche en surprises. Geneviève n'avait plus peur de se trouver bloquée.

La nuit suivante, alors qu'elle tournait et retournait son projet dans sa tête, celui-ci prit soudain une ampleur considérable. En une seconde, qui fut comme une explosion mentale, elle comprit que son enquête sur les univers parallèles, elle la menait depuis très longtemps. L'exposition à venir servait simplement de détonateur pour lui révéler la cohérence d'une démarche qu'elle avait toujours pratiquée spontanément. Ce projet vivait en elle depuis des années et elle n'en prenait conscience que maintenant, au moment où il arrivait à terme.

Incapable d'attendre davantage, elle se leva et alla fouiller dans ses archives. Mais oui, bien sûr, toutes ces photos qu'elle avait prises sans savoir pourquoi, toutes ces tranches de quotidien volées dans les usines, les banquets et les stades, c'était précisément pour nourrir sa composition d'aujourd'hui !

Sous le choc de la révélation, elle dut d'asseoir un moment. Comment peut-on poursuivre un but sans le savoir ? Comment peut-on accumuler par un prétendu hasard les éléments précis d'une construction précise ? La cristallisation qu'elle attendait anxieusement s'opérait enfin, mais à une tout autre échelle que celle prévue. Ce n'était pas seulement la production d'une semaine qui prenait sens, mais celle de toute sa carrière. L'évidence s'étalait devant ses yeux : l'exposition était prête — dix ans de gestes inconscients l'avaient produite pour elle.

Toute sa nuit en fut chamboulée. Comment dormir au moment où une solution magique apparaît, dont on est de surcroît le seul auteur ? Une rare euphorie s'empara de Geneviève, circulant dans ses veines à l'allure d'un train fou.

Elle ne croyait ni à Dieu ni à diable, mais les surprises de la nature humaine n'avaient pas fini de l'émerveiller.

Quand la troisième lettre d'Edouard arriva, Geneviève évoluait joyeusement dans cette effervescence créative, légère et confiante en ses propres ressources. Elle sourit presque avec attendrissement à la lecture des affres du pauvre Edouard, comme si elle n'en était pas elle-même la cause. Le malheureux pataugeait en pleine incertitude. Il ignorait dans quel sens orienter ses pas. Elle se revoyait quinze jours plus tôt, parcourant ses clichés fébrilement sans y découvrir le moindre début d'organisation. Oubliant un peu vite qu'Edouard était précisément celui qui l'avait tirée du mauvais pas, encore que, par hasard, elle estima que cette épreuve s'inscrivait dans la logique de son entreprise audacieuse. L'égarement était un risque inévitable. Facile à dire pour ceux qui viennent de se retrouver. N'importe, elle ne l'arrêterait pas, et, pour le peu qu'elle connût du loustic, cela suffirait sûrement à le maintenir en mouvement.

L'idée de la lettre considérée comme une photo de l'auteur, elle n'y croyait qu'à moitié. On peut avancer de façon tellement camouflée sous le couvert des mots. Elle les considérait même trompeurs par essence, puisqu'ils symbolisent abstraitement une réalité, là où l'image, si préparée soit-elle, ne peut que la montrer. L'écrivain invente un monde, quand le photographe choisit seulement sa manière de dévoiler ce qui est. Si

Edouard avait voulu lui envoyer une véritable photo plutôt qu'une lettre, il aurait senti la différence de marge de manœuvre et l'absolu diktat de la matière. Il aurait éprouvé son visage, sa chair, en limite absolue de sa liberté. Oui, la photo est plus cruelle que la littérature. En trois missives, Edouard avait raconté exactement ce qu'il voulait, peut-être n'importe quoi ; elle s'en faisait sans doute une idée totalement fausse. Qui sait s'il ne l'attirait pas dans un piège ? Alors que si elle avait vu son visage...

Si elle avait vu son visage... au fond, quoi ? Qu'est-ce qu'un visage dit de sûr ?

De toute façon, elle aurait quand même préféré le voir. Mais enfin, elle ne comptait pas le lui demander, pas en ce moment, elle était trop occupée. Son travail l'absorbait entièrement, pas question de laisser s'égarer ses pensées du côté d'un hypothétique don juan.

Elle n'avait pas parlé des lettres à Jean-Luc. Non qu'elle pratiquât la dissimulation, mais il y avait beaucoup de choses dont elle ne lui parlait pas. Occasionnellement, lorsqu'elle était poursuivie par un importun, elle n'hésitait pas à se réfugier derrière son compagnon pour s'en débarrasser. Mais ici, elle était sûre qu'elle n'aurait pas besoin de lui. Aucune trace chez Edouard de cette prise de pouvoir qui l'avait si souvent choquée dans les déclarations d'amour.

Habituellement, celui qui se dit séduit semble considérer comme allant de soi d'être payé de retour. Ce qu'il a consenti en dévoilant ses sentiments doit être récompensé par un amour au moins équivalent. S'il se voit refoulé, il crie à l'injustice. L'amoureux éprouve un droit de regard automatique sur l'objet de son amour. Dans le mouvement qui l'emporte, il l'emporte avec lui.

Il dit ce que l'avenir sera, il dit ce que l'autre aimera et voudra. Telles les étoiles géantes avides de matière, les cœurs enflammés essaient de capturer autrui dans leur champ d'attraction de sorte qu'il ne puisse plus s'échapper. Mais quelle plaie pour les victimes ! Quoi de plus déplaisant que ces soupirants pâmés qui vous annexent à leurs projets et font de vous un élément de leur univers ? Pour Geneviève, l'amour s'apparentait surtout à une démonstration d'égoïsme et d'irrespect. Avec le temps, elle en était venue à s'en méfier autant que d'un ennemi mortel, toujours prêt à la broyer. Dès qu'elle repérait l'un de ces forçats récitant le baratin amoureux avec l'application du témoin de Jéhovah, elle prenait ses jambes à son cou. Maintenant qu'elle avait réussi à construire avec Jean-Luc une relation équilibrée et sereine, elle souhaitait moins que tout se replonger dans les difficultés de l'évaluation réciproque.

Le petit gazouillis d'Edouard tombait cependant dans un créneau inoccupé. Il avait réussi à éveiller sa curiosité. Elle le couvait comme un petit secret qui fait sourire quand on y pense, comme un gri-gri ou une chanson à la mode.

Daphné n'y comprenait rien.

— Regarde comme tu le fais souffrir, le pauvre homme. Ça me fait mal au cœur.

— C'est son problème, écoute, je ne lui ai rien demandé.

— Tu pourrais au moins lui dire d'arrêter, si tu ne comptes lui répondre d'aucune manière.

— Premièrement, le silence est une réponse. Deuxièmement, il peut arrêter de lui-même. Troisièmement, je n'ai pas dit que je ne répondrai pas un jour.

— Toi, on peut dire que tu réfléchis avant d'agir.

— Chacun son style.
— Je préfère le sien, il est vraiment à croquer.
— Ouh, je vois tes dents qui poussent.
— Tiens donc, si c'était pour moi, il serait déjà passé à la casserole, le mignon.
— Il est peut-être très laid.
— Pourquoi tu ne lui demandes pas une photo ?
— C'est trop brutal.
— Une photo de dos alors, ou une photo de son salon. Tu peux faire progressif.
— Mmmh... ou une photo de ses fesses...
— Chiche !
— Non, c'était une hypothèse gratuite. Il a choisi l'audace, je ne veux surtout pas renchérir. Je dois choisir une autre direction.
— Comme ?
— Il y a plusieurs possibilités. La réserve, l'ironie, l'ambiguïté, la candeur, l'érudition...
— Bon, tu me téléphones quand tu as choisi.
— De toute façon je ne peux pas m'en occuper maintenant. Il faut que je termine mon projet.
— Il va encore languir, le pauvre Edouard.
— Il va encore écrire !

Avec Jean-Luc, sa vie était belle. Toute de délicatesse et de satisfaction. Jean-Luc était l'homme le moins macho qu'elle eût jamais rencontré. Ils avaient mis longtemps à se rapprocher car elle attendait qu'il menât la danse alors qu'il ne comptait rien mener du tout. Il n'avait pas ça dans le sang, la détermination des mâles à imposer le scénario. Et bien qu'elle préférât de loin cette approche-là, elle avait d'abord été déconcertée car elle avait cru qu'il ne s'intéressait pas vraiment à elle.

Son expérience l'avait habituée à ne devoir — ou à ne pouvoir — s'orienter qu'en fonction des desiderata des hommes, et celui-ci en exprimait très peu. Au point qu'elle doutait de ses chances auprès de lui. Mais elle apprit au fil du temps que Jean-Luc n'avait pas besoin de l'embrigader pour l'aimer. Il ne partageait que ce qu'elle souhaitait partager, et pour le reste leurs différences pouvaient coexister sans se heurter. Ils vivaient ensemble mais ne mangeaient pas toujours à la même heure, ne voyaient pas toujours les mêmes amis, ne passaient pas toujours le week-end à deux. Cette liberté donnait tout son sens à la tendresse, car il n'y avait jamais de question que l'on fût contraint de résoudre dans un sens ou dans l'autre. Les sacrifices et les concessions, c'était seulement si on le voulait bien. Du coup, ils voulaient souvent, souvent tout mettre en œuvre pour être ensemble.

L'amour véritable a peut-être quelque chose à voir avec le détachement. Il y aurait un niveau zéro de la relation qui serait l'indifférence pure. Encéphalogramme plat. Il y aurait un niveau usuel qui serait l'amour prédateur. On aime l'autre et on veut être aimé en retour. On le couvre de son sentiment comme on couvre une bougie. Il faut qu'il s'engage, qu'il se répande en gestes et en promesses, et qu'il s'éteigne à toute autre chose. Et puis, il y aurait un niveau subtil qui serait cette forme de détachement attentif. Laisser vivre l'autre aussi librement que s'il nous était étranger, tout en demeurant à ses côtés. Jouir de tout ce qu'il donne, tout en sachant qu'il ne doit rien. Pouvoir le regarder partir tel un oiseau qui retourne au ciel. Pouvoir le regarder mourir. Geneviève briguait cette forme de sagesse. Daphné haussait les épaules. « Moi, il me faut un homme qui ne s'enfuie pas à toutes jambes quand je lui demande s'il m'aime. Si on a toujours peur d'en avoir demandé trop, s'il faut marcher sur des œufs, alors ce n'est plus un couple, c'est une relation diplomatique. Les délicats, les ombrageux, ce n'est pas mon rayon. » Et ainsi, elles ne s'étaient jamais senties en compétition sur le terrain des sentiments. Un homme qui plaisait à Geneviève ne pouvait pas plaire à Daphné, et inversement. Edouard, toutefois, n'était pas encore nettement classé.

Elles se penchèrent attentivement sur la quatrième lettre d'Edouard. Daphné commentait au fur et à mesure.

— Dis donc, il a l'air d'avoir son petit succès auprès des femmes. Ou bien il se vante, ou bien il est vraiment mignon.

— À mon avis, il a du charme. On le sent dans sa façon de s'exprimer.

— Professeur, donc il cause bien en plus ! Et prof de psycho, bonjour le sac d'embrouilles.

— Au moins, il n'est pas thérapeute.

— Oui, baiser avec un thérapeute, ça doit être comme sourire à un dentiste.

— Je me demande s'il est freudien ou lacanien.

— Il n'a pas dit qu'il s'occupait de psychanalyse.

— Non, mais ce sont les deux seuls noms que je connais.

— Eh bien, ma puce, tu vas aller t'acheter un peu de lecture. Et là, je rêve ! Il revient encore sur cette photo du mec qui égoutte son petit frère. Il est vraiment bloqué là-dessus. C'était qui encore ?

— Victor. Ma grande passion physique.

— Ah oui ! Victor. Un petit pois dans le cerveau, une courgette dans le pantalon. Comment tu as pu rester trois mois avec celui-là, c'est un mystère.
— C'était charnel, je te dis, uniquement charnel.
— Oui, oui, je sais, et un jour tu me présenteras un chimpanzé.
— Allons, ça ne m'est arrivé qu'une fois. Et puis, ce n'est pas toi qui me parles parfois de tes fringales sexuelles ?
— Oui, j'en parle, justement, j'en parle et je m'en prive. Tu ne me verras plus passer au lit avec un mec pour qu'il s'éclipse à minuit parce que sa femme l'attend. C'est fini tout ça. J'exige le petit déjeuner. Au minimum. Les trucs charnels, j'ai déjà donné.
— Donné et reçu, Daphné. Tu oublies que c'était bon.
— Ouais, deux heures de friction et deux mois de frustration. Ras le bol !

L'idylle avec Victor avait été brève et incompréhensible. Geneviève s'était entichée de ce gros bras un jour où elle avait trop bu, lors d'une soirée chez des gens qu'elle ne connaissait même pas, et heureusement. Daphné l'avait emmenée pour la distraire d'une mélancolie persistante due à une rupture douloureuse. Ce Victor était beau gosse, et puis, surtout, il ne s'embarrassait pas de discourir comme tant d'hommes qui viennent dans ces soirées pour écraser les autres sous leurs démonstrations d'intelligence. Il avait abordé la question de front, sans camoufler ses intentions derrière un exposé sur les origines de la morale ou une analyse tirée du *Monde diplomatique*. En ces circonstances où le chagrin de Geneviève ôtait tout lustre et tout crédit à des considérations d'ordre intellectuel, le message non dissimulé de Victor arrivait tel un souffle de vie sur un paysage désolé. Il avait envie d'elle et ne se gênait pas pour le dire. Elle apprécia la franchise et comprit qu'une épaule pour appuyer sa tête lui ferait plus de bien que toutes les bonnes résolutions du monde. Elle monta donc sans trop se faire prier dans la voiture de Victor et termina la soirée avec lui dans un brouillard peu soucieux d'éclaircissements. Il y a des moments où la présence d'un homme peut, de même que la consommation de chocolat, de chips ou de films faciles, aider à laisser couler du temps sur une blessure et réduire la probabilité de sombrer dans des ruminations stériles. Ce soir-là, Geneviève avait aimé Victor comme on lit un polar — pour s'évader.

Mais, dans toute récréation que l'on s'accorde sans trop réfléchir, il peut se produire des surprises. Geneviève n'avait pas un instant imaginé que son corps apprécierait autant l'excursion. Quand elle se réveilla aux côtés de Victor endormi, l'odeur de cet homme avait déjà marqué d'une empreinte indélébile les plus enfouis de ses circuits. Il sentait l'Orient et la verdure. Non, le musc et la violette. Non, le gingembre et la fourrure. Enfin, c'était indéfinissable, mais ce parfum qui flottait sur sa peau actionnait directement un ressort au fond du cerveau de Geneviève. Elle n'avait jamais été consciente à ce point de l'odeur d'un homme et de son pouvoir de subordination. Ensuite, la forme de son corps était parfaite. Pas son corps, la forme de son corps. Avec son regard de photographe, elle admirait des courbes et des reliefs là où nous voyons plutôt de la chair et des palpitations. Elle le dépliait et le réarrangeait mentalement pour composer les images qui mettraient en valeur sa belle plastique animale, effleurant presque le vœu de l'entomologiste d'épingler l'insecte pour mieux l'admirer. Puis elle repensa aux ébats de la veille, aux très belles démonstrations de virilité dont elle avait pu bénéficier, et elle fut prise d'un élan de tendresse simple et pure pour cet homme qui avait su chambouler sa soirée. Elle commença à le caresser très légèrement, jusqu'à ce qu'il ouvre les yeux et lui lance un regard d'abord surpris, puis amusé, puis décidé. Sans échanger un mot, ils se remirent à faire l'amour, et Geneviève sut qu'elle aurait besoin de Victor pendant quelques semaines.

Bien sûr, il n'était pas prix Nobel de littérature, bien sûr, il pouvait se montrer grossier, bien sûr, il ne comprenait rien à la photographie et ne pourrait pas soutenir une conversation avec ses amis, mais que valaient ces considérations socialement orientées quand il apportait la dose de présence physique primaire dont elle avait justement besoin à ce moment-là ? Il l'apportait même si bien qu'elle se laissa totalement et volontairement intoxiquer.

Le parfum de son corps restait le philtre magique qui envoûtait Geneviève et commandait son choix bizarre de se livrer à lui sans hésiter. Mais elle apprit à reconnaître d'autres signaux qui la faisaient chavirer, certaines positions, certaines intonations, certains gestes inconscients, et notamment sa manière de pisser. Ce geste n'avait jamais fait partie pour elle du répertoire érotique, aucun de ses anciens amants n'ayant eu l'habitude de se soulager devant elle. Victor ignorait ce genre de pudeur et pissait sous ses yeux comme un cheval, sans honte ni ostentation. C'était pour lui un geste aussi banal que de se brosser les dents et elle constata qu'il avait sur elle un pouvoir d'embrasement étonnant. Elle s'inquiéta quelque peu de se sentir sauvagement excitée par le membre d'un homme qu'elle n'aimait qu'en passant, alors que le grand amour dont elle venait de subir le deuil n'avait jamais déchaîné pareil enthousiasme. L'amour est un épouvantable casse-tête, comprit-elle. Non seulement les sentiments naissent, évoluent et disparaissent sans que nous sachions trop comment, mais encore l'alchimie de l'attirance physique nous échappe complètement.

Arguant de son intérêt professionnel pour le corps humain, elle n'eut aucune peine à obtenir l'autorisation de photographier sous toutes les coutures l'anatomie de Victor qui se prêtait au jeu en haussant les épaules. Elle put ainsi donner libre cours à la vénération toute neuve dont elle se découvrait capable, sans pour autant se trahir trop, car elle n'aimait pas l'idée que Victor soit informé du trouble profond où il la précipitait. Avec son bon sens vissé dans l'âme jusqu'au sol, il aurait été du genre à s'en moquer lourdement et à l'humilier sans même le savoir. Elle naviguait donc entre prétexte professionnel et simple gourmandise pour glaner de l'étalon points de vue et démonstrations.

Au bout de quelques mois, elle dut partir en Italie pour trois semaines et trouva ainsi le moyen de se refroidir la tête. De loin, Victor avait vraiment très peu d'arguments pour lui et elle décida de rompre dès son retour sans accepter de le revoir. Il ne fallait pas risquer de faiblir devant son magnétisme physique. Victor réagit en vrai rustre qu'il était. Il la traita de plusieurs noms désagréables puis l'assura qu'il n'aurait aucun mal à la remplacer. La page était tournée. Elle gardait de cette aventure une nostalgie de la communion inexplicable en même temps qu'une définitive prudence vis-à-vis des amants d'un soir.

La cinquième lettre d'Edouard arriva un jour où Jean-Luc releva le courrier. Il remit la lettre à Geneviève sans poser de questions. Il ne posait jamais de questions. La lettre était badine et légère, s'égaillait du côté des livres et du cinéma. On aurait dit qu'Edouard engageait tout seul la conversation qu'ils auraient pu avoir si elle avait accepté de le retrouver dans un café.

Et n'aurait-il pas été plus simple de le retrouver dans un café, justement ? Geneviève freinait toujours des quatre fers. Si elle prenait le risque d'une rencontre, elle pouvait aller au-devant d'une grande déception et piétiner l'enchantement fragile qui s'était créé, comme elle pouvait tomber amoureuse. Et aucun de ces deux scénarios ne lui convenait.

Elle gardait en tête une récente mésaventure de Daphné qui l'incitait à la prudence. Pour les besoins de son boulot, Daphné était entrée en contact avec un représentant d'un grand fabricant de papier par le moyen du courrier électronique. Comme il se permettait quelques traits d'humour dans ses messages, elle embraya résolument et ils entamèrent une conversation qui n'eut très vite plus rien de professionnel. C'était un échange en forme de feu d'artifice où l'humour le disputait à la franchise. Au bout de trois semaines de ce petit manège, Daphné fut sincèrement convaincue d'avoir déniché l'oiseau rare. Intelligent, drôle, intarissable, libre tout de suite... elle était prête à emménager. Sur ces excellentes prémices, elle se risqua à inviter l'élu autour d'une tarte aux pommes un samedi après-midi. Quelle ne fut pas sa surprise, en ouvrant la porte, de découvrir un vilain freluquet à la voix de fausset, de surcroît timide, maladroit et taciturne. Au bout d'un quart d'heure, elle s'ennuyait comme elle ne s'était jamais ennuyée ; elle expédia la tarte en vitesse (autant de calories absorbées en pure perte) et prétexta un déménagement soudain chez sa mère pour écourter la séance (Daphné n'était pas du genre à prendre son mal en patience). C'était de loin le type le plus fade qu'elle eût jamais vu. Tous ses espoirs se ramassaient une pelle. Alors, électronique ou pas, le courrier était à considérer avec la plus grande circonspection. Geneviève préférait camper sur une bonne impression plutôt que de la mettre imprudemment à l'épreuve.

Elle-même n'était pas sûre de pouvoir soutenir l'idée que ses travaux avaient pu donner d'elle. Edouard s'était forgé l'image d'une artiste d'envergure alors qu'elle se sentait toute petite et à peine moins égarée que lorsqu'elle avait quinze ans. Il transposait trop vite, déduisait hâtivement. Faire preuve de maîtrise sur un problème donné, tout petit et bien charpenté, ne donne aucun crédit sur l'univers. Elle n'avait jamais considéré son parcours comme un acquis sur lequel elle pouvait se reposer mais comme une chanson qu'elle avait fredonnée. Même s'il existait quelques petits volumes rassemblant l'une ou l'autre de ses séries photographiques, elle n'y puisait aucune assurance pour aborder les photos à prendre demain. Au contraire, elle avait très peur de l'excès de confiance qui la conduirait peut-être un jour à asséner des évidences en les prenant pour des révélations. Ce qu'on a déjà fait ne peut que menacer ce qui reste à faire. D'où son impression d'être toujours aussi vierge et démunie devant un nouvel homme ou un nouveau projet. En dix ans d'expérience adulte, elle n'avait rien accumulé, elle courait toujours entre les constructions des autres sans rien remorquer derrière elle. Si elle acceptait de rencontrer Edouard, elle n'aurait rien de spécial à lui raconter, car elle n'utiliserait jamais son passé comme un curriculum vitæ déroulable en toute circonstance. Et il se lasserait d'elle aussi vite que Daphné de son fiancé électronique.

Voilà comment Geneviève réglait le problème de la confrontation. Du reste, Edouard semblait bien parti pour fonctionner en roue libre aussi longtemps qu'on voudrait. Elle n'était que la muse. Son existence concrète n'avait aucun caractère de nécessité.

Quand elle reçut la sixième lettre d'Edouard, Geneviève ne crut pas un instant qu'il pouvait s'être vraiment découragé. C'était un coup de bluff, une manœuvre destinée à la faire réagir. L'argument était de bonne guerre, mais elle ne succomberait pas si facilement. Elle conserva pendant quinze jours un sourire narquois.

Au bout de la troisième semaine, l'inquiétude était à son comble. Elle courait chaque matin à la boîte aux lettres, mais rien ne l'attendait que de l'administration ou du bavardage. Elle commença dès lors à mesurer toute la valeur de ces moments de « bonne fortune » qu'Edouard s'était mis en tête de créer pour faire un pied de nez à l'adversité.

À la fin de la quatrième semaine, elle n'y tenait plus. C'était trop bête de se gâcher volontairement une occasion de fantaisie gratuite. S'il avait voulu la provoquer, d'accord, il avait gagné. Elle allait réagir. Mais, comme monnaie de sa pièce, il devrait supporter de ne rien apprendre sur elle, pas un mot. Elle opterait pour une réaction minimale, et ainsi elle aurait à nouveau le plaisir d'observer l'adversaire sans s'être découverte pour un sou.

Quelle perfidie peut déployer une femme quand elle se sent admirée...

Paris, le 27 mai

Monsieur,

Continuez, je vous en prie

Geneviève

III

Paris, le 3 juin

Madame,

Alléluia ! Vous réagissez. J'avais un peu l'impression, pendant ces quatre mois, de m'escrimer comme un sauveteur affolé sur un corps sans vie. Votre inertie mériterait une mention spéciale dans le *Livre des records*. Et quand vous remuez enfin, c'est à peine si vous bougez le petit doigt. Vraiment, quelle parcimonie !

Bon, je suis heureux néanmoins car — pour plagier un héros du siècle dernier — ce petit pas pour vous est un immense progrès pour notre relation. Je me sais maintenant reçu, lu, et dans une certaine mesure apprécié, puisque vous en redemandez. Voilà de quoi me donner des ailes, vous pensez bien.

Je n'aurai pas le front d'analyser votre prose, elle compte vraiment trop peu de mots, mais sachez que le ton, rien que le ton, me donne envie de remettre à neuf le monde entier. De quel timbre voluptueux ce « je vous en prie » résonne à mes oreilles... D'accord, c'est un jeu auquel je m'abandonne. Je ne suis pas assez niais pour croire que vous y avez mis l'intonation dont je me flatte. Mais il n'est pas interdit de se bercer d'illusions quand, le soir et sur des musiques douces, l'on se trouve tout seul roulé en boule sur le canapé — ou bien la vie serait vraiment trop implacable.

Laissons là ces enfantillages et analysons logiquement la situation. Elle tient en une phrase : vous n'avez pas envie que je me taise. Alors je parlerai, pardi, je parlerai jusqu'à mon dernier souffle. Mais pourquoi diable ne pouvez-vous me donner la réplique ? Je ne vous crois pas complexée, ni coincée, ni hautaine. Je cherche, je cherche en vain le petit grain de sable idiot qui vous retient. Peut-être la peur de vous sentir embrigadée, de ne plus savoir vous dépêtrer ? Rassurez-vous, je n'ai nul scénario défini à vous proposer. Nul plan de bataille. Je ne me précipiterai pas dans un classique resto/ciné/baiser-sous-un-porche. Vous m'inspirez bien plus. Vous m'inspirez tellement que je veux tout inventer. Notre première rencontre, par exemple, permettez-moi d'y penser sérieusement. Je n'ai encore rien arrêté mais je vous ferai bientôt une proposition qui vous laissera rêveuse.

Il ne faut pas canaliser l'amour dans des voies toutes tracées. Autant lui tordre le cou d'emblée. L'amour étouffe très vite dans sa propre légende. Nous allons procéder autrement. Raconter l'histoire pour elle-même et non pour en connaître la fin. Vous me suivez ?

Il était une fois une merveilleuse princesse, photographe de son état, poète dans l'âme qui enflamma le cœur d'un humble professeur... Non, cette histoire est déjà bourrée de clichés. Le conformisme a la vie dure, eh oui, nous devrons nous battre. Plutôt qu'une idylle, je vous propose une bataille pour atteindre le vrai, le farouche, l'absolument neuf. Une croisade contre la guimauve et les bien-entendus.

Alors, quand venez-vous photographier mon corps ? Je ne suis pas grivois, voyons, je suis seulement plein d'appétit. Imaginez cette scène, pour notre première rencontre : une séance de pose où nous éviterions de prononcer un mot. J'obéirais aux instructions imprimées par vos mains directement sur ma peau. Vous sentiriez mon trouble à quelque frémissement du regard ou du souffle. Quelle électricité ! Ou quel fou rire colossal... Non, c'est trop risqué. Je crois que je vais vous proposer autre chose, mais pensez tout de même à ceci : quand tous les détours sont possibles, les raccourcis le sont aussi. Entre nous, il n'y aura rien qui ressemble à un chemin imposé.

Pendant un long mois j'ai été privé de vous écrire. Je m'y suis contraint. J'avançais au jugé depuis trop longtemps. J'avais besoin d'un signe. Et vous me l'avez donné, certes sans prodigalité, mais qu'importe, l'essentiel y est, et toute mon entreprise acquiert soudain son sens.

Je ne pourrais même plus dire si j'ai sérieusement cru que vous m'ignoreriez. Je ne voulais pas y penser sans doute. Je me targuais de vous connaître trop bien pour envisager une totale indifférence. Car enfin, j'en avais vu et senti, de vos pensées, à travers ces quelques produits de votre art. Vous dites assez ce qui vous atteint, dans ces images où vous montrez ce que nul n'avait remarqué, dans ces compositions étranges où vous traitez les émotions fugitives comme des métaux inaltérables. Il vous suffit d'une pelure de mandarine, d'un ballon abandonné, d'une porte entrouverte ou d'un couple endormi dans le métro pour prendre le spectateur par surprise. Je n'ose imaginer ce que vous pourriez faire avec un homme alerte et vigoureux.

J'ai commandé les autres livres qui rassemblent vos travaux, puisque le temps passe et que vous ne vous pressez pas pour me les présenter vous-même. Dans la petite liste, j'ai vu *Le Livre de Simon*. S'agit-il d'un homme ? Tout un livre sur lui ? Je ne serais donc pas le premier ? Mettons que ce Simon n'était qu'un exercice. Je vous apporte un continent à défricher. Faites provision de films, *Le Livre d'Edouard* est en passe de débouler dans votre tête.

Prétentieux, moi ? Où allez-vous chercher ça ? Vous n'avez pas idée du nombre de choses dont on se prive par modestie, peur du ridicule, poltronnerie et autres poisses du même genre. Quand donc viendra le jour où nous refuserons à toutes ces chaînes le droit de nous dicter notre conduite ? Je ne crois pas à la réincarnation (notez-le bien dans votre petit carnet), et c'est pourquoi j'ai décidé de réfléchir maintenant, de m'éclater maintenant (l'influence du vocabulaire étudiant), et je m'en félicite maintenant. Mais nous pourrons tout aussi bien travailler sur *Le Livre de l'aubergine* ou *Le Livre du basset artésien*, loin de moi l'idée de vous influencer dans vos options artistiques.

Déambuler à vos côtés pendant que vous travaillez, oui, cela seul serait déjà un grand bonheur. J'écarterais les importuns, je mettrais mes mains en visière pour protéger l'objectif, je redresserais le satané accessoire qui ne veut pas tenir en place. Et je vous regarderais cueillir ces petits instants qui par votre geste se transforment en fruits juteux de notre temps. L'idée me grise. Ou encore, j'accomplirais pour vous des missions d'éclaireur, je trouverais les décors dont vous avez besoin, nœud ferroviaire, friches industrielles, terrain de jeu ou jardin romantique.

Entendez-moi. Je ne suis pas en train de vous dire que je cherche un emploi mais que j'aimerais infiniment me montrer de quelque utilité. Vous pouvez la définir comme vous voulez ; je me contente de suggérer.

Et vous, oui, pourquoi ne pas m'éclairer sur l'art d'enseigner la psychologie ? Vous savez que dans nos cercles universitaires, nous raisonnons comme si nos sciences étaient avérées. Nous sommes sûrs de nos acquis consolidés tels des coraux au fil des publications. Mais s'agit-il bien de cela ? L'analyse systématique a-t-elle un sens dans un domaine où les phénomènes étudiés émergent du tout et non de l'une de ses parties ? Lorsque j'oblige mes étudiants à réfléchir sur ces préalables, ils me regardent d'un air désorienté. « Mais que diable venez-vous faire ici ? » semblent-ils me dire. Vous surprendre, mes chéris, menacer les dogmes, imposer le doute. Ils comprendront plus tard, enfin je l'espère.

J'ai fait partie pendant un an d'un groupe de méditation zen (vous notez ?), non parce que j'y puisais quelque sagesse mais parce que je trouvais cette idée irrésistible : tâcher de ne pas penser. Il y a deux grandes façons de ne pas penser : volontairement, c'est une ascèse, ou involontairement, en regardant la télé. La première est de loin la plus intéressante car, au lieu d'écraser les neurones, elle les décrasse un bon coup. Une vidange cérébrale, si vous voulez. Je dois dire que je n'y suis jamais arrivé. Mais j'approuve le principe. Cesser de penser pour mieux penser. Cesser de penser pour penser autrement. Voilà pourquoi je commence toujours par déstabiliser mes étudiants en sapant leur confiance préliminaire. Si confiance il y a, elle doit être construite pas à pas. Ils doivent savoir pourquoi ils croient ce qu'ils croient. Je voudrais, du troupeau de moutons que j'accueille en octobre, faire une volée d'écureuils nerveux qui s'égaillent à la fin de l'année.

Mais revenons aux nôtres (de moutons). J'ai assez pontifié sur mon métier. C'est sans doute que, malgré tout le mal que j'en dis, mon domaine me passionne. Vous n'en souffrirez pas car j'évite comme la peste d'enseigner en dehors des heures de cours.

En attendant les entrevues qui nous tiendront éveillés jusqu'à l'aube, venez, je vous en prie, vous étendre sur le papier et me tenir compagnie.

Votre impatient,
Edouard

Paris, le 28 juin

Ah non ! Vous n'allez pas recommencer ! Ma patience est à bout. Je n'ai plus l'intention de gesticuler pendant trois mois pour obtenir cinq mots de vous. Si c'est pour me signifier que vous êtes hésitante, soyez tranquille, le message est enregistré. Nous pouvons passer au point suivant.

Non mais c'est vrai à la fin ! À ce rythme-là, ça nous met le premier rendez-vous dans vingt ans !

Donc, je vous pose un ultimatum. Soit vous me répondez cinq phrases au minimum, soit je boude. Avec des coriaces de votre espèce, il faut passer à la méthode musclée.

Et pour vous prouver que je ne doute pas de votre bonne volonté, je poursuis.

J'ai longtemps pensé — comme vous manifestement — qu'en amour les absents ont toujours raison. Ils ne peuvent faillir ni décevoir. Ils restent posés, imperturbablement magnifiques, sur leur piédestal. À la limite, on ne devrait jamais se montrer à ceux qu'on aime (regardez Kafka : aurait-il perlé tant de lettres d'amour magnifiques s'il avait eu Milena sur le dos toute la sainte journée ?). Aussi, lorsque s'engage un conflit avec un rival, celui qui s'efface marque un point. Et le raisonnement de ceux qui préfèrent « occuper le terrain » découle d'une confusion fondamentale : le cœur n'est pas un terrain. Le cœur est un dispositif chimique qui change de couleur sous l'effet du bon réactif, même en dose infime — de préférence en dose infime.

Mais enfin, il faut tout de même un contact, un point d'ancrage d'où puisse irradier le manque. Vous ne serez efficacement absente — si vous tenez à cultiver ce pouvoir — que lorsque je vous connaîtrai et pourrai vous regretter sur un mode un peu moins théorique. Je me souviendrai de tout ce qui est passé à ma portée et je souffrirai. Mais maintenant... je ne souffre que d'imagination. De suppositions. Auriez-vous peur de venir vous confronter à ces suppositions flatteuses ? Auriez-vous si peu confiance en vous ? Il suffit ! Venez dissiper le brouillard derrière lequel vous vous cachez. Soyez comme l'athlète ! Après avoir pris un temps pour rassembler ses forces, il se jette courageusement dans la mêlée (oh oui ! mêlons-nous).

Ah, on peut dire que vous avez de la chance d'avoir affaire à quelqu'un de ma trempe ! Laissez-moi vous expliquer. Il n'y a que deux types de personnes sur terre : celles qui sont amoureuses, et celles qui ne le sont pas. Nous passons tous d'une catégorie à l'autre une ou plusieurs fois dans notre vie. Quand on est amoureux, tout le reste devient accessoire et l'on comprend que l'on n'était pas vraiment vivant jusque-là. Dans un gentil film anglais que j'ai vu récemment, le héros demande : « Comment savoir si je suis amoureux ? » Son ami répond : « Quand la maison flambe, tu le sais. C'est tout. » Bon. Vous conviendrez qu'il serait minable de vivoter quand on peut s'offrir une bonne flambée.

Encore faut-il distinguer deux sortes d'amoureux. Les premiers choisissent l'action, expriment leurs sentiments, proposent des repères à l'existence du couple : aller à Florence, inviter les Dupont, retaper une vieille ferme, apprendre le tango, fabriquer un mioche. Ce sont les locomotives. Les autres préfèrent attendre, en espérant qu'une déclaration viendra d'en face qui leur permettra de vibrer à l'unisson, mais restent cois tant que rien ne se dessine, car ils n'oseront jamais formuler ce qui ressemble à une demande. Ce sont des preneurs de train en marche.

Classiquement, les locomotives accrochent des preneurs de train en marche et, moyennant quelques ajustements de vitesse, la suite se passe à la satisfaction générale. Quand deux locomotives ont l'audace de s'accoupler, cela peut donner des catastrophes ou des miracles, selon le sens d'accrochage. Mais quand deux preneurs de train en marche se bousculent par hasard et restent ensemble par inertie, on assiste aux scènes les plus savoureuses du répertoire amoureux. Deux pas en avant, trois pas en arrière, ils ont tellement peur d'en dire trop qu'ils disent tout le contraire, espérant qu'à force de ne pas se découvrir ils finiront par obliger l'autre à passer aux aveux. S'ils rencontrent justement le mutisme, c'est-à-dire la même politique de prudence, la situation peut traverser un blocage prolongé. À la fin, chacun se lasse d'attendre le cri du cœur qui libérerait le sien, et les chemins divergent faute de liant, laissant deux cœurs aigris et boursouflés d'amour rance.

Bienheureuse, vous n'avez pas à craindre une si terrible issue. Je suis de la race des locomotives et je ne vous laisserai pas mariner sur le quai. Mais imaginez un instant que je sois comme vous et me barricade dans l'expectative. Où en serions-nous à l'heure actuelle ? Je n'aurais même pas songé à vous écrire et vous seriez privée de tous ces bons moments où vous lisez mes rodomontades. N'est-ce pas triste à pleurer ?

Vous aurez bien compris, j'imagine, que je me sers de l'amour pour vous (toujours malheureusement si théorique) pour parler de l'amour tout court, pour en effleurer les mystères et les contours ? Que vous n'avez rien à craindre de mes assiduités, puisque celles-ci ne peuvent exister pour de bon sans base réelle ? Que vous pouvez me taquiner de la même façon que je vous taquine, sans qu'il s'agisse d'une capitulation honteuse ? Que vous voyez passer entre vos mains les différents chapitres d'un plaidoyer pour la légèreté et qu'il n'y a rien de plus lourd que votre silence ? Nom d'un patin, comme j'ai envie de vous faire rire et qu'on n'en parle plus ! Venez, à la fin, et qu'on se fende la pipe.

Ou bien me serais-je trompé à ce point ?

Sur le rire, j'ai beaucoup de choses à dire, mais surtout que c'est un miracle. Imaginez le big bang, les galaxies, les planètes, cette purée d'atomes et de rayonnement pendant des milliards d'années, et tout à coup cette matière qui s'organise en grumeaux pour produire quoi ? Le rire. C'est inouï. Le rire qui résonne dans l'univers, c'est plus qu'une cerise, c'est tout un cerisier sur le gâteau, voyez-vous, ça transforme radicalement les milliards d'années qui précèdent et donne un sens grandiose aux phénomènes. Tout ce branle-bas n'était qu'une savante machinerie, finalement, qui préparait l'éclat de rire.

Les larmes aussi, me direz-vous, sont de notre invention, mais, si je peux me permettre, rien ne nous oblige à leur donner tant de poids. Si la souffrance du monde s'allégeait de tous les coups bas volontaires, on y verrait déjà beaucoup plus clair. Pour moi, ces larmes qu'on s'arrache les uns aux autres ne sont qu'une erreur de jeunesse de notre espèce. L'espoir, la lumière, la justification de l'humanité, je ne peux les placer que dans le rire. Et quoi qu'on désigne par le vocable «liberté», le rire en est nécessairement la plus belle expression.

Aimez-vous les films de Woody Allen ? Il y a dans *Annie Hall* une magnifique scène de fou rire entre Woody Allen et Diane Keaton, à l'occasion d'une fournée d'écrevisses qu'ils ont beaucoup de mal à mettre à la casserole. Deux ans plus tard, Woody tente de reproduire la scène avec une autre copine. Mais celle-ci n'a pas le même sens de l'humour et le regarde s'exciter d'un air imperturbable, en allumant une cigarette comme quelqu'un qui s'ennuie. L'humour n'est jamais dans les faits, seulement dans la tête. L'amour aussi, bien sûr. Voilà ce qui fait leur si haute valeur, ce sont des vues de l'esprit, et à ce titre fragiles, et à ce titre admirables.

Refuserez-vous encore que nous les cultivions ensemble ?

La parole est à vous.

Votre trépignant,
Edouard

Paris, le 3 juillet

Monsieur,

D'accord. Puisque vous insistez. Voici cinq phrases. N'en demandez pas plus. Je pourrais me braquer.

Geneviève

Paris, le 7 juillet

Rontidjû ! Vous allez me faire grimper aux murs. Dois-je vous envoyer un huissier pour vous extorquer un discours élaboré ? Je n'ai même pas votre adresse. Vous vous gardez bien de l'indiquer.

Pour qui me prenez-vous ? Un loup-garou ? Un enragé ? Je pensais vous avoir convaincue, autant que possible, quoique sans étalage, de mes manières irréprochables. Je nourrissais l'espoir, pour égayer votre avenir comme le mien, d'un dialogue mirobolant où l'on ne se refuse rien. Ai-je été sibyllin ?

Je ne sais plus quel saint prier, quel philtre avaler, quelle sonnette agiter pour parvenir à vous démuseler.

Tel que vous me lisez, je ne suis plus qu'une épave, un puits d'affliction, un héros précipité dans les ténèbres. Moi qui déride des régiments entiers d'étudiants apathiques... Ai-je perdu la grâce ou êtes-vous faite de pierre ?

Peut-être avez-vous peur de prendre la plume ? Essayons autre chose. Je vous donne rendez-vous le dimanche 12 août à midi sur le parvis de Notre-Dame. Je porterai un tutu rose et un chapeau haut de forme. Vous pourrez même vous enfuir si vous ne me trouvez pas à votre goût.

N'est-ce pas formidablement confortable ?

Votre fulminant,
Edouard

Paris, le 15 juillet

Cher Edouard,

Ne vous énervez pas. Je suis peut-être timide. Embarrassée. Perplexe.

Je suis en tout cas mariée et sage, il vaut mieux le dire tout de suite.

Vous m'auriez entreprise cinq ans plus tôt, j'aurais sans doute voulu goûter la bagatelle offerte avec autant de verve. Mais vous arrivez quand j'ai trouvé mon ancrage.

Je me sens un peu coupable d'avoir laissé affluer votre littérature. Quoique sans dessein d'y répondre, je me suis accordé le droit de la lire — il n'y a rien de plus cavalier, j'en conviens.

Je mise sur votre indulgence en deux points annoncés par vous-même. Premièrement, toutes vos démonstrations sont théoriques et s'adressent à la personne que vous avez façonnée dans vos rêves. Deuxièmement, votre démarche est par essence ludique et vise à agrémenter votre ordinaire. Nous pourrons peut-être nous entendre sur une récréation en cinq ou cinquante phrases, mais vous devrez trouver une autre cible pour vos projets spécifiquement amoureux, car je ne suis pas en mesure d'y satisfaire.

Pour le rire, je vous suis volontiers, encore que la plus belle expression du mot « liberté », je la voie plutôt dans la bonté. Le rire est miraculeux, mais la bonté est révolutionnaire. J'admets qu'elle est aussi très ennuyeuse. Woody Allen l'emporte haut la main sur Mère Teresa, cela va de soi.

Dans *Annie Hall*, je me souviens de cette autre blague : un homme se plaint que son frère se prend pour une poule. On lui conseille de le faire interner. Il répond que c'est impossible parce qu'il a besoin des œufs. La vie est exactement ainsi, conclut Woody, complètement dingue, mais nous avons besoin des œufs.

J'ai compté trois œufs dans votre petit panier : l'art, l'amour et la psychologie. Vous en cachez peut-être d'autres, que vous gardez pour la bonne bouche, mais déjà vous pouvez vous estimer gâté ; tout le monde n'a pas trois œufs à couver.

Si vous ne voulez pas voir l'un d'eux se réduire en omelette, il serait plus sage pour vous aussi que nous ne nous fréquentions pas. Car il y a une vérité sinistre que tout le monde sait et que tout le monde nie, c'est que l'amour — je veux dire l'Amour — n'existe qu'en rêve parce que c'est le seul lieu où il ne se casse pas la figure. Obtenez l'être que vous admirez le plus au monde, et vous trouverez une pauvre chose qui rote et qui se mouche, qui râle et qui tremble, et puis qui veut qu'on l'aime. Le moment de la confrontation est toujours une raclée pour l'imaginaire. Si on voulait vraiment profiter de l'amour, on cesserait de le placer dans des êtres de chair. Les mystiques ont sans doute raison.

Je vois bien où vous avez pêché vos suppositions à mon sujet — dans ces quelques travaux si partiels et étroitement maîtrisés — mais pour ne pas les torpiller, tenez-vous à distance. En vous écrivant, je commets déjà une erreur. Si je voulais vous protéger tout à fait, je me garderais bien de vous adresser la parole. Je vous laisserais dériver dans le flou que vous décrivez si gracieusement.

Vous le savez certainement, on a tort de montrer le Père Noël aux enfants, ils sont toujours déçus. Mais beaucoup, déjà conditionnés de toutes parts, comprennent qu'il ne faut pas dénoncer la mystification et jurent devant tous que c'était formidable. Ce sont les parents, sinon, qui se sentiraient déçus. De la même façon, combien d'amoureux « surjouent » leur rôle pour faire plaisir à l'autre ? Qui n'a pas mimé l'amour pour le sauver ? Qui n'a pas fait semblant d'ignorer le bruit, le courant d'air ou le vin bouchonné qui déprécient un tête-à-tête ? Qui ne s'est pas extasié sur un cadeau désastreux pour ne pas causer de peine ? Qui ne s'est pas lancé dans des lettres d'amour hors de toute proportion ?

Vous voulez mon avis sur la correspondance amoureuse ? Elle est toujours excessive. Et dans cet excès, le destinataire peut reconnaître la mascarade du Père Noël. Il sent bien que ce n'est pas l'amour de lui qui a inspiré la lettre, mais l'amour de l'amour. De là, il s'estimera humilié de n'avoir pas eu assez de poids pour supplanter une idée. D'ailleurs, l'auteur peut facilement utiliser les mêmes textes pour des partenaires différents, à quelques détails près. L'autre ne l'émeut pas tant que le spectacle de son propre amour. Il ne cherche pas l'autre, mais l'admiration soulevée par l'étalage talentueux de ses sentiments.

Vous, en me choisissant comme cible, vous vous prémunissez d'office contre ce genre d'erreur diplomatique. Vous ne risquez pas de rater l'objectif puisque vous tirez en l'air, et je ne peux pas vous en vouloir tant que je ne me suis pas présentée. Vous ne surjouez pas, vous jouez intégralement. C'est peut-être une position plus saine.

Vraiment, au cours des amours que l'on traverse, il s'accumule trop de stratagèmes et de compromissions.

Moi-même, j'ai présenté mes plus belles photos avec la même petite fierté à un amant après l'autre. J'ai montré à chacun ma médaille de ceci et mon premier prix de cela. J'ai parlé des mêmes auteurs et préparé les mêmes gâteaux. Chaque fois un intérêt candide, chaque fois un plaisir recyclé. Extraordinaire opportunité de faire du neuf avec de l'ancien, de remplir la machine amoureuse avec le même charbon. J'ai visité les mêmes lieux avec chacun : Venise, Prague, l'Andalousie. Je préférerais de loin une nouvelle géographie pour chaque histoire. Mais le stock d'endroits magiques est limité, et le couple a besoin de combustible.

Et — pour accentuer le côté « recette » — les fruits récoltés, eux aussi, se ressemblent étrangement. De chaque homme, j'ai gardé quelques habitudes, quelques adresses, quelques tuyaux. Un hôtel, un restaurant, un contact professionnel, une check-list pour les voyages, un intérêt pour Wim Wenders, une recette de poulet au madère, un bouquiniste à Nancy, une méthode infaillible pour déboucher les éviers. En juxtaposant ces héritages, je me trouve à la tête d'un patrimoine hétéroclite et bien utile, qui ne m'a demandé aucun effort. Le vrai bilan des relations amoureuses ? Quelques souvenirs et beaucoup de rémanences pratiques. Voyez comme il s'agit bien du mot juste. « Rémanence : persistance partielle d'un phénomène après disparition de sa cause. »

Quand on est accoutumé à cet effet, on finit par le voir venir. Mais comment appeler un pressentiment de rémanence ? Existe-t-il un mot ? Je vais dans un bar à tapas avec X et je sais déjà que j'y reviendrai quand nous nous serons quittés. Je l'accompagne chez un disquaire et je me promets de garder l'adresse. Plus tôt encore, en plein prélude d'une relation avec Y, je pense déjà à tout ce qu'il va me livrer comme matière à vivre encore après lui (lieux, personnes, connaissances, trucs et ficelles) et je me réjouis déjà de les ajouter dans mon baluchon. On n'est pas loin du vampirisme.

Mais, je vous l'ai dit, tout cela n'a plus cours. J'ai cessé de zigzaguer de l'un à l'autre. Je tiens l'état amoureux pour une pathologie dangereuse et je me blottis au chaud d'un amour tendre et tranquille. Vous voyez donc que je ne suis pas dans des dispositions réceptives à votre ferveur. Épargnez votre tutu et votre haut-de-forme. Je ne viendrai pas au rendez-vous. Tenez-le-vous pour dit.

Amicalement,

Geneviève

Paris, le 20 juillet

Chère Geneviève,

Avez-vous cru un seul instant que j'irais faire le clown sur le parvis de Notre-Dame, éveillant la pitié gênée des adultes et le sourire torve des enfants ?

Vous voyez que j'ai fini par trouver le déclic qui vous a fait trébucher, c'est la sollicitude. Vous avez voulu me protéger du ridicule, et seul ce geste d'altruisme pur a réussi à briser la carapace obstinée où vous vous étiez enfermée. Là où toutes les flatteries et les supplications ont échoué, la perspective d'une bêtise notoire vous lance à mon secours. Pour ce brillant exemple de bonté, je vous baise cent mille fois les pieds, les mains, et toute partie de vous que vous voudrez bien abandonner à ma reconnaissance éperdue.

Bien sûr, vous n'êtes pas très optimiste. On peut même dire carrément opposée à mes projets. Mon Dieu, qu'est-ce qui a pu vous remonter si fort contre le romantisme ? Je vous sens déçue, aigrie, bien décidée à ce qu'on ne vous la fasse plus. Y eut-il tant de dégâts dans votre jeune vie ? Vous a-t-on bafouée, délaissée, trahie ? En posant la question, je comprends déjà que la réponse est pire. Vous n'êtes pas tant déçue par les hommes que par l'amour lui-même, voire la vie entière. L'attention aux détails, si éclatante dans vos clichés, est peut-être consécutive à l'évanouissement des grands desseins.

Je reconnais que l'amour tient de la recette, mais il ne suffit pas de le savoir pour épuiser le sujet. Ni de réussir une mayonnaise pour dire que l'on comprend par quel miracle elle prend. La mayonnaise est une sorte de sauce froide qui se compose d'huile, de vinaigre, de sel, de poivre, de moutarde et d'un jaune d'œuf battus ensemble. A-t-on tout dit quand on a dit cela ? Non, la mayonnaise reste un mystère en soi. Si, pareillement, l'amour est une sorte de sauce chaude qui se compose de... lettres exagérées, lieux magiques et quelques autres ingrédients battus ensemble, la maîtrise du procédé ne révèle rien sur le principe actif qui nous reste inconnu — et largement inconnaissable.

Pour tout dire, j'ai l'impression que vous avez un peu noirci le tableau en vue d'arrêter mes incursions sur un terrain que vous voulez maintenir désert. Pour quelle raison étrange ? Votre petite démonstration, je n'y crois pas trop. L'amour toujours se ressemble, et alors ? Est-ce qu'on reproche aux bons moments d'être bons ? C'est bien ce qu'on leur demande au contraire, et on n'a jamais vu personne refuser un bon repas sous prétexte que ce n'est pas le premier qu'il mange.

Non, vous n'êtes pas fatiguée d'être amoureuse ; vous en avez peur. Cette idée de se blottir dans un amour tendre et tranquille ressemble tellement à un refuge pour éviter les battements de cœur. Mais ce serait renoncer à la partie la plus exaltante de notre vie !

Peut-être — j'avance une hypothèse — attendiez-vous trop de l'amour sans savoir qu'il fallait d'abord miser sur vous-même ? Nous avons tous subi un matraquage méthodique, dans notre âge le plus tendre, perpétré à grand renfort de contes de fées, de dessins animés et de romans à l'eau de rose. Cette belle conspiration nous pousse à nous sentir incomplets et à chercher partout la moitié qui nous manque. Du coup, tous les bredouilles de la course à l'âme sœur se prennent pour des infirmes, définitivement ratés et malheureux, tandis que les gagnants, collés par deux et s'infligeant le pire bien plus souvent que le meilleur, se demandent longtemps ce qu'ils ont gagné exactement. C'est ce que j'appelle un canular.

Il fallait viser plus haut. Marcher seul et attendre quelqu'un capable d'en faire autant. Le regarder venir de loin. Savourer chaque moment d'une chorégraphie où l'on reste en équilibre. Mais bien loin de là, chacun se précipite tête baissée dans une intimité qui va tout broyer. On s'acharne à ausculter le charme irrésistible, tant et si bien qu'il n'en restera rien.

Mais pourquoi donc exiger l'amour au quotidien ? Il n'existe aucun être humain qui n'ait ses borborygmes, ses manies inconscientes, ses gestes triviaux, ses odeurs fades, ses routines caractérielles et physiologiques. Et pourtant, chacun persiste à désirer, que dis-je, à réclamer une vie commune qui aplatira bien vite les plus beaux émois. Il y a là comme un instinct de destruction que je ne m'explique pas. Avoir entre les pattes un sentiment tout frissonnant, soyeux et vif, et s'ingénier à lui taper sur le râble jusqu'à lui arracher son dernier souffle. C'est presque une fascination morbide. Ensuite, on soupire que l'amour est bien court.

On ne m'ôtera pas de l'idée que la cohabitation est une punition qui tue l'amour et son cortège de bonheurs insolents. La cohabitation ou toute forme de précipitation. Bien souvent, on préfère s'en remettre à des recettes éprouvées, à des schémas universellement adoptés. C'est ce manque de personnalité dans l'amour qui empêche son renouvellement.

Avez-vous lu Francesco Alberoni ? Il parle de l'état amoureux comme d'une révolution à deux, un mouvement collectif à l'échelle du couple. Pour le différencier de l'amour installé, il a ce joli mot d'*innamoramento*, que l'on peut traduire en français par l'expression « amour naissant ». C'est cet état que nous voudrions prolonger, cet éblouissement, cette griserie, ce sentiment que tout est possible (en cela l'amour naissant est bien comparable à l'état d'esprit révolutionnaire). Mais pour ce faire, il faut qu'il naisse à chaque instant, il faut qu'il se renouvelle sans cesse, il faut éviter tous les pièges et toutes les tentations d'instituer les choses, sans quoi l'on quitte la révolution pour instaurer un nouveau régime (contre lequel il faudra s'insurger dès qu'il sera à son tour figé et obsolète).

La révolution permanente est probablement une utopie en politique, mais j'y crois très fort sur le plan personnel. C'est le défi que je voudrais relever avec vous si vous pouvez trouver une heure par semaine pour être révolutionnaire. Je ne vous demande rien et sûrement pas de quitter qui que ce soit. Je voudrais simplement examiner cette question avec vous : Pourrait-on choisir d'entretenir la flamme plutôt que de l'étouffer ? Considérer l'amour comme une responsabilité plutôt que comme un dû ? Se consacrer à l'inventer plutôt qu'à l'espérer ?

Il n'empêche, j'aimerais vous connaître, bavarder, jouer avec vous au ballon dans la rue ou lire ensemble des poèmes espagnols avec un dictionnaire. Le verre que vous voyez à moitié vide, moi je le vois à moitié plein. Et je vais vous faire un aveu qui devrait vous rassurer : vous n'êtes pas la seule femme dont je suis amoureux. Vous êtes la seule à être vous et c'est bien vous qui m'intéressez, pas le vague espoir de dégotter une maîtresse. J'aimerais qu'au lieu de me servir des vérités sinistres vous envisagiez d'embarquer avec moi pour un pays où il n'y a pas encore de vérités, seulement des idées, des envies, des élans et des fantaisies. On n'a pas le temps d'établir des vérités quand on cultive la révolution. Vous vous êtes faite plus acerbe que vous ne l'êtes en réalité. Vous essayez de me décourager, pour éloigner de vous ce que vous voyez comme un choix cornélien. Mais ce n'est pas « autre chose » que je vous propose, c'est quelque chose en plus, un simple surcroît de sourires dans votre vie présente, un intérêt inédit porté à l'art d'aimer. Ne me dites pas que vous n'êtes pas partante pour une expédition comme celle-là.

Votre plein d'espoir,
Edouard

Paris, le 29 juillet

Cher Edouard,

Que vous êtes machiavélique, persuasif et réjouissant ! Je reconnais que j'ai volontairement noirci le tableau pour vous dissuader — mais vous n'êtes pas de ceux qu'on éloigne avec du vinaigre.

En réalité, je ne suis pas si sombre. Mon sourire s'est enrichi de toutes ces merveilles d'hommes accumulées, comme une bonne sauce épaissie sur le feu.

À propos de sauce, je vais éclairer votre lanterne. La mayonnaise est une émulsion de molécules non miscibles maintenues en l'état par l'action d'un agent tensioactif (la moutarde) dont les molécules présentent la particularité de posséder un pôle hydrophile et un pôle hydrophobe. C'est cette molécule bipolaire qui, fixant l'huile d'un côté et l'eau de l'autre, les empêche de se dissocier en deux phases distinctes. Il y a des mystères qu'on résout, vous savez... Notez que le rôle de la moutarde pourrait aussi bien être rempli par des molécules de savon, aux propriétés identiques, mais dont le goût nuirait sans doute lourdement au résultat.

Pour l'alchimie amoureuse, je vous l'accorde, il n'y a encore rien de prouvé sur la nature de l'agent tensioactif à l'œuvre. Mais justement, c'est là un grave argument contre vous. Nous pourrons nous écrire et nous palper de tous les mots présents dans le dictionnaire, le résultat de la rencontre restera totalement aléatoire. Je n'aimerai pas votre odeur, vous n'aimerez pas mon sourire et tout sera bon à jeter. Aucune acrobatie du discours ne peut surmonter l'irréfutabilité physique. Alors pourquoi prendre le risque ?

À votre théorie de la révolution, j'opposerai celle de la troisième dimension. Vous connaissez certainement ces illustrations bizarres qui ressemblent à des mosaïques indéchiffrables. Elles ne prennent leur sens que lorsqu'on parvient à les regarder sans faire la mise au point sur le papier mais sur un point fictif qui se trouverait bien plus loin, derrière la page. À ce moment, de l'avant-plan qui est devenu flou surgit une forme en relief d'une incroyable véracité. On croirait pouvoir la toucher. Mais dès que l'exacte tension du cristallin se perd, l'illusion disparaît et la page redevient plate.

L'état amoureux, si l'on transpose le phénomène aux processus mentaux, est lui aussi une vision en relief, un hologramme de l'esprit. Au début, tout est là, répandu devant nous, et nous ne voyons rien de spécial. Quelqu'un est entré dans la pièce. Il s'agit tout simplement d'un individu. Puis, en une soirée que nous passons avec lui, le cerveau produit un phénomène d'accommodation extraordinaire, un relief saisissant qui nous subjugue et se maintient un bon moment. Cette personne est devenue l'être suprême, un prodige capable de nous tenir en haleine, et le monde entier est entraîné dans le mouvement. Pourtant, un jour, la tension se relâche, la vision s'estompe et la vie redevient plate. On ne peut pas créer la « vision » avec n'importe qui (l'agent tensio-actif est incontrôlable), mais, lorsqu'elle a surgi, on peut tâcher de l'entretenir, oui, sûrement, veiller sur elle comme sur une orchidée rare.

Le petit déclic grâce auquel la vision va venir se manifeste parfois très tôt. Avant même de parler. Plusieurs fois j'ai eu le sentiment de croiser dans la rue l'homme de ma vie. Un simple passant. Je savais parfaitement que l'alchimie serait possible avec lui. Dans ces cas-là, je n'ai rien fait pour l'approcher. Je me satisfaisais du simple plaisir de l'avoir effleuré.

Je me souviens d'un moniteur de voile, quand j'avais vingt ans. Il était tellement parfait que je ne voyais pas ce que j'aurais pu lui apporter. Son sourire était un hymne à la joie. Sa beauté, consciente d'elle-même, mais sans économie. Son visage, souverain, spontané comme un jeune chien, mais le regard, brusquement, devenait luisant comme le péché, et on comprenait qu'il n'était pas l'enfant de chœur que l'on croyait. C'est un peu curieux d'être si beau et si enjoué, si exposé à tout moment. Les gens gâtés à ce point n'ont pas coutume de se mettre en danger aussi étourdiment. Ils se réservent, s'accordent avec parcimonie. Lui, il se répandait comme un feu d'artifice qui ne devait jamais manquer de fusées. Il donnait à tous, et tout le temps, sans avoir l'air d'y penser. Il offrait même aux moches des regards qu'elles n'avaient jamais reçus, pas pour les séduire, ni même pour se moquer, mais parce qu'il n'avait tout simplement pas d'autre regard que ce séisme qu'il plantait un peu partout. Éblouissant.

Voilà pour l'exemple. Ces hommes qui m'ont séduite immédiatement, il y en a eu de temps à autre, et je n'y ai jamais touché car je ne peux rien pour eux.

Mes vraies histoires, je les ai connues avec des hommes qui d'abord n'étaient rien, ou pas plus qu'un quidam sympathique. Le temps de mettre les yeux à bonne distance de la page, le relief est apparu, sans qu'on puisse dire exactement quand, mais brusquement c'est clair, une montagne s'est levée que l'on s'emploie à escalader. L'état amoureux devient une activité à part entière qui occupe une part considérable de l'agenda. Outre les entrevues et leurs préparatifs, il faut compter tous ces actes bizarres qui ne nous auraient jamais effleurés si nous n'étions par amoureux : acheter un chapeau, lire Schopenhauer, ranger le grenier, se remettre au piano, laver les rideaux...

Mais un moment de grâce est vite passé. Il faut, vous le dites très bien, sans cesse le renouveler, lui donner le jour à nouveau. Il n'y a pas de pire tragédie qu'un amour sorti de sa gangue d'imaginaire, tout nu, maigre et froid, grelottant au vent de la réalité. Voilà qu'il n'est même plus permis de rêver. Voilà qu'un être mortel apporte la mort du mythe. On peut, après ce coup fatal, se résigner à vivre en couple — la terrible cohabitation — ou, au contraire, à jeter l'amour contre les murs pour voir si la violence ne l'obligerait pas à résister. Plus j'aime, plus j'ai envie de partir. C'est peut-être lâche, ou c'est peut-être la meilleure façon de travailler, d'« inventer » l'amour, comme vous le suggérez.

Chaque fois que le peintre décide de lever son pinceau, nul ne sait — et sans doute pas même lui — si le tableau est fini ou s'il ne fait que commencer. Seul l'instant suivant le dira. L'amour est un tableau. Pour le réussir, il faut savoir lever le pinceau.

Quant aux hommes qui laissent le paysage plat, leur donner leur chance est une très grande erreur. C'est là véritablement se prostituer, accepter de jouer sans conviction, donc tromper, comme les adultes qui trichent au jeu pour laisser gagner les enfants. Aucune insistance sur aucun des ingrédients ne compensera jamais l'absence de la moutarde. Inutile d'accumuler les bons arguments. Tel homme a tout ce qu'on peut désirer, oui, sauf le don d'éveiller le désir, alors tant pis.

De plus, si les amours qui ont eu du relief un jour se figent à l'état de ruines et donnent au moins pour vivre le souvenir, ainsi mes grands-parents qui se racontent régulièrement leurs premiers émois, celles qui n'en ont jamais eu ne peuvent même pas compter sur ce passé glorieux et la mythologie qui en découle. Tout a toujours été ennuyeux, il n'y pas de hauts faits ni de légende dorée, aucun moyen de ranimer un peu la cendre en soufflant dessus.

Comment savoir dans quelle catégorie vous tomberez, Edouard ? Les inaccessibles, les compagnons de la troisième dimension ou les poissons plats ? Comment fixer par décret que nous allons nous aimer parce que vous l'avez décidé ? Présomption typiquement masculine. Si vous voulez badiner, badinons, mais badinons sur papier, dans le confort de l'anonymat. De toute façon, je m'enfuis, samedi je pars en vacances, vous ne me trouverez pas. Si vous voulez, adressez-moi des cartes postales — par le biais de la galerie qui transmettra. Je me protège parce que je sais que vous pourriez vouloir me débusquer.

Amicalement,

Geneviève

IV

Comment éviter de se laisser emmener plus loin qu'il ne convenait ? Depuis qu'elle avait posé un pied dans l'engrenage, Geneviève hésitait entre la curiosité et l'instinct de conservation. On est tellement puissant quand on reste dans l'ombre. Cet homme-là n'était-il pas tout simplement en train de la soumettre au chant des sirènes ? Sitôt qu'elle avancerait en terrain découvert, il ne ferait d'elle qu'une bouchée.

Elle aurait préféré continuer à admirer les cabrioles d'Edouard sans quitter son rôle d'observatrice immobile. Avec un seul mot d'encouragement pour le relancer, elle avait espéré gagner un supplément de spectacle à durée indéterminée. Mais le bougre ne l'entendait pas de cette oreille. À peine avait-il reçu un mot d'elle qu'il s'était mis à tirer sur le filon comme un accoucheur sur la tête qui refuse de sortir.

Elle avait bien tâché de s'en tirer par une nouvelle pirouette, mais rien à faire, Edouard ne mangeait plus de ce pain-là. Après s'être écrié « Alléluia » lorsqu'elle s'était manifestée, la première fois, il lui envoya du « Rontidjû » dès sa deuxième intervention, jugée gravement insuffisante. Grandeur et décadence. Il allait donc falloir entrer dans la danse si elle voulait continuer à voir Edouard évoluer gracieusement sur la scène épistolaire.

Sauter le pas fut difficile. Elle déchira plusieurs brouillons. Elle ne savait comment trouver le ton juste. Elle voulait décourager les assauts du galant sans rabaisser sa faconde, apprivoiser l'animal sans le dénaturer, et l'opération demandait énormément d'habileté. Enfin, après beaucoup de doutes et d'hésitations, elle avait fini par noircir elle aussi son lot de papier.

Mais revenons au moment où Geneviève vient d'émettre son premier signe de vie en direction d'Edouard, ce simple et laconique « Continuez, je vous en prie ». La réponse ne se fit pas attendre et, comme d'habitude, Geneviève prit contact avec Daphné pour se donner le plaisir de la disséquer avec elle. C'était devenu un rituel délicieux. Elle appelait Daphné au bureau pour annoncer le nouvel arrivage et elles se retrouvaient à midi pour le commenter — si l'agenda le permettait — ou bien le soir chez Daphné. Celle-ci se montrait de plus en plus sérieusement chavirée. Avec l'évocation du premier rendez-vous (« je vous ferai bientôt une proposition qui vous laissera rêveuse »), elle décréta qu'Edouard était l'homme le plus irrésistible de la planète, sur le papier du moins. Pour en avoir le cœur net, elle évoqua la possibilité de prendre au sérieux cette idée de séance de pose qu'il suggérait. Il suffirait d'envoyer un petit mot avec quelques directives, puis de débarquer chez lui avec force tissus de fond et matériel d'éclairage — elle se désignait gracieusement comme accessoiriste — et l'on verrait enfin à quoi ressemblait ce savoureux courtisan. Geneviève protesta d'un air horrifié.

— Tu n'y penses pas ! Organiser toute cette mise en scène pour tomber peut-être sur un guignol total, ou sur un lourdaud aux mains moites, quelle horreur !

Souviens-toi de la catastrophe quand tu as voulu rencontrer le surdoué du courrier électronique. Tu aurais mieux fait de le laisser derrière son écran. Eh bien moi, je laisse Edouard derrière sa plume.

— Mais enfin, tu ne peux pas être absolument sûre du fiasco ! Ce sont des choses qu'il faut vérifier.

— Je préfère ne pas savoir. Ainsi, tout reste possible.

— Si tu voulais vraiment que tout reste possible, il ne faudrait poser aucun geste. Je veux dire : jamais, puisque chaque choix en supprime d'autres. À la fin, tu te serais privée sur toute la ligne.

— Eh bien comme ça, au moins, je serais sûre de n'avoir rien fait de mal.

— Ni rien de bien non plus !

— Écoute, pour en revenir à notre oiseau, je n'ai aucun besoin d'aller ausculter la couleur de ses plumes. Son chant me suffit amplement.

— Ce que tu peux être peureuse !

— Prudente. Je te signale que c'est la seule façon de prolonger le plaisir. Regarde, si tu n'avais pas commis l'erreur de rencontrer ton postulant, tu t'amuserais encore tous les jours à échanger des messages avec lui.

— Oui, mais je perdrais mon temps puisque nous savons maintenant qu'il s'agissait d'une face de cake.

— Tant que tu l'ignorais, tu ne perdais pas ton temps, tu prenais ton pied.

— Peu importe ! On ne peut tout de même pas passer sa vie à collectionner des débuts d'histoires qu'on ne veut pas découvrir en entier ! Ça n'a aucun sens.

— Pourtant, c'est exactement ce que je fais en photo. Je glane de petits extraits et rien de plus.

— Et tu voudrais procéder de la même façon avec les hommes ? Prendre de chacun le détail qui te convient : un pour la correspondance, un pour les vacances, un pour danser, un pour causer, un pour baiser...
— Pourquoi pas ?
— Tss tss, moi ça ne me fait pas rêver. J'en veux un pour tout, et tout entier.

Daphné venait juste d'essuyer un nouveau revers sentimental. Elle avait, quelque temps plus tôt, assisté à une soirée chez Rebecca, une grande amie à toutes les deux. Rebecca tentait régulièrement de trouver une pointure pour Daphné dans ses amis et connaissances : dès qu'un nouveau célibataire était repéré, ou qu'un ancien casé devenait célibataire, Rebecca trouvait un prétexte pour organiser une soirée où elle plaçait Daphné à ses côtés. Le plus souvent, l'alchimie ne fonctionnait pas. Mais cette fois-ci, la manœuvre avait semblé porter ses fruits. Daphné avait eu une conversation très animée avec le candidat, qui s'était terminée par un échange d'adresses et des promesses de se revoir. Une piste, une piste, elle tenait une piste. Elle avait téléphoné dès le lendemain matin à Geneviève pour lui décrire le jeune homme, un sémillant chimiste qui travaillait sur la qualité des résines (mais quelles résines au juste, celles des sapins ?) et le fonctionnement des échangeurs d'ions. Une sombre histoire, assurément, mais raison de plus pour se revoir et tirer tout cela au clair. Il était enjoué, imaginatif, de carrure large et bien bronzé. Daphné ne fit ni une ni deux et l'adouba mentalement prétendant principal. Elle le voyait déjà jouer aux billes avec trois enfants affectueux pendant que le rôti du dimanche terminait de mijoter. Il s'appelait Gérald, c'est un peu con, mais on s'habituerait. Comble de bonheur, il lui téléphona trois jours plus tard pour lui demander si elle était libre le lendemain soir, car des amis à lui donnaient un concert dans un café-théâtre, et il la priait d'aller les applaudir avec lui. Daphné sauta de joie puis, dans la seconde suivante, réprima tous les gros mots de son vocabulaire, car c'était précisément le jour de l'anniversaire de sa mère. Elle était invitée au restaurant avec ses deux frères et leurs épouses et ne pouvait décemment pas se soustraire à une obligation aussi rituelle. Elle proposa d'aller plutôt au cinéma le samedi soir, même si cela semblait du coup beaucoup moins naturel et approprié, et il en fut convenu ainsi. Hélas ! le samedi après-midi, elle trouva un message sur son répondeur téléphonique. Gérald avait un empêchement de dernière minute, il s'excusait mille fois et rappellerait plus tard. Daphné apprit ensuite par Rebecca que lors de sa soirée au café-théâtre, où il s'était rendu seul, Gérald avait rencontré une demoiselle avec qui il avait sympathisé et finalement terminé la nuit. Daphné mit deux jours à s'en remettre, évita de rappeler le traître et lui-même ne se manifesta plus. Elle enrageait d'avoir raté le coche de si peu, mais le récit qu'elle en fit était, comme d'habitude, des plus ironiques. « Devine ce que faisait le beau Gérald pendant que je me tapais le repas de famille ? Il draguait le premier cageot venu parce qu'il était écrit que ce soir-là il devait tomber amoureux. Mais moi, bien sûr, j'ai trouvé le moyen de louper le rendez-vous ! Je mangeais du canard avec ma mère. » Exit Gérald.

Rebecca, quant à elle, avait tout récemment épousé un adorable professeur d'escrime qui lui avait offert un fabuleux voyage de noces en Inde. Elle s'était décidée pour Frank après avoir butiné de tous côtés pendant quelques années et filait maintenant avec lui le parfait amour. Ils avaient visité les temples et donné des bics aux enfants. Ils avaient monté l'éléphant et déposé des offrandes à la surface du Gange. Sur les photos, le bonheur de Rebecca se voyait comme un troisième œil au milieu du front.

Autant que Geneviève, elle aurait voulu voir Daphné profiter d'une relation digne de ce nom, mais voilà que son poulain Gérald venait de lui filer entre les mains. Elle proposa à Daphné de noyer son chagrin dans l'une de ces soirées « entre filles » qu'elles s'offraient de loin en loin toutes les trois. Ce genre d'occasion servait essentiellement à casser du sucre sur le dos des mecs, et il faut bien cela une fois par an pour repartir avec tout l'humour nécessaire. Rendez-vous fut pris et, foi de nanas, on allait s'en payer une bonne tranche.

Quelque temps plus tard arriva la lettre dans laquelle Edouard commençait à trépigner, à parler d'ultimatum et de méthode musclée. Geneviève ayant à nouveau fondu dans un silence opaque, il déterrait la hache de guerre. Sa belle indignation amusa fort les deux amies. Il avait du mordant, il savait s'énerver et cravacher ses affaires. Non, vraiment, il ne pouvait pas être un pâle type. Dans la théorie des locomotives et des preneurs de trains en marche, elles n'eurent aucune peine à se situer ni l'une ni l'autre. Autant Daphné avait coutume d'afficher ses intentions, bonnes ou mauvaises d'ailleurs, autant Geneviève restait dans une prudente expectative de manière à s'accorder au tempérament manifesté par l'interlocuteur. À la fougue, elle répondait par la fougue, à la tendresse par la tendresse, et à l'indifférence par l'indifférence, exécrant l'idée d'approcher un homme de sa propre initiative et ne répondant qu'à des avances clairement formulées.

Edouard, lui, se déclarait d'emblée (ô combien joliment !), mais sans la connaître aucunement, ce qui rendait la situation un peu ardue à déchiffrer. Ces aveux échevelés, Geneviève les jugeait strictement potentiels et par conséquent sans portée. Edouard ne pouvait à l'évidence pas être amoureux d'elle ; il était seulement disposé à le devenir, ce qui laissait le travail de séduction entier, à supposer qu'elle eût voulu s'y lancer. Or l'entreprise excédait de loin ses timides dispositions. En bonne « preneuse de trains en marche », elle ne s'intéressait qu'aux trains réels qui ralentissaient devant elle avec le marchepied baissé, et non aux promesses en l'air.

Edouard, ensuite, dissertait sur le rire, une heureuse idée pour achever de séduire les deux amies. Elles décidèrent que dans ce cas on allait rire, il supporterait bien d'être asticoté un peu, et Geneviève lui rédigea les cinq phrases qu'il réclamait — sans consommer plus de quinze mots, vingt-cinq syllabes et quatre-vingt-cinq caractères.

Elles se rendirent ensemble chez Rebecca qui avait congédié son bretteur et préparé un festin digne d'une soirée de gala. Saumon fumé, tranches de gigot d'agneau en papillote, fondant au chocolat, le tout bien humecté au rosé de Provence ; on ne pouvait guère craindre de s'enfoncer dans une soirée-chagrin.

Ces petits dîners à trois avaient débuté quelques années plus tôt. À cette époque, Geneviève s'était lancée dans une enquête sur l'imaginaire sexuel des femmes, en vue de réaliser un travail de mise en images fondé sur une expérience plus large que la sienne propre. Elle avait notamment demandé les confidences intimes de ses deux plus proches amies. Daphné et Rebecca s'étaient volontiers pliées au jeu, très volontiers même ; en fait elles avaient passé une soirée formidable. On a beau être amies de toujours, les confidences sur les hommes s'arrêtent en général à un certain point, quelque part entre le divan et le couvre-lit. On expose les manœuvres d'approche, les préliminaires, parfois le déshabillage et la beauté des pectoraux, pour passer ensuite d'un trait à la conclusion sur la qualité globale de la prestation, bon ou mauvais coup — et les détails techniques restent systématiquement nébuleux. Cette fois-ci, parce qu'un impératif supérieur l'exigeait, elles avaient prolongé l'excursion jusqu'à la dernière précision, pour se rendre compte avec fous rires et stupéfaction qu'elles possédaient toutes trois des expériences, des méthodes et des fantasmes sensiblement différents. Chacune raconta son premier rapport, son premier plaisir, sa première pipe, et à chaque épisode elles se tenaient les côtes de rire. Rebecca était allée chercher quelques légumes dans la cuisine pour faciliter les descriptions. Daphné dut se rabattre sur un haricot pour évoquer un cas malheureux, et Geneviève sur une feuille de salade pour un cas désespéré. Outre l'hilarité, c'était une révélation pour elles de découvrir que l'on pouvait partager, commenter et donc soulager les doutes innombrables qui s'accumulent au cours d'une carrière amoureuse. Chacune détenait des lumières sur certains sujets encore brumeux pour les deux autres, chacune, surtout, s'émerveillait de constater qu'elle n'était pas la seule à collectionner les mauvais chevaux.

Car s'il y avait un fil conducteur qui rassemblait leurs observations à toutes trois, c'était bien celui-là : l'incompétence masculine. Personne ne semblait leur avoir jamais expliqué, à ces mignons, qu'une femme ne fonctionne pas tout à fait comme un homme, et elles pouvaient multiplier à l'infini les récits de séances passées à analyser les dessins du plafond.

Rebecca, qui était une fille très volage à l'époque, avait mimé pour ses amies quelques scènes de la relation secrète et torride qu'elle entretenait avec son patron : la robe fourreau fendue jusqu'aux hanches, les attitudes lascives, le regard en coup de poignard, le cha-cha-cha en le tenant par la cravate, pour terminer en levrette par-dessus les dossiers urgents après le départ des collègues. Rebecca avait toujours eu l'art de raconter ses conquêtes comme s'il s'agissait d'une joyeuse plaisanterie, et maintenant qu'elle en venait aux scènes de lit, l'effet était encore plus drôle. Elle parodiait les poses de vamp avec une conviction moqueuse qui rehaussait son charme naturel d'un effet comique irrésistible. Sexy, elle l'était plus que quiconque, avec son visage à la fois mutin et gourmand, son corps sculptural et surtout sa sensualité débordante. Pendant qu'elle enchaînait les mimiques et les postures, frétillait des seins ou ondulait des fesses, elle se montrait sous un jour encore plus ravageur que ce qu'elle cherchait à parodier. Geneviève avait été très frappée par cet effet de résonance que peut provoquer la séduction mimant la séduction. La comédie, en désignant les effets, les rendait plus puissants encore, sans doute parce que Rebecca possédait à la fois l'ingénuité des adolescentes et le corps épanoui qui la dément. Marilyn Monroe se moquant de la séduction serait toujours séduisante, ou un philosophe condamnant l'intelligence ne pourrait le faire qu'avec intelligence. Geneviève s'était dit qu'aucun homme sans doute n'avait eu l'occasion de voir Rebecca sous ce jour. C'était là, pourtant, qu'il y avait de quoi devenir fou d'elle, car en dévoilant ses stratagèmes elle atteignait au sublime.

Depuis cette soirée mémorable, elles avaient décidé de recommencer au moins une fois l'an. L'expérience avait consolidé leur amitié, et c'était aujourd'hui la quatrième fois qu'elles remettaient ça, toujours avec le même plaisir et la même connivence. Bien sûr, le stock d'anecdotes nouvelles ne pouvait se montrer chaque fois aussi fracassant qu'au premier jour, surtout maintenant que Geneviève était fidèle, Daphné célibataire et Rebecca mariée pour de bon. Mais il y avait toujours une petite aventure du passé qu'on n'avait pas encore exhumée, un commentaire qu'on pouvait ajouter, une blague qui gagnait à être répétée.

Il faut dire qu'en dignes filles de soixante-huit, Geneviève, Daphné et Rebecca posaient sur la gent masculine un regard sans concession mais chargé de gourmandise, deux qualités qui n'avaient jamais été à la portée de leurs aïeules. Elles savouraient avec bonheur la possibilité de contempler les hommes comme les fruits appétissants d'un jardin où elles déambulaient librement, tendant la main quand bon leur semblait. Plus de fatalité, plus de soumission, plus d'automatismes, elles appartenaient à la toute première génération qui étrennait le meilleur du sexe fort.

Après six mois de mariage à peine, Rebecca se sentait déjà des fourmis dans les jambes. Une si longue fidélité, vraiment, elle n'était pas certaine que ce fût bon pour la santé. Elle mimait la démarche chaloupée d'un nouveau collègue de bureau et se demandait, avec un charmant détachement — comme on se demande s'il va pleuvoir demain —, si elle allait résister ou non à une si terrible provocation. Il y avait aussi Amedeo, son voisin colombien, qui la dévorait du regard quand ils se croisaient dans l'escalier. « J'hésite, j'hésite, disait-elle en dodelinant de la tête tel un enfant devant plusieurs jouets, mais Frank est tellement adorable, non, non, je ne crois pas que je peux lui faire ça. Je vais me contenter de penser à Amedeo quand on fricote dans le noir. Il faut être raisonnable. » Et son sourire gourmand démentait déjà ses paroles.

Geneviève, après deux ans de cohabitation avec Jean-Luc, avait toujours pour les hommes le même sentiment curieux et occasionnellement fasciné, mais sans éprouver le besoin de dépasser cette admiration théorique. Elle y avait goûté suffisamment pour ne plus s'engager dans cet éternel travail de rapprochement, prévisible et lourd à la fin. Elle n'avait plus cet appétit ravageur qui habitait Rebecca. Elle ne l'avait peut-être jamais eu, par défaut d'insouciance. Il fallait vraiment beaucoup de légèreté pour se poser sur toutes les fleurs avec la même fraîcheur. Chez elle, il y avait des freins à l'enthousiasme : la peur de mentir, de faire souffrir, de se dilapider. Elle admirait la désinvolture de Rebecca, sa capacité à jouir de tout ce qui passait à sa portée sans se soucier des conséquences — désinvolture qui frôlait parfois l'insensibilité. Mais, pour sa part, elle préférait placer son énergie dans des conquêtes moins éphémères.

Quant à Daphné, après un an de quasi-abstinence (sauf une idylle de vacances et une rechute avec un ex marié), elle était décidée à ne plus s'encanailler avant d'avoir trouvé le prince charmant. Elle ne pouvait plus supporter l'idée de n'avoir été que la récréation de quelques hommes rangés. Cette rancœur vis-à-vis du commerce avec l'autre sexe, ni Rebecca ni Geneviève ne pouvaient la comprendre, car elles n'avaient pas le lourd passé de frustration de Daphné. Mais, à côté de ses résolutions, celle-ci n'hésitait pas à avouer un manque sexuel tenaillant. « J'ai une de ces envies de queue », grondait-elle en fixant le concombre abandonné sur la table. Toutes les solutions temporaires que ses deux amies voulaient lui proposer se heurtaient cependant contre un mur. Rebecca insistait : « Mais si, Bernard est un bon coup, et je suis sûre que ça lui ferait plaisir de te dépanner. » « Non, non, non, répétait Daphné, plus de coup en passant, je préfère crever. »

Ainsi, même si le rythme des nouveautés faiblissait, la discussion restait tout aussi animée.

Le cas d'Edouard fut longuement débattu. Cet homme-là semblait constituer une exception remarquable. Aucune des trois filles n'avait jamais vu tant d'art et d'énergie investis dans la persuasion, qui plus est d'une femme inconnue. Rebecca proposa d'organiser une enquête. Dans un chassé-croisé stratégique de cette importance, il était primordial de cerner l'adversaire en rassemblant le maximum d'informations à son sujet. Il suffirait tout simplement de se poster devant son domicile, de l'espionner, d'aller suivre ses cours, enfin, les possibilités ne manquaient pas. Geneviève et Daphné se regardèrent, incrédules. Elles n'avaient même pas songé à cette option-là. Elles connaissaient tous les stratagèmes pour prendre des photos au pied levé ou pour éconduire un lourdaud, mais elles n'avaient pas pensé à essayer de court-circuiter Edouard. Bon sang, c'était pourtant évident. Il s'agissait d'organiser la filature. Geneviève ne voulait pas s'en charger elle-même, de peur de se faire repérer. Daphné ne pouvait pas se libérer avant sept ou huit heures du soir. Rebecca terminait tôt et habitait plus près. Ce serait elle qui, dans un premier temps, tâcherait d'apercevoir l'individu en se postant dans sa rue, avec promesse expresse de ne pas lui adresser la parole ni attirer son attention. Geneviève détestait l'idée qu'Edouard puisse la soupçonner de manœuvres dignes d'une collégienne. La conspiration apportait cependant une touche de suspense irrésistible à cette histoire, et elles se séparèrent plus excitées que jamais.

Le lendemain, Geneviève trouva dans sa boîte aux lettres les fulminations d'Edouard consécutives à sa missive en cinq phrases. Le moins qu'on pût dire, c'est qu'il n'avait pas apprécié la plaisanterie. Mais, encore une fois, il savait s'y prendre pour l'exprimer. Sa colère aurait même été charmante si elle ne s'était accompagnée d'un passage à l'acte alarmant : un rendez-vous sur le parvis de Notre-Dame, et dans un attirail absurde. Le pauvre avait perdu la raison. Il fallait agir, mais comment ? Elle se dit qu'elle pourrait plus facilement prendre position si Rebecca lui fournissait rapidement quelques données de terrain. Elle lui téléphona sur-le-champ pour accélérer les opérations. Rebecca promit de s'y mettre dès le lendemain. Deux jours plus tard, elle produisit un rapport navrant. Edouard habitait dans un immeuble de plus de soixante appartements. En observant les allées et venues d'une journée, elle ne pourrait qu'établir de vagues probabilités parmi une dizaine ou une vingtaine de candidats différents. L'attaque n'était pas payante. Il fallait procéder autrement : identifier l'université dans laquelle il enseignait, par exemple, et infiltrer lors d'un cours les rangs des étudiants. Ou plutôt envoyer une jeunette, car une étudiante de trente ans se distinguerait trop facilement. La sœur de Rebecca pourrait se charger de l'enquête, mais il faudrait nécessairement attendre la rentrée, dans plus de deux mois.

Tout cela ne convenait guère à Geneviève, décidée à désamorcer les délires d'Edouard dans les plus brefs délais. Il lui restait une grosse semaine avant le rendez-vous fatidique. Que faire, bon Dieu ? Elle acheta du papier à lettres. Réfléchit. Commença. Biffa. Renonça. Recommença. Hésita. Appela Daphné. Rit un bon coup. Continua. Finalement produisit cette lettre, la première, où pour refroidir l'amoureux elle se lançait dans une diatribe un peu lourde contre la machinerie amoureuse. C'est vrai, il fallait qu'il arrête de miauler sa passion comme si c'était quelque chose. La passion, c'est un palace en papier mâché. Et pan ! dans les gencives. Au tapis, la passion.

Geneviève avait bien conscience de manquer un peu de finesse dans sa démonstration, mais il valait mieux poser le décor sans équivoque. Si l'homme persévérait, ce serait en dehors de toute promesse ou même début d'encouragement. Elle posta sa prose et attendit la suite avec une curiosité grandissante.

Son travail de prise de vue touchait à sa fin. Il ne lui restait plus que quelques clichés précis à réaliser. Un travail n'est plus qu'une formalité dès que l'on sait exactement ce qui lui manque. Affaire classée. Maintenant, elle pouvait laisser dériver son esprit librement pour produire la soupe confuse d'où sortirait tôt ou tard la prochaine idée. C'était toujours un processus imprévisible. Il fallait parfois deux mois, parfois deux heures avant qu'un projet se détachât du bruit de fond intérieur. L'impulsion première pouvait venir de n'importe quelle direction. Un sourire dans la rue, un rêve, un commentaire de Jean-Luc, un article de journal, une coïncidence quelconque. Et quand l'idée apparaissait enfin, il était impératif de la traiter avec méfiance. Une idée doit faire la preuve de sa solidité avant de mériter qu'on la bichonne et passer le cap de plusieurs jours et plusieurs nuits sans qu'on daigne s'occuper d'elle. Si elle tient jusque-là, il est possible qu'elle soit d'une carrure acceptable. Mais, le plus souvent, l'idée qui semblait prête à conquérir le monde, radieuse, brillante et parée de tous les attraits, se retrouve sur le flanc au bout de quelques jours d'inattention. On se demande comment on a pu se laisser prendre à son cinéma. Geneviève avait appris à mettre toutes ses idées neuves au purgatoire pour n'examiner que les plus robustes.

Edouard semblait robuste. Après la volée de bois vert qu'elle lui avait expédiée, il parvenait à retomber sur ses pattes avec une grâce remarquable. Par un glissement habile, il n'était plus amoureux fou mais simple explorateur du possible, sans rien vouloir bouleverser, non non, surtout pas, qu'allez-vous penser là ? Il s'agissait juste de pimenter l'ordinaire en devisant gaiement. La pirouette était jolie, et l'horizon allégé. La perspective de remorquer un prétendant aux revendications insolentes avait braqué Geneviève. Mais un simple compagnon de badinage sans autres prétentions que ludiques et esthétiques, au fond, pourquoi pas ? Il pourfendait l'idée de vie commune, il proclamait d'autres attirances (pour qui donc ?), finalement, il n'y avait peut-être pas de quoi s'alarmer.

La fièvre révolutionnaire, qu'il tirait de ses lectures, oui, c'était une belle idée, surtout si on la limitait à des cogitations de salon. Geneviève pourrait tenter de lui donner la réplique sans pour autant sacrifier sa tranquillité. Le plus important, à ce stade, c'était d'éviter la rencontre. L'échange ne tiendrait ses promesses que s'il restait théorique. Surtout pas de remue-ménage, de grâce !

C'est ainsi qu'elle envoya cette lettre un peu désinvolte où elle dissertait sur la mayonnaise et la troisième dimension avant de s'éclipser pour les vacances. Cette fois, l'exercice lui avait paru plus facile. Allégée du souci de se draper dans sa vertu et de dresser une citadelle imprenable devant l'adversaire, Geneviève s'accorda le droit de s'amuser, dans une euphorie légère qui n'avait rien à voir non plus avec de vieux souvenirs de passions quasi adolescentes. Quand elle avait écrit des lettres d'amour, entre seize et vingt ans, c'était portée par un fougueux sentiment mais en même temps rongée d'angoisses, d'attentes et de complexes face à une entreprise lourde de conséquences. Si l'amoureux tardait à répondre, elle craignait de l'avoir vexé ou déçu, s'il ne répondait pas à la hauteur qu'elle espérait, elle craignait qu'il ne l'aime plus avec autant d'élan, si au contraire il se montrait empressé, elle voyait déjà l'ennui poindre le nez, non, vraiment, la gymnastique était exténuante. Ici, rien de tout cela. On n'était pas englué dans les marécages du sentiment, on surfait gentiment sur la vague du batifolage le plus gratuit. Pas d'enjeu, pas de stratégie, pas de migraines. Mais il demeurait, impossible de le nier, une petite curiosité sur l'issue finale de la conversation.

Le lendemain, jour de boulot, Geneviève devait se rendre dans une société d'informatique pour prendre des photos destinées à un document publicitaire. Une secrétaire élégante la conduisit jusqu'au bureau du directeur. L'homme était au téléphone mais lui fit signe de s'asseoir en accompagnant son geste d'un sourire foudroyant. Quand il eut terminé, il discuta quelques minutes avec elle, et se montra d'une amabilité si exquise que Geneviève se sentit presque mal à l'aise. Ensuite, il l'emmena visiter les lieux et elle s'aperçut qu'il adressait à tous ce sourire radieux qu'elle avait pris pour une manœuvre de séduction. Il affichait une aisance et une bonne humeur presque surnaturelles, accordant la même totale attention à chacun, s'enquérant des moindres détails, portant sur tout un avis positif, nuancé, tonique et spirituel. Le genre de gars à désigner sur-le-champ comme ambassadeur de l'espèce humaine le jour où s'annoncera une visite extraterrestre.

Geneviève resta là deux heures et photographia les gens et les installations. Le directeur ne voulut pas figurer autrement que sur la photo de groupe, et elle en fut secrètement soulagée : cet individu plus proche du mannequin que de l'homme ordinaire l'intimidait. Il lui posa de nombreuses questions sur son métier comme s'il n'attendait que sa visite pour étancher sa curiosité, et elle se demanda vraiment où il puisait l'énergie pour témoigner tant d'intérêt à tout un chacun. Elle le vit aussi attentif avec sa secrétaire, aussi passionné par deux ou trois interlocuteurs téléphoniques ; cet homme pouvait fournir la sympathie à jet continu. Un tour de force. Plus fascinée que séduite, Geneviève prit congé en examinant une dernière fois son sourire éclatant que ne trahissait aucun signe de faiblesse. En présence d'une personnalité aussi fracassante, il est difficile de rester épanoui soi-même. Geneviève, pourtant habituée à plaire, se sentait grise comme une souris.

Le lendemain, alors qu'elle déambulait en ville, Geneviève s'immobilisa en apercevant justement cet homme devant la porte du snack où elle comptait se rendre pour avaler un sandwich. Il était en train de prendre congé de quelqu'un, toujours avec le même sourire, puis il poussa la porte et entra seul dans l'établissement.

Elle tourna immédiatement les talons. Avant même qu'elle ait pu réfléchir, son corps avait refusé la rencontre. Instinctivement. Pendant qu'elle s'éloignait, elle voulut raisonner et eut du mal à justifier son attitude. Elle s'était détournée, comme horrifiée par une catastrophe, alors que la menace se limitait à bavarder avec un homme sympathique. En plus, un homme qui l'intriguait, et dont elle aurait pu s'amuser à éclaircir le mystère. Pourquoi avait-elle pris ses jambes à son cou ? Elle pensa faire demi-tour et rattraper la situation, mais il était sûrement trop tard. Il serait déjà installé au comptoir, sans place libre à proximité, ou bien lisant son journal, et l'aborder n'aurait plus rien de naturel. Tant pis.

Ce n'était pas la première fois qu'elle avait le sentiment de passer à côté d'une piste — pas forcément une piste amoureuse, simplement une piste, une rencontre intéressante — par la faute d'une timidité excessive. Elle se souvenait de dizaines de ces moments où un embranchement s'était présenté sur son chemin et où elle avait fait un saut de côté pour l'éviter. Parfois, elle se demandait si l'un ou l'autre de ces virages ratés eût pu apporter une nouvelle dimension à sa vie. Sans doute pas plus que les événements prévisibles dont elle s'accommodait plus volontiers. Mais pourquoi ce réflexe de recul revenait-il régulièrement ? Était-ce tout simplement une preuve de couardise, ou bien plutôt une forme de sagesse instinctive face à des options qui ne lui convenaient pas ?

Daphné aurait évidemment vu un signe du destin dans cette rencontre inopinée avec un homme qui l'avait impressionnée la veille et elle aurait pressé le pas pour arriver juste à temps au comptoir. Geneviève, elle, s'enfuyait, refusait la proposition. Fallait-il en conclure que son bonheur était complet, ou au contraire tellement fragile qu'il ne pouvait supporter le moindre risque ? Le doute, chaque fois, s'installait : que ce serait-il passé si... ?

Une ou deux fois, seulement, l'occasion lui avait été offerte de se raviser. Par exemple, elle se souvenait d'une rencontre dans un bus. Une vieille dame assise en face d'elle s'était mise à la dévisager avant de l'aborder d'une voix très douce et avec une prononciation pointue. « Pardon, mademoiselle, puis-je vous poser une question personnelle ? » Geneviève, intriguée mais déjà sur la défensive, avait acquiescé. La dame avait alors demandé : « Est-ce que la religion vous intéresse ? » Là, Geneviève s'était raidie et avait répondu froidement : « Non, pas du tout, je suis désolée », en détournant le regard. La vieille dame avait soupiré tristement : « Oui, enfin, comme la plupart des jeunes d'aujourd'hui... », avant de replonger dans le silence. Le trajet durait et la vieille dame n'insistait pas ; Geneviève avait donc eu le loisir d'analyser sa réaction. Pourquoi, au fond, refuser le dialogue par principe ? Combien plus amusante eût été l'idée d'engager la conversation ! Pourquoi toujours se dérober en décrétant à l'avance qu'il n'y aura rien d'intéressant ? Qui sait si cette personne n'était pas profondément drôle et originale ? Rassemblant son courage, elle avait finalement cherché le regard de la vieille pour lui demander : « Pourquoi, vous cherchez des fidèles ? » Un sourire satisfait avait illuminé le visage de la dame qui s'était mise à réciter : « Nous cherchons à répandre l'espoir qui nous a été donné dans les Saintes Écritures. Dieu nous a donné les Saintes Écritures pour que nous sachions quel était Son dessein et que nous puissions nous conformer à Sa volonté. » Le quart d'heure suivant avait vu se poursuivre cet absurde monologue. Les gens se retournaient et regardaient Geneviève d'un air narquois, comme pour accroître le ridicule de sa situation, pendant que l'autre continuait à débiter ses sornettes, un jour les lions mangeront du foin et l'apocalypse est pour demain. L'acte de bravoure de Geneviève ne fut qu'un pitoyable coup dans l'eau.

Et c'est à peu près la conclusion qu'elle tirait de chacune de ces rares occasions où elle avait fini par corriger sa réticence première. Les mille scénarios exotiques qui lui avaient traversé l'esprit s'effaçaient devant le seul scénario probable. C'était quelqu'un qui voulait de l'argent. C'était quelqu'un qui débitait des âneries. C'était quelqu'un qui n'avait rien à dire. Ce n'était jamais une idée neuve. Et encore moins une possibilité de chambouler sa vie. En ce sens, elle ne pouvait que conclure à la justesse de son impulsion première. Il valait mieux passer son chemin.

Malheureusement, tout cela ne concernait que le passé. Or, toutes les rencontres sont indépendantes. Le fait que la vieille dame se fût révélée gonflante ne prouvait rien au sujet du directeur informatique. Il suffirait d'une fois pour tout changer.

Donc, le doute et les questions demeuraient. En particulier au sujet d'Edouard. Edouard, ce véritable boulevard qui se présentait sous ses pieds et qu'elle essayait obstinément d'éviter.

Toutes proportions gardées, elle connaissait les mêmes hésitations et regrets irrésolus en matière de photo. En principe, elle devait toujours être à l'affût. Saisir au vol tout ce qui se présentait, si banal, si biscornu, si stérile que cela parût. Elle savait que la signification venait après, souvent avec une évidence renversante. Mais appliquer cette résolution exigeait une énergie et un courage dont elle ne disposait pas à tout instant. D'abord, il fallait soutenir l'effort d'y penser sans arrêt ; chaque fois qu'une image frappait son regard, s'arrêter, sortir l'appareil, effectuer les réglages, même si elle était en route, pressée, fatiguée, perdue, préoccupée, en train de discuter. L'entreprise, assez régulièrement, dépassait ses forces et elle renonçait au cliché. En outre, saisir l'image qu'elle venait de repérer l'obligeait parfois à se distinguer d'une façon déplaisante : attirer tous les regards, paraître idiote ou ridicule, inquiéter ceux ou celles qui se sentaient visés. Pour toutes ces raisons, Geneviève ratait environ deux ou trois clichés par jour, avec le sentiment terrible et obsédant d'avoir laissé filer le chef-d'œuvre immortel.

Pourtant, lorsqu'il lui arrivait de se raviser, si la chose était possible, et qu'elle retournait sur ses pas pour prendre cette damnée photo, le résultat se montrait généralement décevant. L'idée de génie, l'effet de lumière, le cadrage fabuleux ne tenaient pas leurs promesses, pas plus que la vieille dame du bus.

Mais, ici non plus, il n'y avait pas de loi générale ou définitive qui lui aurait permis de ne plus jamais rien regretter. Aucun échec ne rendait le suivant inéluctable. De temps en temps surgissaient des démentis formidables. Et chaque photo manquée redevenait le chef-d'œuvre manquant.

De ces photos qui lui taraudaient la mémoire, elle aurait pu en décrire beaucoup dans le détail. Elles étaient imprimées dans son cerveau plus sûrement que celles qu'elle avait mises sur papier, tant elle y avait repensé souvent, et toujours avec la même frustration. Elle ne ferait jamais de meilleure exposition qu'avec ces photos jamais prises.

Le rapprochement entre les bifurcations ratées de sa vie et les photos manquées dans son travail donna soudain à Geneviève un début d'idée pour un nouveau projet. Si elle pouvait déjà parvenir à ne pas manquer les photos des bifurcations ratées, elle aurait transformé deux échecs en une petite victoire, fait de deux vides un plein.

Par exemple, le jeune directeur reconnu ce midi dans la rue, et qu'elle n'avait pas trouvé le courage d'aborder, elle aurait dû au moins le photographier. Même de loin, même flou. La valeur de l'image ne résiderait pas dans sa qualité artistique mais dans la fixation d'un moment charnière qui s'était présenté et dont elle n'avait pas accepté la suggestion. Elle constituerait ainsi une collection de ces carrefours qu'elle avait ignorés mais cependant fixés sur papier. Elle pourrait parcourir la liste des embranchements laissés dans l'ombre et la série de ces photos deviendrait un nouveau chemin tracé par elle, une histoire à part entière. Les gens qu'elle n'avait pas abordés, les offres qu'elle avait déclinées, les trains qu'elle n'avait pas pris, les envies qu'elle avait réprimées, elle arriverait à les clouer dans un album pour en exprimer le scénario comme s'il était voulu. Ce serait le roman des embranchements, et à chacun de ceux-ci correspondrait une vie potentielle, parallèle à celle qu'avait engendrée le refus. Chaque point de l'album marquerait le départ d'une de ces vies parallèles et elle était prête à parier qu'en traquant attentivement tous ces moments charnières elle en remarquerait de nouveaux.

Ce n'était sûrement pas sans logique qu'après l'idée des univers parallèles, issus des gens qui se côtoient dans le bus, elle fût saisie par l'idée des vies parallèles, tous ces destins que nous pourrions connaître en posant ce geste-ci plutôt que ce geste-là. En combinant les deux idées, la multitude des vies possibles pour chaque individu et la multitude des individus aux parcours entrelacés, on obtenait un frisson proprement philosophique.

À tout seigneur tout honneur, elle commencerait par photographier la première lettre d'Edouard, qu'elle transportait toujours dans son sac. Les autres étaient jetées en vrac dans un tiroir de son bureau — Jean-Luc ne fouillait jamais — mais la première était restée dans son sac, comme pour marquer le moment fondateur de cette étrange histoire. Quel meilleur exemple de bifurcation ratée ?

Pour le beau directeur, il était trop tard. Du coup, cette photo, à laquelle elle n'avait même pas pensé sur le moment, devenait rétrospectivement une photo manquée. Elle pensait aussi au voyage en Jordanie que Jean-Luc lui avait proposé pour les vacances. Il tenait à voir ce pays au passé fabuleux, mais elle n'avait pas pu témoigner un grand enthousiasme. La chaleur qui y régnait en été, les différentes échéances professionnelles qui occupaient déjà son agenda, une certaine fainéantise devant la difficulté l'avaient poussée à remettre ce voyage à plus tard et à proposer un séjour en Italie.

Bien sûr, la probabilité de changer de destin quand on change de destination est plutôt faible. Qu'ils aillent à Rome ou à Corfou, à Bangkok ou à Cancùn, les gens se retrouvent au même endroit dès le premier jour de la rentrée, l'endroit exact où ils sont attendus : usine, bureau, école. On pourrait croire que le voyage n'a pas eu lieu. Est-il vraiment possible que la plupart des gens reviennent inchangés de leurs vacances ? Que le cours de leur vie ne soit en rien modifié ?

C'était pendant les vacances que Geneviève prenait le temps de faire le point sur sa vie, et de se rendre encore plus perméable qu'à l'accoutumée. Elle absorbait tout, senteurs, couleurs, nuances du vent, bribes de conversations, tout ce qui allait lui permettre d'échafauder de nouveaux plans. C'est pourquoi elle était persuadée qu'il n'était pas indifférent d'aller en Italie plutôt qu'en Jordanie, de même qu'il ne serait pas indifférent de voir Edouard plutôt que de s'en protéger. Tous ces choix ouvraient réellement sur des vies parallèles. Elle n'était pas de ces canards sur lesquels rien ne laisse de trace.

V

Paris, le 3 août

Carte postale n° 1

En vacances ? Comment ça, en vacances ? Vous partez en vacances sans moi ?

Il faut vraiment que vous ne vous doutiez pas du scénario que j'avais concocté. Écoutez plutôt.

Rendez-vous en gare de Lyon, un vendredi soir, dans la salle des pas perdus. Vos bagages sont bouclés. Vous ne savez pas où nous allons. Vous ne savez pas qui je suis. Je vous surprends en arrivant par-derrière (quelle que soit votre orientation, j'arriverai par-derrière). Je saisis votre valise. « Suivez-moi, direction Charles-de-Gaulle. » Sur un porte-clés en forme de mappemonde que je vous offre (rien que du plastique, rassurez-vous), vous essayez de deviner notre destination. Italie, Grèce, Espagne ? Plus loin. Tahiti, Seychelles, Bali ? Moins cliché. Bolivie, Tanzanie, Vietnam ? Vous brûlez. Nous allons à Ceylan, l'île aux épices, pour y récolter la cannelle et le poivre en grains. Vous battez des mains. Nous prenons place dans l'avion. Je vous offre un chewing-gum au décollage (preuve que je pense à tout).

Nous sillonnons l'île en train. Parfois à bicyclette. Vous tombez en admiration devant le Bouddha couché de Polonnaruwa (photo ci-jointe, pour exciter vos regrets). Nous assistons aux défilés d'éléphants à Kandy. Nous dégustons des currys parfumés sans parvenir à prononcer leurs noms. Vous n'êtes pas malade et je ne suis pas assommant. Le temps coule à l'orientale. Je vous offre un sari. La vie est belle.

Un jour, il est temps de rentrer. Nous nous quittons en gare de Lyon. Vous ne m'avez pas donné votre adresse. Je recommence à vous écrire via le circuit habituel.

N'auriez-vous pas aimé, Geneviève, accomplir ce voyage avec moi ?

Paris, le 4 août

Carte postale n° 2

Je vous l'ai dit, vous n'êtes pas la seule femme dont je me proclame amoureux. Sandrine Kiberlain me subjugue aussi bien. Mais un malaise lancinant me tourmente. Que sait-on exactement d'une femme qui évolue à l'écran ? Son physique, sa voix, son sourire, son énergie, tous ces éléments sont indéniablement siens. Or s'appliquer à servir un texte étranger, n'est-ce pas brouiller le sens de ces indices au point de les rendre muets ? Ce sourire lumineux qui éclate dans un film et disparaît dans un autre, cette personnalité fragile aussi bien qu'agressive, ce regard buté ou au contraire extatique, voilà un dédale où il me semble perdre le fil, à force de fausses pistes. Je la regarde des heures durant, et plus je la regarde, moins j'aperçois la possibilité de rien savoir sur elle. Elle distribue à tout-va et réussit l'exploit de ne rien divulguer. Elle ne répand que sa totale opacité, encore plus mystérieuse que l'image de la grande Cléopâtre en personne. Qui elle, au moins, n'affiche qu'une seule histoire et se trouve épinglée sagement dans les livres d'école — mais si lointaine qu'elle en devient théorique.

L'une comme l'autre sont pour moi des mythes.

De vous, je ne connais ni l'enveloppe ni l'histoire. Mais je reçois les ondes de choc et je suis mordu en profondeur.

TGV, le 5 août

Carte postale n° 3

Bougre de vous qui m'empêchez de visiter Ceylan ! Je voyage dans un train qui va bêtement de France en France, et j'entends parler anglais autour de moi. Cette langue produit des bruits raffinés, un peu chuintants, comme l'eau d'une rivière traversant les galets. Je rattache ce bruissement au même univers que vos photos. Un mouvement fluide et élégant. J'ai reçu récemment vos autres ouvrages que j'avais commandés (ils sont dans mon petit bagage), parmi lesquels *Le Livre de Simon*, qui m'inquiéta à tort puisqu'il ne s'agit pas d'un homme, mais de l'enfant que vous vous êtes donné en imagination. Construire l'album photo de cet enfant inexistant, la salle d'accouchement, le berceau vide, les après-midi au parc, l'attente à la sortie de l'école, les anniversaires, les vacances à la plage, le tout sur une période de quelques mois sans doute, est-ce que cela vous dispense vraiment de maternité ? (Je suppose que vous n'avez pas d'enfant par ailleurs, même si rien ne permet de l'affirmer.) Avez-vous d'une certaine façon « mimé » votre devoir en abrégé pour vous en débarrasser ? Et non seulement l'enfant reste absent, mais la mère également, puisque vous êtes derrière l'objectif. C'est le récit d'une enfance sans enfant et sans mère (on pense au couteau sans lame auquel il manque le manche), et pourtant tout est là, son soulier devant la cheminée, son assiette inachevée, son lit défait, on grandit avec lui. Est-ce votre façon à vous de vivre plusieurs vies ?

Si vous souhaitez, de la même manière, mettre en scène une histoire d'amour photographique, souvenez-vous que je suis toujours prêt à figurer votre sujet (et cette fois, le sujet sera là, même si l'histoire n'y est pas, car il faut bien changer un peu les règles du jeu).

Carte postale n° 4   Normandie, le 6 août

Je me trouve maintenant sur la côte. J'ai longuement marché contre le ruban d'écume qui caresse le sable. L'élément liquide a toujours évoqué en moi ce rêve magique : marcher vers le large et m'enfoncer sous l'eau sans difficulté. Marcher encore et découvrir de fantastiques cités sous-marines, façon *La Petite Sirène*. Ce serait aussi, comme l'amour, une forme de troisième dimension, un monde nouveau qui apparaît à l'endroit même du monde ancien.

De là, je repense à un film étrange, l'histoire d'un homme-poisson qui devait vivre dans un scaphandre rempli d'eau pour ne pas étouffer à l'air libre. Il tombe amoureux d'une femme mais ne peut l'approcher. À la fin, n'y tenant plus, il brise la vitre pour pouvoir l'embrasser en apnée, puis il meurt.

Nous nous représentons mal la limite qu'il y a à vivre dans un seul élément. La couche d'air autour de la Terre est si mince, si singulière dans l'Univers. Et nous sommes six milliards à nous entasser dans cette couronne étroite qui tourbillonne au milieu d'espaces non seulement infinis mais, bien plus grave, irrespirables.

La Terre ? Une bouée de sauvetage emportant son lot de miraculés.

Mais nous souffrons d'un trop petit regard pour le voir. À notre échelle, il est plausible de mariner dans la mauvaise humeur, alors que vu de l'espace cela devient inconcevable. Il faudrait offrir comme cadeau d'anniversaire à tous nos semblables des lunettes à voir l'Univers.

Normandie, le 7 août

Carte postale n° 5

Connaissez-vous la « nageoire d'hippocampe » ? C'est une caresse parmi les plus raffinées que je connaisse.

L'hippocampe est un petit animal très délicat aux mœurs quasi uniques. Après une longue et bruyante parade nuptiale, la femelle dépose ses ovules dans une poche ménagée sur la panse du mâle et s'en va vivre sa vie d'artiste sans plus s'inquiéter. Le mâle fertilise la nichée, sécrète un liquide permettant d'alimenter les embryons et tient ceux-ci au chaud jusqu'à maturité. Au bout d'un mois, sentant venir les signes de la délivrance, le courageux père s'accroche par la queue à une algue robuste et se prépare à accoucher. Contractant violemment son abdomen, il éjecte sa progéniture par groupe de cinq bébés qui sont déjà capables de nager. Une bonne centaine de descendants fringants sont ainsi mis en circulation. Mais ce n'est pas l'organisation familiale de ces curieuses créatures qui m'occupe ici. Je veux plutôt attirer votre attention sur la nageoire finement ouvragée qui orne leur dos et leur permet de se diriger dans l'eau (selon une logique un peu inattendue car, au lieu de chevaucher fièrement le fond des mers, ils le parcourent généralement cul par-dessus tête, en quête de nourriture). Quand cette nageoire, donc, ondule en vue de faire avancer l'animal, on dirait tout simplement une rafale de battements de cils. Voilà pour l'origine du nom de cette caresse exquise entre toutes que je soumets à votre curiosité. Permettez que je forme le projet de vous effleurer du bout de mes cils frémissants et je vous garantis que vous resterez à jamais amie des hippocampes.

Normandie, le 8 août

Carte postale n° 6

Croyez-vous à l'existence des anges ? Moi non plus. Mais... c'est une idée tellement belle.

Et l'amour ? Peut-on, parce qu'on observe ses effets, conclure à sa réalité plutôt qu'à celle des anges ou des licornes ? Rien n'est moins sûr. Des placebos aussi, on observe les effets...

Si l'amour est une configuration mentale et rien de plus, nous devrions pouvoir un jour en établir la cartographie chimique. L'idée du philtre d'amour des sorcières deviendra alors une brillante prémonition, au même titre que le voyage de la Terre à la Lune ou que le *Nautilus*. Mais il faudra sans doute en ajuster la composition en fonction des protagonistes. Je paierai des fortunes pour le philtre inclinant Geneviève à tomber amoureuse d'Edouard. Vous le boirez sans le savoir et vous m'aimerez comme si c'était vrai. D'ailleurs ce sera vrai. Une configuration mentale existe ou n'existe pas. La vérité ne peut pas remonter plus haut. (Ainsi, le bonheur des drogues est un vrai bonheur, et le désespoir des enfants, un vrai désespoir.)

Maintenant, oubliez cette histoire de philtre et considérez mon amour cent pour cent naturel. C'est une licorne, pensez-vous, une chimère que je crée de toutes pièces. Mais savez-vous tout ce qu'on peut tirer d'une licorne ? On peut tisser *La Dame à la licorne*, cette tapisserie somptueuse exposée à l'hôtel de Cluny, on peut écrire l'envoûtant roman du même nom imaginé par Barjavel, on peut dessiner *Le Secret de la Licorne* suivi du *Trésor de Rackham le Rouge*, on peut créer, en somme, bien plus de choses plus incroyables qu'avec un simple et réel petit hippocampe. L'amour, comme la licorne, ouvre des horizons absolument neufs.

Normandie, le 9 août

Carte postale n° 7

J'étais assis à une terrasse, lisant tranquillement mon journal, lorsqu'une fillette adorable est venue me demander :

— Monsieur, t'es pas marié ? Je cherche un mari.

J'ai pensé qu'il valait mieux la raisonner.

— N'es-tu pas un peu jeune pour te marier ?

— Oui, mais je veux choisir un mari pour plus tard. On se mariera quand je serai grande.

— Très bien. Dans ce cas, il vaut mieux choisir un garçon de ton âge, et vous vous marierez quand vous serez grands tous les deux.

— Pas possible. Je ne sais pas comment il sera quand il sera grand, donc je ne peux pas le choisir tout de suite.

— Bon, eh bien alors, tu le choisiras plus tard, quand il sera grand.

— Ah non ! je veux décider tout maintenant.

— Comment tout ? As-tu décidé quel métier tu feras ?

— Oui, je serai dentiste.

— Et combien auras-tu d'enfants ?

— Trois. Deux filles et un garçon.

— Et où iras-tu en vacances ?

— En Italie, chez ma mamie.

— Et comment seras-tu habillée le 28 janvier 2019 ?

— Euh... ça j'ai pas décidé.

— Tu vois, on ne peut pas tout décider à l'avance. Le choix de ton mari peut attendre aussi.

Elle parut troublée et promit de réfléchir.

Ah ! si je pouvais en dire autant de vous.

Normandie, le 10 août

Carte postale n° 8

Que pensez-vous de l'appareil génital masculin ? Je veux dire, d'un point de vue esthétique ?

J'ai ouï dire que certaines femmes, surtout de l'ancienne génération, trouvent cette partie du corps absolument hideuse, et refusent le droit à leur mari de déambuler dans le plus simple appareil, fût-ce entre la chambre et la salle de bains. Le pauvre doit couvrir ces parties très justement nommées honteuses comme s'il s'agissait de plaies purulentes et contagieuses. À l'inverse, je connais des femmes capables de projeter sur les génitoires mâles une convoitise à la limite de la prédation, et qui ne seraient nulle part plus à la fête que là où toute vie sociale se déroulerait sans pantalon.

Cette diversité de comportements tient-elle essentiellement à une évolution des mentalités ou bien connaît-elle des déterminants purement personnels, tout comme l'aversion pour les endives ou pour les épinards ?

Je n'ai pas constaté, dans vos photos érotiques, une réelle détermination à mettre lesdits organes en vedette (la peur d'être étiquetée « pornographique », probablement), mais j'en ai clairement senti la tentation. Mon intuition me dit que vous devez cacher dans vos cartons des clichés d'une audace extrême, où s'exprime en toute fierté votre émerveillement devant la mâle trinité. Comme je voudrais vous en fournir d'autres. De plus inspirés encore. Comme je voudrais devenir l'objet de votre appétit. Couché au bout de ce brise-lames, aléatoirement couvert par mes vêtements que vous auriez dépenaillés, je me laisserais fouetter par les vagues pour glisser sous vos déclics des images de virilité nerveuse et salée.

Normandie, le 11 août
Carte postale n° 9

J'ai fait un rêve étrange cette nuit, vous concernant. Vous aviez pénétré dans ma chambre pendant mon sommeil et vous aviez couvert les murs de dessins et de poèmes tracés au pinceau. Je fulminais d'avoir pu me montrer assez balourd pour continuer à dormir. Savoir que vous m'aviez frôlé, regardé, inspecté peut-être, me rendait fou de douleur, tel un affamé qui hume le fumet d'un repas sur la table voisine. Je déchiffrais dans le désordre les mots de toutes les couleurs que vous aviez tracés autour de moi et en ressentais un effet physique intense, comme si chaque syllabe contenait un aveu, un baiser, une caresse. J'étouffais sous les signes de votre matérialité. Vous étiez venue, vous aviez respiré à deux pas de moi, et j'avais manqué le rendez-vous. Quelle bêtise impardonnable. J'errais chez moi comme dans un port, quand on a manqué le départ du bateau, ma journée privée d'orientation plausible, car tout s'était joué avant qu'elle commence. Je me retrouvais exclu, battu, écarté de la vie par ma propre faute, pire, mon inconscience. Un moment d'inattention et tout est perdu. On peut dire que vous m'avez donné des frissons dans le dos.

Quand je me suis réveillé pour de bon et que j'ai pris conscience de ma méprise, j'ai senti une vague de soulagement me soulever et me secouer de rire. Faux drame et fausse alerte, vous êtes tout simplement là, au bout de mes lettres, et vous m'écoutez toujours. Rien qu'ainsi, vous me rendez heureux.

Normandie, le 12 août
Carte postale n° 10

Voilà bien une idée à vous. Photographier des photographes. On croit que le thème sera vite épuisé, mais vous multipliez les variantes comme si vous les inventiez de toutes pièces. À celui qui pensait faire le tour en dix pages, vous en offrez cent, et la dernière étonne encore. Il vous a fallu sans doute des années pour collecter patiemment ces petites scènes de l'ombre, l'homme penché sur une fleur, les touristes dans toutes les poses, l'appareil brandi au-dessus des têtes dans un musée, le couple posant devant le retardateur, l'homme qui s'emmêle dans la bandoulière, celui qui amadoue l'autochtone, celui qui s'aplatit au sol, celui qui agite la main gauche pour faire sourire bébé, celui qui recule la tête sans reculer les pieds, le petit Africain qui cherche où mettre son œil, et même ce journaliste qui voulait vous photographier, moment culminant où vous ruinez son projet en intercalant le vôtre, formellement identique mais tactiquement supérieur puisqu'il en sort vainqueur. Son visage masqué par l'appareil figure dans votre livre alors qu'il n'a rien pu tirer de son cliché gâché.

Vous avez le chic, me semble-t-il, pour présenter en relief ce qui était en creux, les interstices bénins de l'existence, les miettes que nul n'a vues tomber de la table, vous les avez saisies, collectionnées et enfilées comme des perles. Et chacun de s'émerveiller de l'éclat de votre collier. Un éclat très particulier à vrai dire, puisqu'il ne vient que du fait de tailler, polir et lustrer quelques facettes du quotidien, parmi les plus inaperçues. Le malaise qui s'ensuit est très étrange, car on voit bien qu'il n'y a là rien de spécial. C'est cela précisément qui rend votre démarche éminemment spéciale. Et l'on se sent très banal d'avoir cru au banal.

Normandie, le 13 août

Carte postale n° 11

Le long de certaines falaises qui longent la mer, des gens armés de petits marteaux prospectent la roche dans l'espoir de débusquer un fossile. Activité a priori aussi dénuée d'utilité que de chercher un trèfle à quatre feuilles ou de ratisser un jardin japonais. Je ne trouve personne aussi sympathique que l'homme engagé dans une activité inutile. Vent frais, souffle d'innocence. On se dit qu'il restera toujours dans l'âme humaine des mobiles impossibles à éclaircir pour cause de poésie.

Savez-vous ce qu'il y a de plus poétique encore qu'un homme cherchant des fossiles ? Un homme trouvant un fossile. Car vraiment, c'est un régal de voir la joie qui l'illumine. Et bien vaine serait la tentative d'en découvrir la source. Nul ne peut expliquer ce qui est un poème en soi.

Je ne m'y connais pas en fossiles, mais il m'arrive encore de chercher des coquillages. Je sais que je les abandonnerai à la fin de la promenade — je n'ai plus de ces petites boîtes et tiroirs que gardent les enfants pour entreposer leurs richesses —, mais cela ne change rien à l'agrément de l'entreprise. Il faut, pour connaître ce plaisir particulier, que je me sois donné la consigne de cheminer en scrutant le sol, ce qui est plutôt occasionnel et fixe le style de la promenade. La règle définit l'exercice et l'exercice définit la sensation. D'autres fois, je me consacre à la mer, d'autres fois au ciel, d'autres fois aux gens, et la plupart du temps à rien de spécial, je reste prisonnier de mon théâtre intérieur, stupidement. Mais quand une quête de coquillages me prend, je retrouve pour un moment le plaisir frais et piquant d'être un poète en actes.

Normandie, le 14 août

Carte postale n° 12

Aujourd'hui, je suis entré dans une église. Croyez bien que ce n'est pas dans mes habitudes. Elle se tenait modestement à l'écart du village et semblait abandonnée. Nos solitudes se sont reconnues. J'ai eu l'impression de pénétrer dans un lieu complètement désuet, et donc très émouvant. Un petit lieu de culte tel qu'en connaissaient les humains il y a bien longtemps. J'ai repensé au phénomène que vous m'avez décrit : une prémonition de rémanence. Quand vous prévoyez la façon dont vous allez penser à un homme une fois qu'il aura disparu de votre vie. Ce que j'éprouvais, moi, était un sentiment assez proche, la nostalgie du présent. Ainsi mon cœur se serrait en imaginant cet endroit bien réel comme un souvenir lointain. C'est un sentiment que l'on peut éprouver toute sa vie, le regret du bonheur avant qu'il soit parti. Cette nostalgie l'entame, évidemment, lui ôte une partie de son lustre. C'est à ma connaissance l'épine la plus tenace. Quand tous les obstacles sont levés, il reste encore celui-là : je serais pleinement heureux si seulement je cessais de voir ce bonheur au passé.

En vacances, quand je regarde déambuler les femmes et les jeunes filles, je vois d'innombrables Emma Bovary. Pour leur part, elles ne regrettent même pas le bonheur dont elles disposent, elles sont persuadées qu'elles n'en ont pas une miette. Tout ce qui se présente déçoit leurs attentes, et elles s'étiolent dans un lancinant sentiment d'injustice. Elles me font pitié à s'enfermer ainsi dans l'amertume, mais pour être honnête je suis prêt à parier que sur le fond elles ont raison. Pour aimer la vie, il faut abdiquer une fois pour toutes sur l'essentiel, renoncer à être le centre du monde. Ensuite seulement les joies et les plaisirs prennent un air acceptable. Voire de plus en plus important. Mais il manquera toujours l'absolu. L'absolu n'existe qu'à l'état de ruines dans les regards déçus des femmes de quinze à trente ans.

Carte postale n° 13   Normandie, le 15 août

C'est l'histoire d'un poisson rouge qui voulait trouver l'explication du monde. Un peu par curiosité, un peu pour se faire remarquer, il se piqua de mettre l'univers en équation. Depuis son bocal d'appartement, il effectua de nombreuses mesures et de savants calculs, négligeant femme, enfants, amis, belote et pétanque pour se consacrer entièrement à son œuvre. Au bout de vingt années, il produisit un épais volume de notes qui rassemblait toutes les connaissances par lui accumulées. Personne ne pouvait lire ce salmigondis, mais il daigna expliquer : « L'univers est un rectangle aux bords convexes de dimensions fixes. La vie telle que nous la connaissons a été créée à un moment donné dans son état définitif. La production de nourriture au sein de notre planète est un phénomène spontané qui définit la durée du jour. Après la mort, le corps disparaît instantanément, mais il est difficile de se prononcer pour l'esprit. L'élément dans lequel nous vivons est répandu dans la totalité de l'univers visible. La possibilité d'une vie non aquatique est donc une contradiction dans les termes. » Voilà pour les conclusions scientifiques du poisson rouge qui fut sacré génie de sa génération.

Et qu'en est-il de nos génies ? Les génies acclamés au sein du bocal planète Terre. Ont-ils raison de croire en leur point de vue sur l'univers ? Sont-ils à l'abri des parois déformantes ?

Le paradoxe veut qu'il soit aussi difficile de se prononcer sur le monde intérieur que sur le monde extérieur, et pour des raisons exactement opposées. Par la mesure comme par le ressenti, la certitude nous fuit.

Carte postale n° 14   Normandie, le 16 août

Je dors dans un hôtel assez vieillot. La chambre est décorée sans goût, comme par tirage au sort dans une tombola de province. La danseuse indienne en plâtre côtoie le bougeoir à fleurs appliquées. Le chromo bucolique répond au miroir mouluré. Le papier peint ressemble à des rideaux, les rideaux à un couvre-lit, le couvre-lit à une nappe et la nappe à un torchon à vaisselle.
Peut-on imaginer décor plus kitsch pour une histoire d'amour qui n'existe pas ? Le rococo de cet endroit s'oppose à l'évanescence de mes sentiments. À l'ère de l'informatique et du multimédia, je suis en effet le seul véritable explorateur de l'amour virtuel (pour lequel suffisent un bic et du papier). Et voyez les progrès que j'ai déjà enregistrés. Dans votre cœur, ou au minimum dans votre tête, ne me dites pas que je n'ai pas su me tailler un petit domaine. C'est tout bonnement impossible. Que la victoire soit proche, il reste encore à en apporter la preuve. Mais je travaille, je travaille et j'ai confiance. Selon mes calculs, vous commencez à me connaître, et donc à m'apprécier. Un jour, vous craquerez, vous allez voir, vous voudrez savoir quel feu se cache derrière cette fumée. Vous voudrez traverser le miroir. Rien de plus sensé, normal, logique. Pourquoi vous retenir si farouchement ? Pourquoi vous torturer ?

Que gagnerez-vous à résister ? Nous n'avons rien de mieux à faire ici-bas que de transformer le réel en merveilleux. Vous êtes spécialiste du genre et je vous propose de doubler la mise. De quoi vous méfiez-vous, Geneviève ?

Carte postale n° 15   Normandie, le 17 août

Je craignais, en partant, de trouver le temps long. Au contraire il me berce. Je me réjouis de pouvoir penser à vous en toute sérénité, de m'approcher pas à pas. Tout au long de ces vacances, vous êtes le témoin, même plus involontaire, mais j'espère bienveillant, de mes naïves élucubrations. Attention, ne me prenez pas pour l'un de ces monstres nombrilistes qui imposent leur univers à autrui. Qui racontent chaque soir en la détaillant par le menu leur abondante journée de travail. Qui parlent pour s'entendre et non se faire entendre. C'est le dernier de mes vœux de vous assommer d'un moi envahissant. Mais, dans le silence où me plonge cette période probatoire, je me plais à vous entretenir de tout et de rien, simplement, comme on fredonne une chanson pour se sentir en vie. Si vous étiez à mes côtés, nous discuterions interminablement sur la notion de critère en art, sur l'élégance masculine ou sur la disparition des dinosaures. Je serais curieux de tout et surtout de vous, je m'autoriserais à barboter dans les émotions fortes. Je vous lécherais délicatement les oreilles. Je vous peignerais le sexe avec une plume avant de m'y introduire résolument. Mais que puis-je faire tant que vous me tenez à distance ? Je m'improvise troubadour pour vous apprivoiser. J'essaie de deviner vos mimiques. Je glisse des fleurs sous vos pas. À la fin, il faudra bien que votre curiosité l'emporte.

Normandie, le 18 août

Carte postale n° 16

S'il vous plaît, parlez-moi de vos pieds. Je les aime déjà mais je voudrais des détails. Cambrés ou trapus ? Larges ou effilés ? Mobiles ou patauds ? Aux ongles enfouis ou bombés ? Quoi de plus érotique qu'un pied de femme, à part une cuisse de femme, une épaule de femme, une nuque de femme, un genou de femme ?... enfin abrégeons, tout est bon chez la femme, mais je garde une tendresse particulière pour cet endroit aussi peu destiné à l'amour que le pied. Car enfin, que peut-on faire avec un pied, si maladroit dans les caresses, si éloigné du théâtre des opérations, si dénué d'utilité quand il n'est pas bravement occupé à soutenir le corps ? Vous seriez étonnée. On peut le prendre pour cible à part entière. Vous n'avez aucune idée du potentiel érotique de vos pieds (ce n'est pas de la présomption, j'aime les paris). Admettons que pendant une heure je ne m'occupe que de vos pieds. Vous auriez le droit de lire ou de regarder la télé si vous vous ennuyiez. Mais vous délaisseriez vite tout ce qui pourrait vous distraire des sensations puissantes venues de vos galaxies lointaines. Tendus en offrande sur mes genoux, vos pieds déclineraient toutes les nuances de la béatitude, car mon savoir-faire surpasse celui des meilleurs masseurs de hammam. Vous seriez prête à me promettre n'importe quoi pour faire en sorte que le festin continue.

En attendant ces heures bénies, ne pourriez-vous déjà m'envoyer une photo des heureux candidats ? Une photo de vos pieds prise par vous-même, j'insiste beaucoup.

Normandie, le 19 août

Carte postale n° 17

Où êtes-vous donc Geneviève ? En Suisse, en Provence, en Espagne, au Togo ? Vous n'avez rien laissé filtrer. Vous vous défiez vraiment trop. N'oubliez tout de même pas de me signaler votre retour à Paris, sans quoi je me verrais obligé de continuer à vous écrire tous les jours jusqu'à la fin des temps. Je n'y vois pas d'inconvénient, mais j'aimerais progresser, voyez-vous, traverser les étapes d'un processus. Mettez-moi autant d'obstacles que vous voulez, mais de grâce franchissons-les. Je n'aime qu'une chose dans la vie, c'est sentir le vent dans mes voiles. J'ai besoin de mouvement pour exister, comme ces poissons qui se noient s'ils cessent de nager. Vous pourriez m'imposer des épreuves, mais c'est un peu puéril. Vous pourriez exiger des informations, sur le passé, le présent, le futur, le réel, l'imaginaire et le reste. Posez vos questions, je suis prêt. Vous pourriez me proposer un itinéraire à votre poursuite, pourquoi pas une course autour du monde ? Un parcours littéraire ou artistique. Un jeu de devinettes. Des indices disséminés dans Paris. Tout ce que vous voulez. Je vous laisse le choix des armes (horrible expression, seulement je ne trouve pas le contraire du mot « arme », la langue n'a pas prévu ce cas de figure). Mais, je vous en prie, venez jouer avec moi. On ne jouit que des jeux qu'on s'invente, Geneviève, ne manquez pas celui-là.

Normandie, le 20 août

Carte postale n° 18

Après les hippocampes, penchons-nous sur les axolotls. Ils ont des pompons (encore une ressource inestimable pour les caresses). Henri Michaux leur vouait une tendresse particulière. Je les avais pris pour l'une de ses innombrables inventions. Pas du tout. J'en ai vu trois, de mes yeux vus, posés dans un aquarium à Coney Island, près de New York. De grosses larves blanches à pompons rouges. Si fait. Il s'agit d'un vertébré amphibien urodèle (du grec *oura* : « queue » et *dêlos* : « visible », ce qui ne signifie pas que cet animal est vicieux mais qu'il conserve sa queue après la métamorphose, tout comme le triton et la salamandre). Il vit dans les lacs des hauts plateaux mexicains, d'où son nom typiquement aztèque. Il est capable de se reproduire à l'état larvaire et prend rarement la forme adulte. Si par malheur la chaleur assèche son plan d'eau, il accomplit sa transformation, contraint et forcé, et gagne dans l'opération une paire de poumons. Du même coup, il change de nom. Vous avez devant vous un amblystome. Si l'homme pouvait, lui aussi, se reproduire avant la puberté, nous ne serions pas obligés de pousser plus loin nos efforts, nous ferions l'économie de la terrible adolescence et de l'assommant âge adulte, sans parler de l'odieuse vieillesse. Il suffisait d'y penser. Mais le trait de génie de l'axolotl est demeuré discret. Soigneusement camouflé dans les boues du Mexique, l'animal n'a rien pour attirer l'attention. Fort logiquement, il n'est devenu symbole de rien ni de personne, il ignore toute iconographie, il n'accompagne aucun dieu grec ni même aztèque. Dédaignant les affaires humaines, il fait l'impasse sur la gloire. Sa discrétion même le rend sympathique. Pour un peu, on en ferait l'emblème des sans-papiers. Mais il est trop tard pour entrer dans l'Histoire. L'Histoire est officiellement épuisée. Laissons l'axolotl à ses marécages. C'est déjà bien assez qu'il ait dû sacrifier trois des siens pour signaler son existence. Avec sa blancheur translucide il n'a même pas séduit les pisciphiles d'appartement. Il n'y aura pas d'histoire d'amour main dans la patte. C'est heureux pour cette créature fragile qui grâce à cela, peut-être, survivra, qui sait même à l'homme. La semaine prochaine, je vous entretiendrai des mœurs de l'anableps, si vous le voulez bien.

                                          Normandie, le 21 août
Carte postale n° 19

Pourquoi vous ennuyé-je avec des histoires zoologiques ? Nous sommes très loin de notre sujet. Quoique. Rien n'est moins sûr. L'amoureux relit le monde entier, trop fier de ses nouvelles lunettes. Il déborde d'amour pour la planète. Les animaux sont ses amis. Le loup en a les larmes aux yeux. La pluie est romantique. La nuit pleine de promesses. Même l'agent de police devient complice. Il suffit de savoir le regarder, l'imaginer en libellule ou en chou-fleur, version musicale orchestrée par Walt Disney. L'amoureux s'intéresse à tout, s'étonne de tout, s'attendrit pour un rien. Il saluerait les toutous dans la rue. Au vrai, il les salue en secret. Son répertoire naturel s'élargit brusquement : il grimpe quelques échelons dans le raffinement (la musique classique, l'archéologie, les poèmes portugais le transportent), et redécouvre aussi le goût puissant des plaisir simples (James Bond, la bicyclette, une crème glacée dans la rue le ravissent). L'amoureux est décuplé par son amour. Il vibre tel un électron propulsé sur un niveau énergétique supérieur. Il est beau à voir, l'amoureux. Il frétille. Si l'on pouvait s'organiser un jour pour que tous les humains soient amoureux au même moment, quelle onde de choc à la surface du globe ! Une décharge énergétique à vous chambouler l'univers. Et qu'aime-t-on dans l'autre si ce n'est l'un des visages de l'univers ? Tout amour est graine d'amour cosmique. Nous ne posons que nos tout premiers pas, des pas de deux, dans un ballet immense qui se met doucement en place. Un jour, l'inconnaissable sera aimé comme tel, et plus seulement derrière le masque d'autrui.

Normandie, le 22 août

Carte postale n° 20

Je suis tombé sur ce dessin de Rodin. En quelques traits hâtifs et bouillonnants de vie, il installe devant nos yeux un corps qui semble sur le point de nous appartenir. Rodin a consacré des milliers d'heures de sa vie à dessiner le corps des femmes, avec une ardeur qui ne fut pas toujours appréciée. En 1906, quatorze dessins érotiques exposés à Weimar suscitent une telle cabale que le directeur du musée est contraint de démissionner. L'année suivante, le quotidien *La République* dit à propos d'une autre exposition que « certaines figures étaient d'une impudeur à faire rougir un singe ». C'est bien mal connaître les singes, ou même les rustres auxquels on voulait sans doute faire allusion. Seuls les intellectuels rabougris osent s'offusquer d'une pose suggestive ou d'une vulve bien marquée. Mais, de nos jours, pourquoi le dessin peut-il aller très loin sans se voir interdit de cimaises (il n'y a, à vrai dire, pas de dessin « pornographique », mais des degrés dans l'érotisme), alors que la photo reste passible de sanctions lorsqu'elle dévoile ce qui devrait rester caché ? On peut représenter à tour de bras ce que l'on ne peut toujours pas montrer pour de bon. Il ne reste plus de scandale que celui du vrai. Pour quelle raison curieuse ?

Le vrai est par ailleurs univoque et en un sens terriblement contraignant pour l'artiste. Prenez ce dessin de Rodin, imaginez la photo du même modèle. N'y a-t-il rien qui vous manque ? Le modelé de Rodin, bien sûr, qui se superpose à celui de la chair. Quand vous photographiez des nus, ne vous sentez-vous jamais prisonnière ? N'êtes-vous jamais tentée de lâcher le parti pris de fidélité à la matière ? N'avez-vous jamais tâté du crayon, du pastel, du fusain ? La situation doit être un brin excitante, car on raconte que Rodin se plaisait à « prolonger » les séances avec ses modèles, lorsque celles-ci n'y voyaient pas d'inconvénient. Si j'avais le bonheur de vous servir de modèle, soyez sûre que je ne m'opposerais à aucune sorte de prolongement.

Carte postale n° 21   Normandie, le 23 août

Connaissez-vous Patricio Lagos, le sculpteur sur sable ? Comme Rodin, il n'en finit pas de modeler des corps, mais il ajoute cette dimension poignante : il les livre à la mer. Son œuvre ne vit que le temps d'une marée, les vagues la désagrègent. J'ai rencontré l'artiste par hasard dans une soirée. Ses yeux renvoyaient la lumière éblouie de ceux qui ont rencontré Dieu, voire davantage. De là venait peut-être sa faculté de s'épanouir dans l'éphémère. Pour l'être humain normalement constitué, le temps est une insulte, une humiliation personnelle. Pour Patricio, c'est un écrin ouvert à toutes les perles. Peu importe qu'il les engloutisse aussitôt. Il a trouvé son bonheur, lui, en sculptant la matière même du sablier éternel. Sculpter le temps qui coule, pour que le présent s'enracine, pour que la vie soit plus belle que la mort. Un jour, nous serons nos propres œuvres d'art, nous délaisserons le marbre et la toile. L'idée de vouloir laisser des traces paraîtra aussi naïve que celle d'une Terre plate reposant sur quatre colonnes de tortues. Nous serons enfin devenus capables de trouver dans l'instant ce qui nous manque partout ailleurs. À l'exemple de Patricio sculptant les sables du Mont-Saint-Michel que j'ai foulés tout à l'heure. Il réunit l'instant du sculpteur et l'instant de la vie dans une seule et même fugacité. Nous sommes tous des statues de sable, c'est évident. Nous vivons entre deux marées.

Comme je voulais connaître son secret, Patricio m'a suggéré de lire *Le Vieux qui lisait des romans d'amour*. Tout est là, m'a-t-il dit. J'ai lu, et je n'ai pas compris. Peut-être parce que je n'ai jamais vu la forêt amazonienne. Cette histoire de chasse au fauve, vraiment, je ne saisissais pas... Plus tard, j'ai compris ce qu'il avait voulu dire. Tout est là. Dans le titre.

Carte postale n° 22   Normandie, le 24 août

Cette nuit, j'ai rêvé que je travaillais dans une maison de vente par correspondance. Il s'agissait de placer des cartes d'affiliation à un Club du Livre (les trois premiers livres gratuits!), une tâche aussi pénible que vendre des draps de lit ou des accessoires de fitness. Les vendeurs moyens devaient placer un minimum de vingt abonnements par semaine. Les vendeurs chevronnés, bien mieux payés, parvenaient à cinquante. Seuls ceux-ci devenaient une ressource permanente pour la société. Les premiers se voyaient remerciés ou partaient d'eux-mêmes quand ils avaient exploité toute leur famille, leurs amis et connaissances. Arrivé là par je ne sais quelle petite annonce, j'étais partagé entre mon dégoût du télémarketing et mes efforts pour me persuader que j'œuvrais dans l'intérêt du livre. Ma trouvaille fut d'attirer l'attention des gens essentiellement sur le fait qu'ils pouvaient facilement garder les trois livres de bienvenue gratuits et résilier leur abonnement aussitôt après. Certains s'en réjouissaient, mais beaucoup semblaient retenus par une sorte de mauvaise conscience, ou croyaient que je les menais en bateau. Il n'est absolument pas normal de pouvoir profiter sans payer.

En amour non plus. Après le feu d'artifice gratuit des premiers rendez-vous, une logique d'abonnement s'installe au plus vite, dans laquelle chacun met en balance ce qu'il donne et ce qu'il reçoit, en vertu d'une sorte de contrat tacite qui codifie les comportements. Pourquoi ? Le feu d'artifice n'est pas moins accessible après trois ans qu'après trois jours. C'est dans la tête qu'on en décide autrement. On s'embarque dans la lourdeur comme si c'était un vœu. Prenez, Geneviève, prenez mes livres gratuits, j'en ai des stocks inépuisables.

Normandie, le 25 août
Carte postale n° 23

Je vous ai promis un couplet sur l'anableps. Vous ne serez pas déçue. Ce poisson force l'admiration. Il chasse en dehors de son milieu, entendez hors de l'eau. Pour ce faire, il s'est doté d'un système de vision incroyablement perfectionné. Système qui, remarquez-le bien, n'a rien à voir avec celui des autres vertébrés, pas plus qu'avec celui des pieuvres ou des mouches, par exemple, ce qui prouve que la nature a inventé l'œil plusieurs fois de façon indépendante ; troublant, n'est-il pas ? Or donc, chaque œil de l'anableps est composé de deux yeux aux mécanismes d'accommodation différents (on l'appelle aussi tétrophtalme, « quatre yeux »), lui permettant de voir simultanément au-dessus de l'eau et sous l'eau en une seule image cohérente. Il patrouille en permanence dans les eaux calmes des mangroves du sud du Mexique (pays décidément fantastique), deux yeux à l'air et deux yeux dans l'eau. C'est ce qui lui permet de viser juste quand il projette une bordée de gouttelettes avec son bec en forme de sarbacane en direction d'un insecte qui se dorait innocemment les ailes au soleil sur une branche. Le dîner est servi. Avec quatre yeux on mange mieux.

L'un de ses confrères du Sud-Est asiatique a exploité une voie encore plus directe, quoique moins élégante. L'*anabas*, aussi appelé « perche grimpeuse », n'hésite pas à se lancer tout entier à l'assaut des buissons pour y débusquer les insectes assoupis. Ce sont cette fois les nageoires et le système respiratoire qui ont dû s'adapter quelque peu. Imaginez la tête de la fourmi qui tombe nez à nez avec un poisson vorace au détour d'un buisson. Maintenant, une question vertigineuse nous assaille. Pourquoi certains poissons se cassent-ils la tête pour chasser à l'air libre, alors que d'autres espèces, oiseaux plongeurs ou araignées bathyscaphes, s'épuisent à faire le contraire ? Il reste encore quelques mystères sur terre.

Si vous n'avez pas interrompu mes logorrhées la semaine prochaine, je vous parlerai du xiphophore doré.

TGV, le 26 août

Carte postale n° 24

Les vacances sont finies. Je rentre à Paris. Vais-je trouver quelques nouvelles de vous ? Ou bien circulez-vous toujours dans une partie non définie du monde ?

Que diriez-vous d'en venir aux choses sérieuses ? Je ne sais pas moi, un week-end à Knokke-le-Zoute ou un rendez-vous au métro Opéra, avec une jonquille à la boutonnière comme simple signe de reconnaissance (je ne crois pas que ce soit la saison des jonquilles, disons plutôt une plume, celle dont j'aurai besoin pour vous peigner délicatement le sexe). Ou bien une rencontre moins directe. Pourquoi ne tenteriez-vous pas de me photographier dans la cour Carrée du Louvre un dimanche entre dix et douze heures, ne sachant pas qui je suis ? Vous m'enverrez les photos des cinq personnes qui vous semblent le plus susceptibles d'être moi. Si même cela vous effraie, envoyez-moi les clichés de cinq hommes qui vous ont plu dans la rue en mentionnant ce qui vous attire chez chacun d'eux. Il y a mille façons de s'entendre, mais il faut que vous participiez un peu. Voulez-vous que nous fassions connaissance par objets interposés ? Je peux vous envoyer un chauffeur et vous inviter à visiter mon appartement en mon absence. Vous y examinerez à votre aise tous les indices matériels. Vous feuilletterez mes livres, examinerez mes disques, inspecterez le frigo, la penderie, le bureau. Si l'expérience vous plaît, nous pourrons la prolonger. Venez vous installer une semaine chez moi pendant que j'irai à l'hôtel. Vous dormirez dans mon lit, vous arroserez mes plantes, vous apprendrez à me traiter en intime. En partant, vous me laisserez cinquante-cinq post-it jaune vif avec vos commentaires. Quelle est la date qui vous conviendrait ?

Geneviève, en rentrant de vacances, trouva les dix-huit premières cartes, couvertes d'un coin à l'autre d'une écriture serrée, cachetées sous enveloppe et toujours transmises par les bons soins de la galerie. Quand elle avait suggéré à Edouard de lui envoyer des cartes postales, c'était plutôt une boutade. Elle ne s'attendait pas à une telle assiduité. Qu'est-ce qui le poussait, vraiment, à dépenser tant d'énergie pour une histoire si ténue ? Geneviève avait l'impression de participer à un jeu de caméra cachée dont l'animateur cherchait par tous les moyens à la faire craquer. Edouard, dans sa façon de l'embobiner, montrait un curieux « professionnalisme ». Il se consacrait à cette relation comme d'autres se consacrent à bêcher leur jardin ou à étudier les cours de la Bourse, avec patience et détermination. Geneviève se dit que si cette conception des rapports humains pouvait devenir un modèle de comportement, la vie en société en serait transformée. Même chez les couples les plus unis, il est rare de voir tant d'attention portée à la relation elle-même, tant de temps consacré à fignoler le plaisir de communiquer. Cet homme était un athlète du chuchotis amoureux. Un superman de la chose galante. Il fallait peut-être l'étudier d'un œil de zoologiste. Ou bien le publier dans les journaux.

Geneviève était sûre, à présent, de ne pas jouer dans un schéma classique. S'il s'agissait de dériver dans l'inédit, elle voulait bien se laisser tenter. L'amour de l'expérimentation, la perspective d'un reportage photo, la curiosité toute nue et quelques autres raisons impalpables la poussaient dans le dos.

VI

Paris, le 24 août

Cher Edouard,

Vous pouvez éteindre vos cataractes. Je suis de retour.

Et je ne manque pas d'envie de vous répondre, mais par où commencer ? J'ai déjà vingt cartes de retard et il en arrivera encore. Vous n'êtes pas raisonnable, mais je devine que cela fait partie de votre plan.

Parlons d'abord de mes vacances.

J'étais avec mon mari (mais oui, vous savez bien, pourquoi le nier ?) en train de sillonner l'Italie. J'ai quelque sympathie pour les artistes italiens de la Renaissance. Avec eux, je prends des cours d'élégance.

Il m'est arrivé de penser à vous, je l'avoue, avec un agréable sentiment de confort, me sachant aimée et en même temps hors de portée. C'est vrai, j'ai peur de vous voir, et tout autant de me montrer. Voilà qui laisse peu de place pour la rencontre. En revanche, j'aime les avenues que vous ouvrez à l'imagination. Le plaisir, avec vous, tient de l'astuce, de l'ingéniosité.

Si j'avais su que l'idée des cartes postales mobiliserait votre matière grise à plein temps, ou presque, j'aurais veillé à collecter de mon côté quelques notes ou photos à votre intention. Mais je suis partie en me donnant quartier libre. Vraiment, votre ardeur a dépassé ma pensée. Je ne vous raconterai qu'une anecdote. Dans la petite église de Cortone, son village natal, se trouve l'un des plus fameux tableaux de Fra Angelico, une Annonciation toute empreinte de grâce et d'innocence. Profondément émue par la beauté de cette scène, j'ai senti poindre en moi un soupçon de honte à l'idée de m'abîmer dans la contemplation d'un sujet religieux. Ce tableau était si bouleversant que croire en Dieu devenait plausible. Mais l'amalgame ne tenait sans doute qu'à mon enfance aspergée d'eau bénite et ne se serait nullement imposé dans le cas d'une divinité hittite ou balinaise. Il faut apprendre à admirer sans adhérer. En m'appliquant un peu, j'ai réussi à voir la Vierge Marie du même œil que la déesse Athor. Et l'émotion s'est amplifiée encore du fait de cette victoire sur une partie de moi-même. C'était le dernier bastion de mon obéissance que je regardais là, abandonné mais encore chaud — comme votre église solitaire — et qui m'attendrissait. Cette expérience m'a quelque peu apaisée vis-à-vis de la religion. Je crois maintenant qu'il faut pardonner aux prêtres parce qu'ils ne savent pas ce qu'ils font.

Le deuxième produit de ce voyage, pour autant que je puisse juger de leur importance relative à long terme, sera la recette des aubergines gratinées à la mozzarella accompagnées de gnocchis. Ce plat dégusté dans une petite taverne de Venise comptera sûrement comme un acquis durable et significatif. Dès le lendemain de mon retour — hier soir donc —, j'ai tenté la copie avec un résultat plus qu'honorable. Une nouvelle recette vient d'entrer dans mon vocabulinaire (par ailleurs peu étendu, je l'avoue). Dans un bilan de voyage, cela peut paraître bénin. Je ne suis pas de cet avis. Un perfectionnement pratique n'a pas la profondeur ni l'ambition d'une découverte intellectuelle, mais il a l'avantage de la prégnance matérielle. La répétition du geste à intervalles réguliers donne à l'héritage un genre de poids qu'aucune idée ne possédera jamais. Chaque fois, bien réellement dans ma chair, je savourerai à nouveau quelque chose de l'Italie, de ce voyage, de cette soirée — soirée au cours de laquelle, justement, je pensais à la difficulté de garder un souvenir précis des moments heureux. Je me disais, avec un sentiment de scandale, que seul un événement terrible, telle l'irruption d'un forcené brandissant une mitraillette, aurait le pouvoir de marquer ce moment au fer rouge dans la mémoire des convives. Mais je suis parvenue à faire mentir ma propre théorie. Cette soirée restera pour toujours celle où j'ai grappillé la recette du gratin d'aubergines.

Pendant que vous écriviez des cartes, j'ai pris quelques photos, mais sans projet particulier. Tout cliché impulsif aura un jour sa raison d'être, comme le contenu des bons greniers. Permettez donc que j'improvise maintenant quelques réponses à vos envolées nombreuses et variées. J'irai même jusqu'à procéder méthodiquement.

1. Ceylan

Oui, Edouard, j'ai aimé voyager avec vous, de la manière exacte dont vous avez imaginé ce périple. Tout fut parfait, vraiment, il ne faut rien ajouter, surtout pas une traduction dans la réalité — car vous savez aussi bien que moi que le charme n'y survivrait pas. Les trajets en train durent quinze heures, les pneus des bicyclettes se dégonflent, les éléphants puent, les currys rendent malade et les saris déteignent au lavage. Vous avez été bien inspiré d'escamoter ces menus inconvénients, maintenant j'ai un souvenir de Ceylan absolument insurpassable.

2. Sandrine Kiberlain
Oui, oui. Je vois. Elle a du chien. Du moins à l'écran. Mais qu'en est-il dans la vie ? Chez moi, vous aimez ma façon de voir la vie. Mais qu'en est-il à l'écran ? Je vais vous proposer une façon astucieuse de réunir le beurre et l'argent du beurre. Dites-vous dorénavant que je possède le physique de Sandrine Kiberlain. Construisez un animal mythique (vous n'êtes sûrement plus à ça près) sur le modèle de ces griffons, centaures, sphinx, sirènes et autres hybrides. Nous venons de créer Sandreviève (préférez-vous Genevine ?) qui est maintenant la femme de vos rêves. À condition de ne pas vouloir l'approcher, bien sûr.

3. *Le Livre de Simon*
J'ai certainement l'ambition de vivre plusieurs vies, notamment grâce à la photographie. Je n'ai pas d'autre enfant que Simon, mais Simon peut se vanter d'avoir reçu toute mon attention de mère. Simplement, je n'avais pas vingt ans à lui consacrer.

Tous mes travaux sont des enfants, c'est pourquoi j'ai trouvé intéressant de prendre le terme au sens littéral. Pour bien des gens, le travail est un poison et ils le vivent aussi au sens littéral, encore que sans bien s'en rendre compte.

Une histoire d'amour photographique ? Oui, mais sûrement pas avec vous. Il me faudrait un parfait inconnu. En me le proposant, vous vous interdisez le rôle.

4. L'air et l'eau

Vous avez un penchant marqué pour les histoires aquatiques. Personnellement, mes fantasmes s'orientent plutôt vers le ciel : voler comme les oiseaux, piloter un avion de chasse, aller sur Mars et au-delà. Les profondeurs obscures m'effraient, l'eau me voit rétive. Et dès qu'il faut se mouiller, se jeter à l'eau, apprendre par immersion totale, l'effort est insurmontable. Je préfère de loin planer, m'élever au septième ciel, et même être dans la lune, car tout cela tient du cadeau.

5. Les hippocampes

Nous revoilà dans l'eau, poursuivant l'hippocampe à la nageoire frémissante. Je ne crois pas avoir déjà vu un hippocampe en mouvement. Manque de culture, indiscutablement. La gestation dans le ventre du père, quelle trouvaille révolutionnaire ! Il doit y avoir une conspiration pour étouffer l'affaire. Imaginez l'adaptation du dispositif à l'homme. On choisirait celui des deux géniteurs ayant les moins bonnes perspectives de carrière pour porter l'enfant. Certains se disputeraient pour porter, d'autres pour ne pas porter ; les plus sages institueraient des tours de rôle. Vous pensez que j'essaie d'éluder l'objet principal de votre message : l'invitation aux caresses. Allons, j'y viens, tous vos envois sont des caresses. Longues et appuyées dans le cas des lettres, légères et frémissantes comme une nageoire d'hippocampe pour les cartes postales.

6. Le philtre amoureux

Si l'amour est une licorne, c'est une licorne qui peut vous transpercer le cœur. Mais votre amour est un peu curieux, avouez. Quand vous m'écrivez sur la foi de quelques photos, c'est comme si vous vous déclariez amoureux de Marie Curie, d'Anaïs Nin ou de Janis Joplin, dans l'enthousiasme suscité par ce qu'elles ont produit. On peut toujours se sentir des affinités avec le travail d'autrui. Faut-il se déclarer amoureux pour autant ? Le hasard veut que nous soyons de la même génération. Mais quel recours auriez-vous s'il s'agissait de photos posthumes, ou si j'avais quatre-vingts ans ? Ou si j'étais un homme ? Seriez-vous aussi indécrottablement convaincu ? Non, bien sûr, vous vous inclineriez devant l'évidence. Il suffit, dès lors, que vous preniez le parti de me considérer comme un personnage historique, et tout ira pour le mieux.

7. La petite mariée
Pourquoi avez-vous tenu à raisonner cette gamine ? La raison vient bien assez tôt. Trop tôt à mon goût. Je n'ai rien contre la philosophie, mais elle devrait marcher main dans la main avec son antidote et contrepoids : la poésie. Hélas ! celle-ci étouffe sous une pression organisée. À peine sont-ils capables de parler qu'on s'attache à raboter l'esprit poétique des enfants, pourtant réel et spontané, et à leur inculquer la logique discursive, infiniment moins vraisemblable. Mais l'effort est si constant que l'ordre finit par l'emporter. Tous les adultes sont admirablement dressés à ne produire que du discours rationnel, mieux encore : raisonnable. Il faut au minimum un dérapage psychiatrique, ou bien une forte dose d'alcool, pour voir réémerger la liberté de pensée toute pneumatique des enfants.
Si vous aviez été saoul ce jour-là, vous auriez peut-être offert à cette gamine de merveilleuses fiançailles

mythiques scellées à la poudre d'ailes de fées (celles qui repoussent à condition qu'on les détache la nuit), transformant ce court moment en souvenir étincelant. Votre sermon, elle l'a déjà oublié.

8. L'appareil génital masculin

Bon. Vous commencez à devenir indiscret. Ce que je pense de vos bricoles ? Hum. Comment dire ? J'ai fait des photos bien plus osées que celles de l'exposition, c'est évident. Mais je ne m'en vante pas facilement car on est vite mal comprise et taxée de lubricité. Or, j'éprouve justement la plus grande répulsion pour toute espèce de vulgarité. Un seul geste obscène peut me chasser d'une relation. Quand je dis « obscène », il ne s'agit pas d'un catalogue prédéfini de gestes interdits. Il y a des mots, des gestes ou des désirs que tout semble condamner dans l'absolu, mais qu'un certain regard submergé, ébloui, voire candide, peut rendre soudain acceptables.

Remarquez que ce qu'un couple s'interdit n'est jamais dit, et pourtant existe avec une importance extrême. C'est une frontière mouvante plus qu'une intention claire, dont le domaine peut rétrécir par pans entiers, puis se reconstituer, vierge à nouveau, avec un autre partenaire. Un couple avisé se donne de l'espace, tout en conservant des terres inexplorées dont chaque annexion se paiera cher. Rien de plus triste que de ne pas trembler devant la transgression d'un geste inconnu. Il faut que ce soit grave, aussi grave que de défricher la forêt ou de tuer la brebis engraissée. En matière de sexe, la parcimonie est une stratégie généreuse.

9. La chambre taggée pendant la nuit

Étrange renversement des rôles ! Depuis quelques mois, c'est vous qui taguez sans arrêt ma boîte aux lettres. Sans doute deviez-vous punir en rêve votre extravagance. Vous aurez remarqué que le seul moment où vous pourriez m'atteindre, s'il faut en croire ce rêve, serait celui où vous cessez de me poursuivre. Comme si le plus grand obstacle à la réalisation du désir résidait dans le désir lui-même. Ne pouvez-vous me désirer un peu moins fort ?

Si vous étiez aussi bouddhiste que vous le dites, vous sauriez qu'il faut se délivrer du désir. Méditer, c'est cela aussi, car ne rien penser revient à ne rien désirer, et donc cesser de souffrir. En rêvant que vous dormiez, vous avez réussi une forme de méditation originale. Vous supprimez vos pensées pour de bon, mais seulement dans une projection de vous-même. Première étape vers une pacification effective ?

10. Le photographe photographié

Voilà une idée un peu fumeuse, je crois, sur le plan du résultat, mais c'est surtout une saine manœuvre pour éviter de se prendre au sérieux. Photographier autrui n'est pas une tâche facile, car on se voit facilement dans un rôle de juge ou de témoin privilégié. Il faut résister à la tentation de se perdre de vue. De croire qu'on se fond dans le paysage. De prendre pour seul angle optique celui de l'appareil. Il y a toujours un champ plus englobant. C'est pour me surveiller (en quelque sorte me tenir à l'œil) que j'ai photographié tous ces confrères. Et ainsi agit le comédien en allant voir des spectacles, ou le musicien en allant écouter des concerts, ou le professeur en allant suivre des cours (le faites-vous ?). Les autres sont des miroirs avant d'être des mystères. Je reconnais en eux ce qui me ressemble bien avant de buter sur l'inexplicable. Même un Japonais qui photographie un menu de restaurant, je peux le comprendre.

11. Les fossiles

Des fossiles, des trèfles à quatre feuilles, des coquillages, des marrons, des cailloux, des herbes, des feuilles ou des idées neuves, il faut toujours rapporter un souvenir de ses promenades. La promenade, c'est la disponibilité, et la disponibilité, c'est la liberté. Mais la vie active est rythmée 1) par autrui, 2) par une optique utilitaire (pour une écrasante majorité des cas). Du coup, au lieu de penser, on se borne à fonctionner, ce qui est beaucoup moins audacieux, et même intensément ennuyeux. Voilà pourquoi tant de gens prennent plaisir à pratiquer la pêche, le vélo, la marche à pied, le tricot ou la chasse au fossile à l'aide d'un petit marteau. Pendant ce temps-là, l'esprit gambade en toute liberté. La poésie, ce n'est peut-être que cela.

12. L'église, la nostalgie et Mme Bovary

Vous voyez combien sont constantes ces histoires de nostalgie. Tant qu'on poursuit le bonheur, on se projette dans le futur pour y goûter un peu, mais, quand on l'a rattrapé, on ne peut plus s'arrêter, on dérape malgré soi dans l'avenir où cette fois il ne nous attend plus. Notre fabuleuse capacité d'anticipation nous a permis de quitter les cavernes de la préhistoire, mais c'est elle aussi qui nous exclut du bonheur plein et rond comme une pomme. Quant aux Bovary, elles ont compris que ce qu'on appelle bonheur est un voile de fumée, mais franchement je n'y vois nul exploit. Passé l'âge de dix-huit ans, quel mérite y aurait-il à tout juger fade ? Renoncer à l'absolu n'est pas un acte de bravoure, plutôt un passage obligé. Après lequel, parfois, on trouve à se loger.

13. Le poisson savant

Je ne suis pas sûre d'avoir saisi votre parallèle entre la certitude « scientifique » et la certitude « psychologique ». Bien sûr, une théorie est toujours limitée par nos moyens d'investigation et peut à tout moment se trouver renversée par un fait nouveau, mais le monde intérieur, en quoi peut-on le taxer d'ambiguïté ? Je sais sans aucun doute que je souffre et que j'ai peur, que j'aime le flan au caramel, que j'admire Paul Auster, que je suis anxieuse avant un examen ou troublée par la façon de marcher d'un homme. Ces états-là s'imposent d'évidence, même si leur bien-fondé peut toujours être contesté de l'extérieur. Les occasions où je ne sais pas ce que je ressens sont plutôt rares, et si vous me dites que je m'illusionne autant que les savants, je ne sais plus sur quelle oreille on peut dormir.

14. L'amour virtuel

De quoi je me méfie, Edouard ? De vous, pardi. Vous avez les dents longues, et sans doute les yeux plus grands que le ventre. Vous me proposez monts et merveilles sans vous soucier de savoir qui je suis réellement. Vous agissez en conducteur dangereux, en apprenti sorcier. Vous croyez pouvoir soumettre l'amour à vos quatre volontés et porte-plumes. Quelle aisance vous affichez, comme si le scénario dépendait seulement de votre fantaisie. Vous ne voulez pas voir que vous jouez avec le feu. Parce que vous avez de l'esprit et de la répartie, je me laisse adoucir par vos manœuvres de séduction, mais c'est déjà m'avancer trop. Encore une fois, que mes limites soient claires : j'accepte de vous accompagner dans ce jeu parce que c'est un jeu. Notre histoire sera ludique et platonique ou bien elle ne sera pas. Je vous ai assez prévenu.

15. Si vous étiez là...

Alors pour vos ambitions érotiques, il faudra les orienter vers des cibles plus disponibles. Je ne vous cache pas qu'elles me semblent pittoresques, mais j'ai posé mon bagage et je ne bouge plus. Racontez-moi vos frasques avec vos nouvelles conquêtes si cela vous chante, mais je ne serai pas du nombre. Maintenant que je sais l'usage que vous faites des plumes, je m'interroge : qu'en est-il des cotons-tiges exactement ? et des ours en peluche ? et des balles de ping-pong ? et des glaçons ? Je suis curieuse, oui, mais pas en actes. Vos récits suffiront à me distraire (et libre à moi d'en retirer quelques idées à reproduire chez moi, comme le gratin d'aubergines vénitien).

C'est vrai, le sexe est un domaine où l'on ne se soucie pas assez de faire circuler les idées. Celui qui trouve une bonne combine, au lieu de l'envoyer sur Internet pour dépanner les copains, non, il se félicite en silence. Pourquoi la diffusion de l'innovation est-elle un phénomène étudié partout sauf au lit ? Le diriez-vous ?

16. Mes pieds

Voir document ci-joint. Ce n'est pas une photo, c'est un dessin que j'ai fait l'année passée. Eh oui, je dessine aussi. Pour le plaisir du geste.

17. Franchir les obstacles
Vous voulez des obstacles ? Je vais vous en donner. Pas la course autour du monde, trop onéreux, pas les devinettes, je préfère le mystère, mais je vais vous balader dans Paris, puisque vous le proposez, vous faire un peu cogiter, voyager, mouiller votre chemise. Ainsi vous aurez l'impression de progresser. Le mouvement vous ragaillardira. En reculant le but, je vous donne l'occasion de marcher. La manœuvre est un peu cousue de fil blanc, mais avec certains psychismes très agités comme le vôtre, il se pourrait que cela suffise. Voici le plan : les cartes postales que je vais recevoir les jours prochains, jusqu'à ce que cette lettre vous arrête, je vais y répondre dans une missive que je déposerai en cet endroit précis (voir croix sur la photo ci-jointe). À vous de le trouver. Vous pourrez y relever le message à partir du 5 septembre à midi.

18. Les axolotls
Moi aussi j'ai des pompons. Sur les gants que je porte en hiver. Pas encore testés pour les caresses mais j'y penserai. Qu'est-ce qui vous attire à ce point dans la biologie aquatique ? Après le mâle parturient chez l'hippocampe, le têtard attardé chez l'axolotl. Avec tirade sur le boycott de l'état adulte comme grève du zèle aux proportions physiologiques. Faut-il que vous soyez tordu pour aller nous chercher des bizarreries pareilles ! Vous éprouvez une fascination pour les cas à part, visiblement, et je ne suis pas sûre de pouvoir y déceler un compliment (vu la dégaine de votre larve, j'ai des doutes). Plus ça va, plus je me demande si vous ne me prenez pas pour un monstre d'eau douce.

19. L'amoureux

D'accord, il frétille. Et même, il s'emberlificote. Ce qui lui manque, à l'amoureux, c'est un brin de recul pour ne pas tout confondre. Le jeu et la réalité. L'histoire vécue et celle qu'on se raconte. Le possible et le permis. L'amoureux ressemble à un amphibien (finalement vos marottes s'expliquent), une patte dans l'eau et l'autre au vent, mais incapable de voir où est le problème, et même qu'il y en a un. Problème : tout le monde n'est pas amoureux. Si son partenaire l'est, c'est déjà bien. Mais le monde s'en balance et continue à dériver en eaux profondes, tandis que les deux tourtereaux folâtrent tout là-haut. C'est beau à voir, oui, et un peu bête aussi, comme une araignée au plafond.

Voilà qui me fait penser à la cuisson des gnocchis (vous savez, ces petites boules de fécule de pomme de terre qui accompagnent si bien les aubergines gratinées). Vous les mettez dans l'eau bouillante, ils coulent au fond. Vous laissez cuire une minute, et soudain le premier téméraire se déclare, *pops* ! le voilà qui flotte en surface. Un hérétique ? Un cinglé ? Non, il est rejoint par un autre, deux, trois, quatre, c'est maintenant la ruée. Quand ils se sont tous hissés, vous pouvez éteindre le feu et passer à table. Les amoureux, malheureusement, ne restent en l'air qu'un bref moment. Très vite ils se fatiguent, le plomb leur pousse aux pieds, ils replongent dans le marasme quotidien. Et l'onde de choc universelle n'a aucune chance de se manifester. À peine l'amour en a-t-il propulsé quelques-uns au plafond que les précédents se sont déjà découragés et retombent lourdement. Il faut tout recommencer. L'amour n'est jamais acquis mais toujours à regonfler. Il se propage dès lors beaucoup moins vite que l'automobile ou les assurances vie.

20. Rodin

Bien sûr, le dessin convient mieux pour le nu. Ce que la photo capture, le dessin l'invente. Il y a une jouissance intense et singulière du trait de crayon qui suit le regard en translation le long du corps. C'est comme un faisceau de caresses, mais retenu, sublimé au dernier moment. On gagne en subtilité et en richesse ce que l'on perd au toucher.

Le corps que l'on caresse, on ne le regarde jamais assez. On s'y dirige de confiance, selon des avenues déjà tracées. Le corps que l'on dessine se montre, lui, absolument neuf à chaque pose. Pas une courbe que l'on puisse retrouver d'expérience. Il faut le scruter comme le premier objet jamais tombé devant nos yeux. Et le drame de la photo, c'est que l'appareil le fait pour vous. On ne devrait permettre la photo qu'après le dessin, à titre de récompense.

Cher Edouard, j'ai voyagé sans me soucier de vous, mais aujourd'hui je me suis largement rattrapée. Je viens d'écrire, si je ne me trompe, la plus longue lettre de mon existence. Pis, j'ai promis de continuer, sitôt reçues vos prochaines cartes. Ensuite, vous savez ce qu'il vous reste à faire.

Amicalement,

Geneviève

Paris, le 3 septembre

Cher Edouard,

Bravo. Si vous lisez ces lignes, c'est que vous avez réussi à les dénicher. Je ne doutais guère de votre sagacité. Je voulais seulement vous fatiguer un peu, puisque vous le quémandiez. Pour la suite, voulez-vous guider vous-même les épreuves que je vous infligerai ou les préférez-vous de mon cru ? Dans tous les cas, vous serez le premier à vous lasser, s'il faut en croire la fable orientale. La connaissez-vous ?

Un sage tombe fou amoureux d'une courtisane. Elle lui promet de se donner à lui s'il attend cent nuits assis sur un tabouret sous sa fenêtre. Le sage s'exécute et brave courageusement le froid et l'épuisement. Mais, au milieu de la centième nuit, il prend son tabouret sous le bras et s'en va. L'envie vient de lui passer, aussi soudainement qu'elle était apparue.

Et si je vous demandais cent lettres, ne serait-ce que pour copier la légende ? Vous seriez capable de vouloir la faire mentir, rien que pour m'éblouir. Occupons-nous toujours de vos cartes, nous statuerons après sur le prochain stratagème. Il y en a vingt-quatre, donc, ni plus ni moins, écrites en vingt-quatre jours. Savez-vous que vous prêtez dangereusement le flanc aux demandes de records : vingt-quatre sonnets en vingt-quatre heures, vingt-quatre tatouages dans le dos, ou vingt-quatre heures sans penser au mot « loup » (très pernicieux celui-là). Mais continuons dans l'ordre.

21. Patricio Lagos

Il m'est arrivé une seule fois d'essayer la sculpture. Avec de la terre. J'ai modelé un corps d'homme, vous

vous en doutez, allongé sur le côté. C'était un travail impulsif et sans modèle mais, par l'habitude du toucher sans doute, mes mains trouvaient naturellement les courbes et les proportions nécessaires. Le contrôle conscient intervenait très peu, alors que pour dessiner je n'aurais pu me passer d'un modèle. La main semble fournir elle-même l'information qui manque. Quelle découverte surprenante ! En toute logique, un aveugle de naissance pourrait donc devenir un grand sculpteur, pour autant qu'il travaille une matière souple, à la main. La terre, le sable... Et ce corps parfait qu'il aurait façonné, qu'il ne pourrait pas contempler, il ne pourrait pas non plus s'en rassasier les mains, de peur de le briser. Son œuvre lui échapperait totalement, magnifiquement, encore mieux qu'avec les vagues.

22. Le télémarketing

Je vous entends d'ici. « Bonjour, madame. Je suis Edouard, de la société Machin. Je vous appelle pour vous proposer une offre exceptionnelle. Trois livres gratuits en cadeau d'accueil au Club Machin. Est-ce que je peux vous inscrire parmi... », et là, on a déjà raccroché. Certaines méthodes sont rédhibitoires, quel que soit le fond de l'affaire. Car sinon, pourquoi ne pas répandre ainsi la philosophie ? « Allô, madame, connaissez-vous les trois principes fondamentaux du raisonnement chez Aristote ? » Impossible. On peut mettre l'agressivité au service de tout ce qu'on veut, elle sera toujours mal reçue. De même en amour, celui qui demande « Tu m'aimes ? » ne doit pas attendre une bouffée de spontanéité. Il est des cas où les moyens étouffent la fin.

23. L'anableps
Vive l'eau, vive l'eau et les poissons qui nagent dedans. Quatre yeux, voyez-vous ça, la mer a inventé l'art moderne. J'ai souvenir aussi, dans un film de Kusturica, d'un poisson vertical qui se transforme en poisson plat et dont l'œil ainsi rendu inutile migre à travers le crâne pour se retrouver de l'autre côté. Le résultat n'est pas sans rappeler — je veux dire annoncer — Picasso.

24. L'appartement
Excellent ! J'adore cette idée. Je ne vous propose pas la réciproque car vous auriez peu de goût, sans doute, pour cohabiter une semaine avec mon bien-aimé. Mais, dès que j'aurai quelques jours devant moi, j'accepte volontiers l'invitation, je viendrai fouiner chez vous. Il va de soi que vous devez jouer le jeu honnêtement, sans essayer de me surprendre ni de m'espionner. La moindre trahison donnerait lieu à la rupture immédiate des relations épistolaires (et autres évidemment). Je vous dirai quelle période me convient, vous laisserez la clé chez l'épicière et vous ne poserez plus un pied dans le quartier avant ma disparition.

Voilà, Edouard, qui répond grossièrement à vos délires de cet été. Pour la prochaine missive, sachez déjà qu'il vous faudra la débusquer à cet endroit imprécis (quelque part sur la photo ci-jointe). Ne faites pas cette tête-là. À cœur vaillant, rien d'impossible. Elle vous y attendra à partir du 26 septembre à midi.

Amicalement,

Geneviève

Paris, le 9 septembre

Chère Geneviève,

On peut dire que vous m'avez donné du fil à retordre ! Il y a plus d'un parc et plus d'une statue dans Paris. Vous n'auriez, bien sûr, pas choisi la plus connue. Elle ne figurait même pas dans le guide le plus complet des jardins de Paris disponible sur le marché. J'ai posé la question à tout mon entourage — pour constater que je ne compte pas un seul spécialiste de la question dans mes relations. Allais-je vraiment devoir arpenter tous les parcs un par un ? J'ai étalé un plan devant moi et j'ai tâché de me laisser inspirer par les noms ou les formes des jardins. Je me suis demandé comment j'aurais procédé pour fixer mon choix à votre place. J'ai arpenté le jardin du Luxembourg à tout hasard, un morceau des Tuileries qui était sur mon chemin. Finalement, savez-vous ce qui m'a mis sur la piste ? Il fallait que ce soit discret, évidemment. Comme vous. Un endroit reculé et difficile à conquérir. J'ai cherché les hauteurs, les Buttes-Chaumont, le parc Montsouris. Et puis je l'ai vu, tout petit, isolé sur la carte comme un confetti perdu dans la mer, le parc Monceau. Vous êtes complètement loufoque, ma parole. Comment saviez-vous que j'allais aboutir ? Je pourrais encore m'occuper à chercher, écumant les arrondissements dans l'ordre. Et maintenant une cabine téléphonique. Vous voulez que je trouve une cabine téléphonique dans Paris ! Je viens d'appeler France Télécom, il y en a 7 656 ! Quand je vous ai proposé de me mettre à l'épreuve, je ne voulais pas dire que j'étais l'inspecteur Columbo. Si encore nous habitions Quimper ou Carcassonne, je ne dis pas... Bon, je vais réfléchir. Il doit bien y avoir un moyen.

Or donc, et par ailleurs, je n'ai pas dû vous assommer au-delà du supportable, si j'en juge par le piquant de vos réactions. Bien sûr, nous ne sommes pas près de nous entendre sur la suite à donner à nos relations, mais qu'importe, nous avons toute la vie pour discuter. L'essentiel, c'est que les négociations continuent.

Ainsi vous dessinez ? Merci. Vos pieds mutins donnent à mon fantasme une base dont j'avais grand besoin. Enfin, je tiens un petit morceau de la créature. Et j'apprécie au plus haut point qu'il soit le produit de votre main. Je ne connais rien de plus romantique que ces jeunes filles que l'on croise parfois dans les musées, un carnet de croquis à la main. La maîtrise d'une technique comme le dessin confère un prestige insondable, de même que celle d'une langue étrangère ou d'un instrument de musique (avec une mention spéciale pour le violoncelle). Ce sont là des signes d'appartenance à un monde somptueux, que l'on voudrait côtoyer en continu à défaut d'y être admis soi-même.

Pourriez-vous m'accorder une immense faveur ? Dessiner pour moi *La Promise* qui se trouve au musée Rodin. C'est là que vous trouverez ma prochaine lettre, déposée à la réception à votre intention le 7 octobre, si du moins j'ai réussi à dénicher la vôtre entre-temps. Vous ne pourrez obtenir l'enveloppe qu'après vous être acquittée de votre tâche. Ainsi, j'aurai le loisir de vous imaginer vous adonnant au dessin au jour et dans le lieu que j'aurai choisis, et j'éprouverai l'ivresse d'y déceler un début de reddition (c'est mon droit). *La Promise* est si belle, du reste, que vous sentirez des frissons vous parcourir l'échine.

Mes ambitions érotiques à votre égard sont bien réelles et ne concernent que vous. Je ne vous raconterai pas mes frasques, parce qu'il n'y en aura pas, jusqu'au jour béni où je pourrai vous couvrir de baisers sauvages en vous tenant fermement les poignets dans le dos (pour éviter la gifle / parce que je suis macho / parce que vous aimez la force — biffez la mention inutile). Il est vrai que la publicité des jeux du sexe est encore bien timide, quand on réfléchit aux fêtes qu'il est possible de s'offrir et que la plupart ignorent. C'est une ironie de l'histoire qu'on ait préféré populariser la télévision et l'aspirateur plutôt que l'érotisme (si j'étais sociologue, je confierais ce sujet à l'un de mes étudiants en doctorat). Je n'y vois que deux explications : 1) nos dirigeants veulent écouler de la marchandise et l'érotisme ne consomme rien, ou presque, 2) l'érotisme n'est pas à la portée de tout le monde, pas plus que la peinture ou la composition d'un chef-d'œuvre. Il faut réunir le talent, la technique et l'inspiration, ce qui élimine à peu près la totalité des candidats. Et pourtant, tout le monde copule. Ce qui ferait penser que le sexe est la chose la mieux partagée du monde. Erreur. Le sexe, oui. Le plaisir, non. Et la joie encore moins.

Vous, Geneviève, vous vivez dans la joie du sexe, même quand vous restez chaste, ou fidèle (ce qui est quasiment pareil), parce que vous savez manœuvrer le désir. Que l'orage éclate, c'est un fait de nature. Mais qu'un être parvienne à commander aux orages, voilà le vrai progrès. Il y a d'abord la machinerie, les instincts, les mécanismes qui nous ont été livrés à la naissance, et puis il y a l'art d'agencer ces éléments sur une cadence choisie. Quand vous tournez autour d'un homme avec un appareil photo, vous faites de la dentelle. Si c'est un crayon et du papier, encore mieux, de l'orfèvrerie. Les besoins bruts qui nous ont été chevillés dans le corps, vous les domptez, vous les pliez à vos caprices, vous les rendez étincelants comme la plus voulue de vos inventions.

J'ai envie, oui, tellement envie de m'aventurer avec vous sur ce terrain peu fréquenté. Je me fiche de votre fidélité, c'est un concept suranné. Mais votre bien-aimé peut tout autant continuer à dormir en paix. Je n'ai pas le projet de vous accaparer à toute heure du jour. La poésie se plaît dans les marges. Il s'agit surtout de rester l'œil et le cœur aux aguets. Prêt à se saisir de toute image, de toute idée, de tout bonheur qui passe, pour en nourrir le désir. Je ne serai pas votre amant obsessionnel, tyrannique et voleur d'âme. Je serai votre amant subtil, libérateur des sens, jusqu'au sixième et plus. Je vous pousserai à monter au faîte de vous-même. Par quel moyen ? Ai-je des pouvoirs surnaturels ? Nenni. Il suffira que l'envie vous saisisse, que vous osiez le pari de vivre plus et mieux, de désirer souverainement tout ce qui pourrait vous venir de moi.

Le bouddhisme, si je peux me permettre, n'est lui-même qu'une étape. S'il faut tuer le désir, c'est en effet pour s'épargner des souffrances inutiles. Mais après ? Croyez-vous qu'il faille passer le restant de ses jours dans l'apathie la plus totale, le renoncement à tout et la morosité bien tempérée ? Loin de là. Ce dont on s'est rendu maître, au prix d'un long et difficile apprentissage, il faut en profiter, parbleu ! Toute cette discipline, ce parcours exigeant ne sont que moyens d'affranchissement pour mieux jouir de la liberté ainsi acquise. Pour vous permettre de jongler avec les roses sans risquer les épines. Quand vous pourrez échapper à l'emprise des désirs, vous pourrez aussi les vivre en toute légèreté.

Vous serez présente sans plus être attachée, heureuse sans la rançon de l'anxiété. Qu'un plaisir s'amenuise ou disparaisse, pas de malaise, vous resterez sereine, emplie d'un souvenir lumineux, et reprendrez votre chemin vers des bonheurs prochains. Voilà pourquoi il ne faut pas frémir devant moi. Seule la joie peut nous atteindre. Tout le reste nous trouvera adeptes du renoncement et de la contemplation pure. Cela vous convient-il ?

Je vous dois encore une explication, plus théorique, sur la notion de « certitude psychologique », ou connaissance de ses états intérieurs. Sur le cosmos, ou la nature en général, vous l'admettez, rien ne garantit que nos instruments nous dévoilent la vérité. Ils nous offrent tout au plus quelques repères (déjà discutables à l'infini), et nous construisons sur ces bases les cathédrales, imposantes, ingénieuses et perpétuellement menacées que sont nos théories scientifiques. Mais pour mes sentiments, dites-vous, pas de doute, je sais exactement ce que j'éprouve, si j'ai faim, quand je veux être seule et pourquoi j'aime le bleu. Très bien, mais vous me parlez-là des émotions ordinaires ou des inclinations stables de la personnalité, alors que je pensais à ce que l'on pourrait appeler les « paradigmes » en psychologie. Je vous donnerai deux exemples.

Le premier concerne la quête du bonheur. D'où vient cette manie si répandue de partir à la poursuite du bonheur ? Les grands auteurs se partagent en deux clans, à l'argumentation également habile et convaincante. Les premiers assurent que nous désirons le bonheur à ce point parce que nous l'avons connu dans un passé mythique, historique ou amniotique (les opinions varient sur ce point) et que la frustration intense d'avoir perdu ce sentiment de félicité nous pousse à le rechercher frénétiquement, et à nous sentir éternellement déçus. C'est la théorie du Paradis perdu. On désire ce qu'on a connu et dont on est privé. Les seconds, au contraire, affirment que si le paradis était tellement paradisiaque, notre aïeul Adam n'aurait pas bêtement voulu s'en échapper. Par conséquent, il n'y eut jamais de bonheur parfait, mais nous courons toujours dans l'espoir de le découvrir en dehors de ce que nous connaissons et qui nous a déçus. C'est la théorie de la Terre promise. On désire ce qui est inconnu et donc intact. Et maintenant, essayez de trancher, en fonction de votre expérience intérieure. La notion de bonheur, si prégnante dans notre culture, est-elle à rattacher au registre du souvenir ou à celui de l'imaginaire ? Big problème.

Le second exemple concerne la définition de la création artistique. Là aussi deux écoles s'affrontent. La première accorde à l'artiste un statut spécifique, hautement valorisé, en vertu des rapports que celui-ci entretiendrait avec une entité supérieure, divine, spirituelle ou simplement géniale. C'est la théorie de l'art inspiré. La seconde voit l'art comme un mode de fonctionnement naturel à la psyché humaine. Nous sommes tous des artistes, il y a des différences d'habileté mais pas de fossé de nature, M. Jourdain est un poète à part entière. C'est la théorie de l'art naturel. Ici encore, et bien que vous vous trouviez en première ligne, je doute que vous puissiez décider si l'art est transcendant ou non.

Dans ces exemples, les deux interprétations ont l'air également plausibles. Chacune rencontre dans notre expérience des bribes de vécu qui tendent à la confirmer. Elles sont pourtant contradictoires. En ce qui concerne le monde intérieur, le prétendu guide infaillible, notre ressenti, accepte donc, sur des points aussi fondamentaux que le bonheur ou l'art, des opinions incompatibles. Il dit : oui, le bonheur est à retrouver, et en même temps : oui, le bonheur est à inventer. Il dit : oui, l'art est à part, et en même temps : oui, l'art est partout et tout est art.

Voilà pourquoi, pour des raisons très différentes de celles qui concernent la science, le monde intérieur se montre un terrain aussi rétif aux certitudes que l'infinité des galaxies.

Ouf ! la démonstration est finie, j'espère que vous m'avez suivi jusqu'ici. Il fallait bien répondre à vos questions. À présent, je peux vous dire combien votre enthousiasme au sujet d'un séjour dans mon appartement me transporte aux nues. Enfin, j'ai trouvé un terrain sur lequel vous voulez bien vous risquer. Il est vrai que tout le bénéfice vous reviendra en apprenant tant et plus sur ma personne sans m'affronter ni vous découvrir. Soyez en certaine, je ne ferai pas le moindre geste qui pourrait compromettre le déroulement de l'expérience. Je serai aussi absent que si je n'existais pas. D'ailleurs qui sait ? (Je blague !)

Je vais m'occuper maintenant de repérer cette fichue cabine téléphonique, et vous, avant de vous rendre au musée Rodin, vous feriez bien de passer jeter un coup d'œil dans la station de métro Opéra, au milieu du quai en direction de Gallieni, disons le 4 octobre à midi trente exactement, il y aura une surprise pour vous. Ne tremblez pas ainsi comme une feuille. Il ne s'agit pas d'un traquenard, ni d'une épreuve, ni d'un lapin. Allez-y et puis c'est tout.

Votre respectueux,
Edouard

VII

Geneviève commençait à s'amuser. Un peu trop peut-être. Ce bougre avait réponse à tout, et toujours avec légèreté. « Pourquoi se tracasser ? » lui chuchotait inlassablement son argumentation, sous les couleurs les plus tentantes. La réticence finissait par devenir grotesque. « Je me fiche de votre fidélité », et voilà deux pages de dérobades envoyées au tapis.

Le petit jeu du lieu à retrouver dans Paris avait pour but de lui donner du grain à moudre. Qu'il se fatigue à cause d'elle, mais sans elle, c'était toujours ce temps de gagné. Cependant, elle ne pourrait pas le promener ainsi éternellement. L'idée de visiter l'appartement du loup lui avait plu tout de suite. Une manœuvre peu risquée qui apporterait une foule d'informations concrètes, depuis le genre de bibliothèque jusqu'à la marque du dentifrice. Mais après ? Geneviève sentait venir le moment où sa politique deviendrait de plus en plus difficile à tenir. Et pourtant, elle était plus que jamais déterminée à ne pas voir Edouard, surtout pas !

Le premier rendez-vous avec Rebecca et Daphné après son retour de vacances fut consacré à un véritable conseil de guerre. Les deux filles avaient bien compris que Geneviève ne plierait pas, mais il fallait discuter des moyens de tirer le meilleur parti de la situation, pour qu'Edouard continue à être intéressant sans devenir consistant. Il était encore trop tôt pour envoyer la sœur de Rebecca en espionne à l'université, mais elle savait déjà qu'il enseignait à la Sorbonne et avait demandé qu'on lui envoie ses horaires. En attendant, il fallait réfléchir à la suite des festivités. Elles alignèrent quelques idées de stratagèmes divers et variés pour gagner du temps : lui envoyer des photos de l'appartement de Geneviève, lui faire rencontrer sa maman, lui soumettre son agenda de l'année passée, le diriger vers les lieux de son enfance, lui fournir une liste des films et des livres recommandés par Geneviève. Les moyens d'enquête que l'on pouvait mettre à sa disposition étaient nombreux.

Mais Geneviève voyait plus loin. Avant de se lancer dans des manœuvres abracadabrantes, elle avait besoin d'une assurance. Il fallait qu'elle soit sûre de pouvoir se retirer du jeu au dernier moment. Quand la liste des propositions commença à se tarir, elle déclara brusquement :

— Daphné, s'il se trouve que l'on ne peut plus éviter le rendez-vous, je voudrais que tu y ailles à ma place.

— C'est ça, et je vais courir de l'un à l'autre pour transmettre les messages !

— Non, ce n'est pas ce que je veux dire. Tu iras au rendez-vous en disant que tu es Geneviève.

— Tu veux que je me fasse passer pour toi ?

— Exactement.

— Mais c'est de la tromperie ! Qu'est-ce qu'il dira quand il apprendra la vérité ?

— Eh bien, soit ça ne marche pas entre vous et c'est un coup dans l'eau, soit il tombe amoureux de toi et vous vous mariez.

— Ah, je vois, tu veux me caser ?
— Il te plaît, oui ou non ?
— Il me plaît beaucoup, mais moi je peux ne pas lui plaire, il ne me connaît pas !
— Il ne me connaît pas non plus. Quand vous vous rencontrerez, ce sera comme si vous partiez de zéro.
— Pas du tout. Il a lu tes lettres. Il te connaît par ta prose.
— Pfff... les lettres, c'est de la littérature, autant dire du vent. Quel est le lien avec la personne réelle ? C'est léger, théorique, mouvant. Je lui ai écrit un tas de choses, mais j'aurais aussi bien pu lui écrire le contraire. C'est un jeu où l'on choisit son masque. Mais, quand vous aurez passé une heure ensemble, ce sera une heure de vérité — de quoi balayer toutes les lettres. Et puis, si la mayonnaise ne prend pas, tout s'arrêtera là. Si tu ne me promets pas d'y aller, moi je n'ose plus continuer.

Daphné se tourna vers Rebecca dont les yeux brillaient d'excitation.

— Qu'est-ce que tu risques ? Si tu n'y vas pas, moi j'y vais.
— Mais tu es mariée !
— Et alors, ça empêche de boire un café ?
— Bon, j'irai.

Geneviève voyait arriver le 4 octobre avec une certaine appréhension. Qu'est-ce qu'Edouard avait bien pu manigancer dans cette station de métro ? Pourvu qu'il n'y ait pas de scandale. Devait-elle y aller seule ou avec Daphné ? Il est plus facile d'assumer l'imprévu quand on est deux, on peut toujours éclater de rire.

Elle n'avait pas vérifié si Edouard avait trouvé son message glissé derrière l'appareil de la cabine téléphonique. Il s'était sûrement débrouillé, sinon elle avait gardé une copie. Ce n'était pas si sorcier de déchiffrer l'enseigne de la librairie voisine. Enfin, au moins la première lettre. Et il n'y avait sûrement pas cent librairies dont le nom commençait par M. Vraiment, il s'affolait pour un rien.

Toutes ces péripéties devenaient accaparantes, et elle se surprenait de plus en plus souvent à laisser ses pensées dériver du côté de chez Edouard, à formuler des fragments de lettres qu'elle oubliait de noter. Elle essayait de lui donner un corps, un visage, une voix, mais rien ne convenait vraiment. Edouard était un être désincarné à ses yeux, un pur esprit malgré ses appels répétés aux festins charnels. Comme une voix de l'au-delà qui aurait décidé de l'asticoter. Mais elle se berçait probablement de cette impression pour se rassurer, se voiler la face et pouvoir croire qu'elle participait à une sorte d'exercice de style sans partenaire et sans enjeu réels. Dans un an, tout cela ne serait plus qu'un bon souvenir, une anecdote pour les dîners entre filles, et elle se demanderait comment elle avait pu s'en soucier un instant.

Paris, le 25 septembre

Cher Edouard,

Vous voyez bien que ce n'était pas si difficile. Il y a 7 656 téléphones publics dans Paris, mais celui-ci est le bon, et vous avez mis la main dessus. J'avais pensé un moment vous convoquer à une heure fixe et vous appeler dans cette cabine... impossible, je ne veux pas vous parler. Entre nous, la communication écrite a pris trop de place pour en autoriser une autre. Si nous voulons nous rapprocher, il faut continuer dans cette seule voie qui fonctionne bien et non en inaugurer une qui pourrait tout gâcher. Quand je dis « nous rapprocher », je fais l'hypothèse que nous pourrions devenir intimes sur papier, mais je parle d'une intimité qui n'aurait rien d'amoureux, sinon adieu les confidences.

Vous savez bien, je suppose, que les amoureux sont trop anxieux pour être honnêtes. Ils ont l'obligation de veiller à leur amour, d'encenser la relation à toute heure du jour, de la chérir, de la flatter comme un bonsaï que l'on veut conserver, laissant leur opinion profonde scellée dans les limbes d'un non-dit envahissant. La communication amoureuse est la plus conformiste qui soit. Un conformisme de l'extraordinaire, si vous voulez, mais un conformisme quand même. On se chuchote, on se conforte, on se rengorge. L'état amoureux est une histoire que l'on se récite à deux, après avoir chacun appris son rôle pendant de longues années. Les dissonances sont malvenues dans un scénario qui se déroule, fidèle à lui-même, comme un rituel rodé de toute éternité. Les brusqueries, les franchises, les humeurs sont autant de fausses notes qui affaiblissent le concert amoureux en violant ses règles élémentaires.

Je n'ai plus envie de jouer un jeu aussi fermé que celui-là. Je voudrais que nous tentions le pari de la sincérité, quitte à ne pas trop savoir dans quelle galère nous voguerons.

Si je tombais amoureuse de vous, mon Dieu, je devrais me mettre à guetter toutes vos manifestations, interpréter la moindre brume pour ou contre moi, me torturer afin de savoir quels signes émettre moi-même et en quelles quantités. Constamment me demander : espère-t-il un mot en ce moment ou a-t-il besoin de repos ? En agissant, je risque de frôler l'excès. De gâter un tableau parfait. D'entendre à sa voix qu'il aurait mieux valu rêver chacun de son côté. Mais s'il attendait justement un signe, je rate une occasion de communion. Je risque, en m'abstenant, d'arriver trop tard, quand il aura changé d'humeur et baignera dans une irrévocable torpeur des sentiments. Je sentirai que son esprit était ailleurs, et mon intervention sonnera faux.

Tout cela ne me tente guère. Je voudrais dépasser l'horrible intranquillité de l'amour et son cortège de maladresses. Je ne peux m'empêcher d'y voir une sorte d'infantilisme. L'amoureux rejoue l'obsession de l'enfant qui veut accaparer l'attention de sa mère, mais toujours dans la crainte de l'agacer. Et il hésite, se décide, se ravise, finit nécessairement par en faire trop et récolter un refus. Quel manège éreintant. Avons-nous tellement besoin que toujours quelqu'un nous enveloppe d'un regard aimant ? Ne pouvons-nous nous affranchir un peu ? Devenir adultes à la fin ?

Nous pourrons, vous et moi, discuter plus valablement, il me semble, si nous évitons d'entrer dans ce jeu de gratifications réciproques, où toute franchise est susceptible de valoir trahison. J'ai longtemps rêvé d'un amant avec qui l'on pourrait tout partager, y compris les doutes, la faiblesse, la noirceur profonde et le découragement, mais je sais maintenant que c'est un vœu impossible. L'amant s'inquiète, par définition. Tout lui est menace ou appui. Il décrypte tout ce qu'il perçoit comme s'il lisait dans le marc de café. Son destin est partout, dans le moindre soupir de l'être aimé, dans le choix d'un restaurant, dans ses livres de chevet, dans les signes ténus que fournit la salle de bains. Je voudrais installer avec vous un autre genre de communication.

Et puis, je suis votre rêve. Ne le piétinez pas en l'obligeant à s'incarner. Vous seriez peut-être bien en peine d'en fabriquer un autre. Bien souvent, on a surtout envie d'avoir envie et le désir primaire manque cruellement. Connaissez-vous cette impression : vous n'avez pas faim, mais vous avez envie d'avoir faim ? Il vous serait agréable de vous asseoir dans un endroit accueillant, de commander un plat savoureux, de bavarder en attendant le repas, mais hélas vous n'avez pas faim. Votre état physiologique vous interdit le plaisir que vous concevez pourtant parfaitement bien. Au scénario irréprochable manque le moteur principal. De même qui a réalisé son rêve subit une crise de l'appétit. À tout prendre, je vous préfère dans la vibration du désir que dans l'embarras de la satiété.

En plus, il est tellement plus confortable pour moi de rester dans l'ombre. En ce moment, le fait que je ressemble à Sandrine Kiberlain ou à la fée Carabosse ne change rien. Le pouvoir que j'exerce sur vous est le même. Avec mes lettres et mes photos, je vous séduis, semble-t-il, aux limites de vos possibilités, et vous voudriez m'ôter cette griserie que confère une autorité absolue ? Il est normal que je m'insurge. La planque est trop confortable. Je ne bougerai pas d'ici (et je vous rappelle aimablement que, si vous manigancez une embuscade dans cette station de métro, vous n'aurez plus jamais de nouvelles de moi).

Je vais vous raconter une aventure qui m'est arrivée ce matin. J'ai aperçu dans la rue un ancien amant. J'ai voulu me diriger vers lui pour lui dire bonjour, prendre de ses nouvelles, et évoquer nos amours passées, quand soudain quelque chose s'est pétrifié dans ma tête : nous n'avions jamais été amants. Je l'avais seulement désiré. L'histoire remontait à l'époque des études, j'étais particulièrement timide et jamais je n'aurais osé draguer un garçon. Je me contentais de répondre ou non à ceux qui m'approchaient. Celui-là me plaisait infiniment et je passais mon temps à espérer qu'il se déclare. Cependant, son comportement est toujours resté de pure camaraderie et j'ai dû renoncer à lui sans même avoir tenté de le conquérir. Mais mon désir était si grand que j'ai gardé le souvenir d'une aventure passionnée, ce qu'elle fut si l'on veut. Et le premier sentiment qui m'est venu, en le voyant par hasard dix ans plus tard dans la rue, c'est qu'il était l'homme que j'avais le plus intensément aimé. Je me sentais unie à lui par un lien très fort, ancien mais toujours actif. En pleine confusion, j'ai arrêté de marcher et je l'ai regardé s'éloigner comme si c'était l'homme de ma vie qu'une fois encore je perdais sans esquisser un geste.

Deux heures plus tard, j'avais rendez-vous pour déjeuner avec un ancien amant, un vrai celui-là. Pendant que je bavardais avec lui, je n'ai pu m'empêcher de comparer l'absolue innocuité de nos rapports au trouble que j'avais ressenti en face de l'autre. Celui-ci avait partagé mon lit pendant un an ou deux, j'avais été très amoureuse de lui, et malgré tous les souvenirs qui nous liaient, aujourd'hui je n'éprouvais plus rien, absolument plus rien, pas une miette de l'amour qui m'avait animée.

Quel scénario préférez-vous ? N'est-il pas évident que le rêve plane loin au-dessus des tentatives de le réaliser ? Que peut-on aimer chez l'autre, si toute mise en actes nous dépossède à jamais de notre fabuleux désir ? Peut-être était-ce l'idée ? L'idée de l'aimer.

Et vous, je vous offre cette chance. Cultiver l'idée, l'idée seulement. La soigner tant qu'elle oublie de s'évaporer. Vous pourriez un peu me faciliter la tâche.

Votre belle tirade sur la légèreté, la subtilité et la poésie dans les marges ne me semble pas des plus claires. Ce que vous proposez, en somme, ressemble à une relation qui n'aurait rien d'une relation. Un pari fumeux de s'aimer pour de vrai sans que personne ne s'attache. N'est-ce pas là un morceau de pure rhétorique, lié à votre interprétation du bouddhisme qui m'a l'air éminemment personnelle ? Je peux concevoir que vous soyez à la recherche de disciples, mais il faudrait d'abord leur dispenser l'enseignement du détachement que vous préconisez. En ce qui me concerne, je demeure très attachée. Je souffre quand on se moque de moi, quand on m'abandonne et quand on me soumet à des supplices chinois. Je n'ai pas encore acquis la maîtrise spirituelle nécessaire pour vous suivre le cœur confiant dans des voltiges osées avec les sentiments. Vous présumez de mes forces.

Que diriez-vous si je vous embrigadais sans discussion dans mes propres règles du jeu, en vous assurant que vous les supporterez très bien, un point c'est tout ? Je pourrais, par exemple, proposer que nous nous rencontrions, que nous nous fréquentions, que nous vivions ensemble, même, pourquoi pas, mais vous ne m'en voudrez pas si nous ne faisons jamais l'amour, c'est ce que j'ai décidé et il n'y a rien de plus facile. En avant toute ! Votre scénario ne me paraît pas moins extravagant. Nous allons nous rencontrer, nous fréquenter, et surtout faire l'amour, mais rassurez-vous, cela n'aura aucune incidence sur nos vies, et s'il devait y avoir le moindre début de difficulté nous nous jetterions à pieds joints dans le renoncement et la méditation sereine, où donc est le problème ?

Non, Edouard, on ne dessine pas sa vie comme un jardin à la française. Le bouddhisme, c'est bien, mais ce qui est vrai, c'est la foire d'empoigne. J'ai vraiment peine à croire que vous parliez sérieusement.

Il y aurait bien une autre explication. Avec vos théories séduisantes, vous tâchez d'endormir ma méfiance, de m'attirer vers ce qui brille en répétant qu'il n'y a aucun danger. Une fois que je me serai penchée un peu trop au balcon sous lequel vous me chantez des sérénades, je perdrai l'équilibre et je tomberai tout droit dans vos mâchoires pleines de canines. Si tel est votre calcul, Edouard, vous êtes un scélérat. Vous aurez balayé d'un revers de plume un bonheur auquel je tenais pour me précipiter dans quoi ? Dans je ne sais quelle liaison dangereuse autant qu'éphémère. Avez-vous honte ou dois-je continuer ?

Tout ça pour dire, écrivez-moi tant que vous voulez, mais de grâce cessez de fantasmer, vous me faites lever les yeux au ciel.

J'allais presque oublier les directives pour ma prochaine missive. Puisqu'elle sera accompagnée d'un dessin, je peux difficilement la dissimuler dans un endroit public. Voici comment nous allons procéder : je mettrai dessin et lettre dans un coffre de la consigne de la gare de Lyon, le 10 octobre à neuf heures. Ensuite, je glisserai le papier donnant le code du coffre dans une enveloppe que je posterai à votre adresse. La consigne sera payée pour quarante-huit heures. Si vous traînez, à vous le supplément.

Amicalement,

Geneviève

Le 4 octobre à midi quinze, Geneviève et Daphné se retrouvèrent devant la station de métro Opéra. La curiosité les tenaillait, car pour la première fois le contact avec Edouard ne se limitait plus à une enveloppe dans la boîte aux lettres. Qu'avait-il bien pu inventer ? Si c'était trop baroque, elles pourraient toujours se retirer sur la pointe des pieds. Après tout, elles n'étaient que des passantes comme les autres.

Quand elles arrivèrent sur le quai, tout avait l'air normal. Edouard n'avait pas donné dans la grosse artillerie, heureusement. Elles marchèrent jusqu'au milieu de la station en lançant autour d'elles des regards discrets. À première vue, rien de spécial. Il allait falloir inspecter l'endroit de plus près. Une rame arriva, ce qui vida le quai et leur donna l'occasion d'examiner le décor un peu plus attentivement. Elles interrogèrent le mur, le sol, les sièges, sans rien remarquer d'anormal. Les poubelles ? Non, tout de même pas. Le distributeur de boissons ? Rien à signaler. Elles étaient de plus en plus perplexes. Rien n'avait échappé à leurs investigations et pourtant... aucune trace d'Edouard. Était-ce une mauvaise plaisanterie ? Pas son genre. Un empêchement de dernière minute ? C'est toujours une possibilité. Ou bien un badaud avait peut-être intercepté le message avant elles ? Elles avaient pourtant supposé qu'il s'agirait d'une idée plus originale qu'un message. Une petite mise en scène, des banderoles, un bouquet de fleurs, une sculpture moderne... Mais cela faisait dix bonnes minutes qu'elles scrutaient les parages comme si elles avaient perdu une boucle d'oreille, et toujours rien. La barbe. Il avait pourtant bien dit : au milieu du quai.

Tout de même pas sur les rails ? Non, rien de spécial. Et le quai en face ? Rien non plus.

Ne sachant plus que faire, elles s'assirent pour réfléchir un moment. Une nouvelle rame arriva. Geneviève leva le nez et son regard tomba pile sur un message en grosses lettres rouges : « Geneviève, montez ! » L'affiche était collée sur la porte de la voiture qui venait de s'immobiliser devant elle. Elle empoigna Daphné qui rêvassait :

— Regarde ! Le message !

Daphné bondit de son siège comme un criquet de Provence.

— Vite ! On y va !

Elles s'engouffrèrent dans le wagon avec précipitation et éclatèrent de rire avant de chercher à comprendre. Elles se sentaient tellement stupides d'avoir cherché partout alors qu'il suffisait d'attendre. Il aurait pu prévenir, l'infernal ! Une fois calmées, elles commencèrent à regarder autour d'elles. Et maintenant ? Un autre message dans la voiture ? Ou bien fallait-il chercher dans les stations une pancarte « Geneviève, descendez ! » ? Peut-être avaient-elles intérêt à ne rien chercher et à attendre encore — la réponse se trouvait, qui sait, au bout de la ligne. Prise d'une inspiration, Daphné se leva et alla inspecter à travers la vitre l'affiche collée sur la porte. Elle fit signe à Geneviève :

— Viens voir, il y a une enveloppe !

Au dos de l'affiche se trouvait fixée une enveloppe, provisoirement inaccessible. Décidément, quand elles cherchaient dehors, la réponse était dedans, et quand elles cherchaient dedans, la réponse était dehors. À l'arrêt suivant, elles se précipitèrent pour décoller l'affiche dont les coins résistèrent un moment. Elles n'avaient pas encore décidé si elles restaient sur le quai ou si elles remontaient dans la rame. Sur un coup de coude de Geneviève, elles se glissèrent au dernier moment, pendant la fermeture des portes. Geneviève ouvrit l'enveloppe et lut :

« Ce petit stratagème pour m'assurer que vous ôtez toute trace de mes déprédations au matériel de la RATP. Poursuivez votre chemin sur cette ligne jusqu'à la station Temple. Sortez vers l'avant et prenez la rue du Moulin vers la droite, ensuite la deuxième à gauche. Entrez au Normandie et dites que vous êtes Geneviève. Ils comprendront. »

Geneviève et Daphné se regardèrent, interdites. Daphné soupira, faussement accablée.

— S'il nous fait le coup du jeu de piste, on en a peut-être pour la journée !

Le Normandie était un petit resto style baba cool avec deux tables dressées sur le trottoir. Après avoir jeté un coup d'œil à l'intérieur, plutôt accueillant, elles se postèrent quelques mètres plus loin pour se concerter. Geneviève proposa :

— Vas-y toi, et dis que tu es Geneviève.

— Hé ho, tu avais dit, en cas de rendez-vous. Il n'est pas là, ton Edouard.

— Non, mais si jamais il demande une description à ces gens, il faut que ce soit toi qu'ils décrivent.

— Hou là, tu penses à tout, toi.

— Et toi tu ne penses à rien. Allez ouste !

Daphné entra en feignant de maugréer. En fait, elle n'était pas mécontente de se mettre dans la ligne de mire de ce séducteur peu banal. Puisque Geneviève n'en voulait pas, elle pourrait toujours le consoler, foi de Daphné. Elle s'adressa au bar.

— Bonjour. Je suis Geneviève. Auriez-vous un message d'un certain Edouard pour moi ?
— Ah ! vous êtes Geneviève. Bienvenue. Votre table est réservée.
— Pardon ?
— Votre table. M. Edouard vous invite à déjeuner.
— Comment ? Il va venir ?
— Non, il a dit que vous seriez seule.
— Ah bon ? C'est donc ça ! Mais c'est que... enfin je ne savais pas... Je croyais qu'il aurait simplement déposé un message. En fait, je suis avec une amie.
— Ah bon, vous êtes deux ? M. Edouard ne m'a pas dit ça.
— Naturellement, il ne pouvait pas prévoir. Écoutez, nous allons manger à deux, mais mon amie va payer sa part, ça vous va ?
— C'est comme vous voulez.
Daphné retourna vers le seuil et dit bien distinctement pendant que la porte était encore ouverte.
— Daphné ? Edouard m'invite à déjeuner. Tu veux venir aussi ?
Geneviève fit un bond sur le côté.
— Quoi ? Il est là ?
— Mais non, nunuche, il a laissé des instructions.
— Sapristi. Quel numéro celui-là !
Geneviève et Daphné s'installèrent. L'endroit était original et sympathique. On y mangeait des tartes salées et sucrées. Elles commandèrent la quiche spéciale saumon-brocolis et une autre courgettes-ricotta. Le repas se déroula très joyeusement, à commenter tous les aspects de la manœuvre. Elles conjecturèrent qu'Edouard avait dû procéder à l'accrochage de son affiche dans la station directement avant Opéra. Mais

quelle assurance avait-il que Geneviève la verrait ? Elle aurait pu être distraite juste à ce moment-là. Daphné poussa soudain un petit cri en se frappant le front :

— J'ai tout compris. Il est monté lui-même dans le wagon pour surveiller la bonne marche de son plan. En cas d'échec, il pouvait descendre à la station suivante, prendre le métro dans l'autre sens, et recommencer. Tu imagines ? Il nous a peut-être observées pendant tout le voyage !

Geneviève sentit son sang se figer.

— S'il a osé faire ça, je l'étrangle.

— Impossible, tu n'en sauras jamais rien ! D'ailleurs, ce n'est pas si grave, puisque j'étais là. Il n'a aucun moyen de savoir qui de nous deux est Geneviève.

— Pas si grave, c'est toi qui le dis ! Est-ce que tu as la moindre idée de la touche qu'on devait avoir à glousser comme des oies ?

— Oui, bon, on aurait dû penser à se surveiller un peu.

— C'est la honte, tu veux dire. Non, s'il était là, je rentre sous terre.

— Allez, relax ! Ce n'est pas un drame de se marrer.

— Oh, arrête de m'angoisser. Il avait juré qu'il ne viendrait pas.

— Mais oui, voilà, oublions ça.

Vers le dessert, à la fin de la bouteille de rosé, Daphné entama le récit, plutôt ironique comme à son habitude, de ses aventures de vacances. Elle avait rencontré, durant son séjour dans un club, un charmant moniteur de planche à voile, vraiment charmant, évidemment marié, qui dès le premier jour avait clairement affiché le projet de la dévergonder. Même en invoquant tous les ex maudits de son répertoire personnel, Daphné n'avait pas trouvé la détermination de résister. Il avait le corps plein et musclé des statues grecques, les fesses charnues des chérubins de Rubens, le sourire angélique des bouddhas indiens et le regard ravageur de Tom Cruise. Devant une telle accumulation, comment ne pas craquer ? et puis on était en vacances après tout. Elle s'était inscrite au cours de planche à voile six jours sur sept, sans compter les cours particuliers, et le dimanche, jour de congé, elle était partie avec Sergio se balader dans la verte campagne.

— Baiser dans le gazon, quelle extase ! disait-elle en roulant des yeux gourmands.

— Raconte ! demanda Geneviève avec un clin d'œil qui signifiait : des détails !

— C'était une sorte de pâturage avec des moutons dans un coin qui assuraient l'ambiance sonore, cloches et bêlements, tu vois, le plan bucolique. Évidemment, on avait un peu peur de voir rappliquer le berger, et on n'osait pas aller jusqu'au nu intégral. Il a ouvert juste ce qu'il fallait pour dégager l'outil de travail. Un engin de toute beauté, je ne te dis que ça. Du bien charnu, tendu et fuselé, qui s'achève pommé comme une laitue. En plus, il le tenait à pleine main, dans une pose très orgueilleuse — c'était beau à tomber par terre. Je me suis retrouvée à genoux, d'ailleurs, et je lui ai prodigué toutes les gâteries dont je suis capable, jusqu'à ce qu'il n'en puisse plus. Puis on s'est mis à quatre pattes comme les moutons et on a bêlé en chœur avec eux.

Ce genre de confidence n'était pas rare depuis que Daphné, Rebecca et Geneviève avaient rétréci les limites de l'inavouable. Elles s'amusaient toujours à relater leurs aventures avec un grand souci du détail technique. Mais lorsqu'elles se réunissaient dans un endroit public, il valait mieux baisser le ton, et même ainsi on voyait des visages changer de couleur dans les alentours immédiats. Cette onde de choc avait en général pour effet de redoubler le fou rire et de préciser encore la description. Sur le beau moniteur, Geneviève apprit ainsi qu'il jouissait en secouant la tête comme un chien qui s'ébroue, au point que la première fois Daphné avait cru qu'il éternuait. Par la suite, elle s'était habituée, s'abstenant de l'embrasser — fût-ce dans le cou — au moment fatidique.

Mais le bellâtre était chef de famille et entendait le rester. L'histoire ne serait qu'une petite histoire, comme d'habitude, il faut croire qu'il y a des gens abonnés. Daphné, sans regretter ses vacances, gardait à nouveau une amertume en travers de la gorge.

Geneviève se dit alors que, finalement, Edouard représentait l'occasion providentielle de mettre un terme aux tribulations de la pauvre Daphné. Il y avait peut-être tout lieu de hâter la rencontre plutôt que de la repousser sans cesse.

Quand elle demanda l'addition pour sa part du repas (Daphné gloussait : « N'oublie pas, c'est moi qu'il invite ! »), le patron apporta en même temps une enveloppe qu'il tendit à Daphné en disant :

— M. Edouard m'a prié de vous remettre ceci à la fin du repas.

Daphné remercia, ouvrit cérémonieusement l'enveloppe et en sortit un petit mot qu'elle lut d'un air inspiré en louchant vers Geneviève.

— « Chère Geneviève,

» Vous me voyez horriblement confus de vous inviter à déjeuner toute seule. Je fais l'impossible pour respecter vos consignes inflexibles, mais cela mène à des situations difficiles, vous pouvez le constater vous-même. J'ai tâché de choisir un endroit plaisant afin que vous passiez tout de même un bon moment. Mais avouez que ma conversation vous a manqué.

» Et la vôtre, donc ! Son absence me ronge. Réparons tout cela au plus vite, par pitié. Quand vous m'enverrez mercredi prochain le dessin voluptueux qui sommeille en vos mains, dites-moi les dates qui vous conviennent pour visiter mon appartement, après quoi vous aurez, je l'espère, tous vos apaisements. Et nous pourrons deviser enfin à l'aise autour de cette table que vous allez quitter. »

Geneviève s'exclama :

— Mais il est vraiment incroyable ! Je me suis encore tuée, dans ma dernière lettre, à le dissuader de vouloir me rencontrer. Il ne veut pas en démordre. Je crois que tu peux te préparer pour un rendez-vous dans un avenir pas très lointain.

— Bon, mais dans ce cas, est-ce que ce n'est pas moi qui devrais aller mener l'enquête chez lui ? S'il retrouve des cheveux, ton odeur dans son lit, tout ça... Et puis que vas-tu dire à Jean-Luc ?

— Oui, tu as peut-être raison.

Après une pause :

— Mais je voudrais bien fouiner quand même dans son repaire. Je viendrai te rendre visite quand tu seras là, d'accord ? Et on mènera l'enquête ensemble.

— Tope là.

Trois jours plus tard, Geneviève se rendit au musée Rodin. Elle l'avait déjà visité, environ dix ans plus tôt, et ne se souvenait que du jardin, très agréable avec ses statues et ses fontaines. En arrivant, elle demanda tout de suite à la réception s'il y avait un message pour elle de la part d'Edouard. L'employé répondit :

— Oui, mais j'ai pour consigne de vous le remettre quand vous quitterez le musée.

Geneviève n'en croyait pas ses oreilles. Edouard avait vraiment donné des instructions à quelqu'un qui n'avait rien à voir dans cette histoire, et celui-ci, en plus, se faisait fort de les respecter. Après un moment de stupeur, Geneviève se mit à rire et paya son entrée. Elle fixa l'employé qui la regardait avec curiosité et décida de l'asticoter un peu.

— Quand est-il venu déposer ce message ?

— Ce matin, à l'ouverture.

— Il est venu en personne ?

— Que voulez-vous dire ? Je ne connais pas ce monsieur. Il m'a juste dit qu'il venait déposer un message pour une jeune femme nommée Geneviève qui viendrait dans la journée.

— Et comment était-il ?

— Physiquement ?

— Physiquement.

— Grand, avec les cheveux en désordre et un nœud papillon.

— C'est tout ?

— Écoutez, je ne l'ai pas inspecté de haut en bas. C'est déjà étonnant que je me souvienne de ça. Avec le monde qui passe. Et je ne suis pas physionomiste !

— Il était sympathique ?

— Euh... oui, il me semble, en tout cas souriant.
— Bon, c'est tout ce que vous pouvez me dire ?
— Ben oui. Je regrette. Je n'avais aucune raison de m'intéresser particulièrement à lui. Si vous refaites le même coup la semaine prochaine, je veux bien essayer de m'appliquer.
— Bon, mais tout le monde ne vous demande pas de jouer les facteurs, c'est quand même intrigant, non ?
— Maintenant que vous le dites, effectivement... euh... Pourquoi vous a-t-il laissé ce message ici ?
— Oh ! c'est une longue histoire.
— Allez-y, c'est très calme pour l'instant.

Geneviève commença à expliquer au jeune homme du musée Rodin comment Edouard avait pris contact avec elle et ne cessait de la poursuivre de ses assiduités. Elle raconta les cartes postales, les stratagèmes, le déjeuner au Normandie, le dessin, le séjour prévu dans l'appartement. Le jeune homme semblait ravi de se trouver associé à cette histoire si originale et il demanda à Geneviève de le tenir informé des prochains développements. Geneviève lui expliqua qu'elle comptait les limiter au minimum, parce qu'elle était très satisfaite de sa vie sentimentale et qu'elle n'envisageait pas de la mettre en péril pour un original en nœud papillon. Le jeune homme parut désappointé. Il estimait qu'une histoire aussi belle ne pouvait pas finir en queue de poisson, qu'il fallait toujours, dans la mesure du possible, récompenser l'audace et l'originalité, regardez Rodin, s'il avait embrassé la tradition on ne parlerait plus de lui. Mon ami n'a rien à voir avec la tradition, rétorqua Geneviève, et puis Edouard pouvait aussi se renseigner avant de se jeter à pieds joints contre un mur. À votre place, j'essayerais quand même, insista le jeune homme, juste pour voir. Plus tard, plus tard, fit Geneviève, maintenant il faut que j'aille dessiner.

La Promise trônait sur un socle bien dégagé du mur. Geneviève pouvait tourner autour, et donc choisir n'importe quel angle de vue. Elle chercha longtemps le profil et la lumière qui lui plaisaient, mais, bien que la sculpture fût superbe, rien ne semblait convenir. Elle restait trop lointaine, trop inaccessible, avec son buste penché et ses cheveux répandus qui dérobaient son visage aux regards. En outre, Geneviève aurait voulu disposer d'un peu de confort pour travailler. Edouard semblait ignorer qu'on ne dessine pas debout sans chevalet. Qu'à cela ne tienne, elle allait s'asseoir par terre, contre le socle de la sculpture voisine. Elle découvrit justement ainsi un meilleur angle de vue, qui révélait une partie du corps replié sur lui-même et permettait de deviner l'expression du visage.

Elle prit tout son temps pour dessiner, non seulement parce qu'elle ne voulait pas décevoir Edouard, mais aussi parce que c'était agréable. En semaine, à midi, il y avait peu de monde dans le musée. Même les groupes de Japonais étaient allés manger. Elle avait pris un bloc de papier chiffon, plusieurs crayons gras, une gomme, un fixateur. Elle était légèrement nerveuse. L'exercice lui rappelait ses années aux Beaux-Arts, quand il fallait terminer une étude pour la fin de la séance. De plus, elle n'avait plus pratiqué le dessin depuis longtemps. Jean-Luc s'était lassé de poser pour elle (une erreur, d'ailleurs elle allait lui en parler tout à l'heure), et elle ne trouvait pas le courage d'aller dessiner dehors. Mais le plaisir du trait renaissait dans sa main aussi vite et aussi naturellement que si elle venait de poser le crayon.

Absorbée par sa tâche, elle ne remarqua pas les apparitions du jeune homme de l'entrée qui montait l'observer de temps à autre. Pendant une petite minute, le temps que d'éventuels arrivants s'impatientent, il admirait son travail. Elle passait de longs moments à regarder la sculpture sans dessiner vraiment mais en esquissant les gestes au-dessus du papier, sans quitter des yeux la courbe qu'elle voulait capturer. Le jeune homme regardait Geneviève. Geneviève regardait la sculpture. Et les yeux de marbre de la sculpture regardaient vers la terre, comme pour signifier la fin de toutes les affaires humaines, y compris les plus palpitantes.

Quand elle estima son dessin achevé, Geneviève vaporisa le fixateur puis le laissa sécher et alla s'accouder à la fenêtre. Elle ressentait soudain une immense fatigue. C'est souvent la rançon d'une intense concentration. Voilà longtemps qu'elle n'avait pas connu cet épuisement propre au dessin. Elle se mit à rêver en laissant errer son regard sur les statues du jardin. C'est là que le jeune homme la vit, la dernière fois qu'il monta, la tête appuyée contre le montant de la fenêtre, les yeux à demi clos perdus dans le lointain. Ensuite, elle rangea ses affaires et se sentit apaisée, comme après un effort physique ou une séance de relaxation. Le corps avait perdu ses tensions habituelles. Il aurait pu glisser dans le sommeil d'un mouvement simple et naturel.

Elle descendit dans l'entrée. Le jeune homme lui demanda une faveur : accepterait-elle de lui montrer son dessin ?

— Oui, bien sûr, j'aurais dû y penser.

Elle ouvrit son carton et lui présenta le dessin en le tenant verticalement devant elle, à un bon mètre de distance. Il parut tout à fait séduit.

— Mon Dieu, je ne l'avais jamais vue comme ça.

— Il faut vous asseoir par terre. C'est toujours intéressant de voir les choses d'un autre point de vue. On peut aussi monter sur une chaise. Ou éclairer les sculptures à la bougie.

— Oui, vous avez raison. Je suis dans ce musée depuis deux ans et je n'ai jamais vu *La Promise* sous cet angle-là. Elle est extraordinairement belle. Encore plus belle.

— C'est parce que vous l'aimiez déjà. Découvrir une facette neuve chez une personne ou un objet qu'on aime, c'est délicieux.

— Délicieux, oui, c'est exactement le mot. Je vous remercie.

— Il n'y a pas de quoi. L'idée vient d'Edouard. Puis-je avoir sa lettre maintenant ?

— Bien sûr, la voici.

Geneviève ouvrit la lettre pendant qu'elle attendait le métro et la lut jusqu'au bout, laissant passer deux rames sans bouger.

Paris, le 7 octobre

Chère Geneviève,

J'espère que vous ne m'en voulez pas trop pour l'affaire du restaurant. Mon propos n'était certes pas de vous froisser, mais de vous mettre au courant des réalités. Vous me manquez. Puisque vous résistiez à mes arguments rationnels, j'ai misé sur un petit choc avec le concret. Voyez, quand je suis à table et que je pense à vous, tout ce dont vous nous privez. J'ignore si la démonstration a porté, mais sachez que je trouverai toujours de nouvelles ressources pour vous exposer mon problème.

Vous venez de passer un moment dans le musée Rodin, à contempler l'une des plus magnifiques sculptures du maître. Elle et vous réunies par moi, c'était une belle idée, si je peux me permettre de m'applaudir moi-même. J'aime bien que l'amour soit prétexte à mille découvertes, rencontres, expériences, d'où il ressort grandi. Vous avez parlé des effets de rémanence laissés par vos anciens amants, et que dire des effets de rebond, toutes ces occasions où la présence de l'autre vous aiguille vers un supplément d'être ? J'en connais qui ont découvert leur vocation en emboîtant le pas à leur nouveau conjoint. Qui ont inauguré un hobby à cause d'un livre dans sa bibliothèque. Qui ont embrassé sa religion. Sans parler de ceux qui ont localisé leur partenaire suivant dans ses plus proches amis. Ainsi, quand j'avais vingt ans, Vincent et Cécile s'aimaient d'un amour passionné, dévorant, déchirant, plein de ruptures et de raccommodements. Quand Cécile partait en pleurant, elle se réfugiait chez Marc, le meilleur ami de Vincent. J'appris trois ans plus tard que Marc et Cécile s'étaient mariés. Cette nouvelle m'a laissé sans voix. Et puis je me suis dit que tout se passe ainsi. Par rebonds et ricochets.

Feriez-vous partie de ceux qui prétendent suivre uniquement les pistes qu'ils se sont tracées eux-mêmes ? Refuseriez-vous de vous attarder quand votre cheminement bien contrôlé vous projette malgré vous sur une possibilité inédite ? Ce n'est pas moi qui suis tombé sur vous à bras raccourcis, vous semblez l'oublier, c'est vous qui diffusez benoîtement des photos dans l'espace public. Vous semez des signes — ô combien particuliers — et vous refusez d'en recevoir les échos éblouis. Tout cela n'est pas logique. Vous ne vous en tirerez pas en traversant la vie sans dévier de votre ligne. Ce n'est pas moi qui trace des jardins à la française, c'est vous, et sans concevoir d'en modifier le plan. Vous subissez sans doute une crise de décisionnite aiguë qui pourrait vous causer les pires ennuis si vous ne la soignez pas tout de suite. Heureusement, vous parlez au spécialiste incontesté de cette affection sournoise.

Commençons par dresser l'inventaire des arguments que vous invoquez cette fois-ci pour refuser encore le tête-à-tête.

1) Vous avez peur de « tout gâcher ».
2) L'amour est trop petit et conformiste, nous valons plus que cela.
3) Vous ne voulez pas me priver d'un rêve que je n'ai peut-être pas les moyens de remplacer.
4) L'invisibilité vous donne d'énormes avantages auxquels vous avez peine à renoncer.
5) L'amour rêvé laisse de plus beaux souvenirs que l'amour vécu.

6) Vous avez peur de souffrir.

7) Vous me soupçonnez de nourrir les intentions les plus vulgaires.

Est-ce tout ? Êtes-vous sûre de n'avoir rien oublié ? Soyez gentille, videz une bonne fois votre sac jusqu'aux doublures, qu'on puisse ensuite enfin changer de sujet. Vous faites une fixation, ma parole. Existe-t-il des hommes avec qui vous acceptez d'aller boire un verre ? Soyons optimistes, mettons qu'il y en ait. La moitié d'entre eux sont amoureux de vous (ne protestez pas, j'en suis sûr), mais ils se gardent bien de l'avouer et tentent de vous séduire par la bande, alors que moi, parce que j'ai l'audace de m'avancer à découvert, vous me tenez en quarantaine. C'est profondément injuste, or vous aimez la justice, l'harmonie et la bonté, ne dites pas le contraire. Pourquoi persécutez-vous le plus honnête et le plus fiable d'entre tous ? Si vous persévérez, je vais devoir en appeler à la Ligue des droits de l'homme, ou, qui sait, à Amnesty International, puisque vous m'emprisonnez dans votre absence étouffante. J'aurai des signatures, je vous le jure !

Mais revenons à cette histoire de cabine téléphonique. Pas si difficile, c'est vous qui le dites. J'ai remué ciel et terre chez France Télécom en brandissant la photo, dans l'espoir qu'un technicien ou un autre pourrait l'identifier. Ils m'ont ri au nez, vous pensez bien. Tout juste s'ils n'ont pas appelé l'ambulance. Il y a des environnements professionnels qui ont le don d'exclure toute forme de fantaisie, c'est affolant. Selon mon expérience, toutes les sociétés de plus de vingt personnes pratiquent le conformisme avant toute autre compétence. On m'a chassé comme un malpropre. Seule la réceptionniste compatissait, mais elle était très occupée (standardiste chez France Télécom, ça, c'est de la rage). Entre deux sonneries, elle essayait de m'épauler, non plus en m'aiguillant dans la maison, car c'était peine perdue, mais en me communiquant ses idées («Faites publier la photo en promettant une récompense», «Faites-la passer sur Internet», et autres solutions aléatoires). Finalement, elle a subodoré que le magasin dont l'enseigne commence par M était une librairie. Pour moi, il aurait aussi bien pu s'agir d'une agence de voyages ou d'un magasin de software, mais elle «sentait» que c'était une librairie. Il suffisait de chercher dans l'annuaire les librairies qui commençaient par M. Heureusement, elle en avait un sous la main (pour ça, au moins, j'étais à la bonne adresse), et elle a téléphoné pour moi aux trois librairies qui commençaient par M — si c'est pas mignon. Il n'y en avait qu'une située à un coin. «Voici l'adresse», me dit-elle triomphalement en me tendant un papier. «Madame, vous venez de me sauver la vie», ai-je dit en lui baisant la main. Elle en avait presque les larmes aux yeux. J'ai oublié de préciser qu'il s'agissait d'une grosse quinquagénaire pommadée — sans quoi je l'aurais plutôt embrassée sur la joue. Bien sûr, je suis allé vérifier la concordance entre la cabine et la photo avant le jour dit et, effectivement, la sympathique mémère avait vu juste.

Bref, j'ai surmonté l'épreuve, mais de justesse. J'étais si révolté par vos méthodes à l'emporte-pièce que j'ai bien failli vous inviter à dénicher mon prochain message derrière la chasse d'une sanisette à trouver sans indication aucune. Mais j'avoue que l'idée manque un peu de noblesse.

De toute façon, le prochain message ne pose guère de problème. Il vous attendra chez moi, puisque vous allez m'indiquer dans votre prochaine lettre les jours de votre visite. Il vous suffit de mentionner les dates d'arrivée et de départ, sans vous embarrasser des heures, je quitterai les lieux la veille et je n'y reparaîtrai que le lendemain. Je remettrai la clé au bar-tabac situé au n° 12 de ma rue. La lettre se trouvera quelque part dans l'appartement, mais je ne vous dis pas où, vous aurez tout le temps de chercher (cela dit, évitez de crever les coussins ou le matelas, de décoller le papier peint, d'enfoncer le faux plafond).

Nous pourrions vivre ensemble, vous et moi, et ne jamais commettre le péché de chair, dites-vous en croyant me prendre à mon propre jeu. Eh bien, je suis d'accord, tout à fait d'accord, et je prétends que vous craquerez la première. Que savez-vous de mes capacités de self-control ? Pures conjectures.

Ce n'est jamais qu'une proposition, Geneviève, et je vous accorde bien volontiers le droit de la repousser. Mais faites-moi au moins le plaisir de la considérer un instant. Je vous vois détourner la tête comme si vous entendiez le boniment d'un camelot, sans même jeter un coup d'œil sur sa marchandise. Votre attitude est insultante, sectaire et irrationnelle. Vous allez finir par me complexer pour de bon et m'envoyer sur un divan : « Elle n'a même pas voulu me rencontrer, docteur. Je suis tellement insignifiant que je ne vaux pas un seul regard. Je n'ai pas perdu la partie, j'ai été refusé comme joueur, et c'est bien pire. »

Au fond, je devrais aussi me plaindre au Comité contre les exclusions. Sur quel critère vous basez-vous pour me fermer la porte au nez ? Ma race, mon rang, mon métier ? Vous en savez si peu sur moi que je ne vois pas vraiment ce qui peut vous déterminer, si ce n'est, finalement, tout simplement, il fallait y penser, ma qualité d'homme. Vous fuyez les hommes comme la peste, est-ce cela qu'il faut comprendre ?

Dans ce cas, l'heure est grave, et je suis précisément l'homme qu'il vous faut pour vous réconcilier avec l'espèce. Je laverai toutes les infamies de mes collègues déméritants. Je rachèterai tous leurs péchés. Mais venez à moi. Venez à moi ou il faudra me ranimer. Qui sait si vous arriverez à temps. Mon sort repose entre vos mains, la chose est dite. Vous ne voudriez tout de même pas vous transformer en bourreau ?

Votre ardent,
Edouard

Geneviève croisa les bras en poussant un profond soupir. Là, il y allait un peu fort. N'essayait-il pas de prétendre qu'il se mourait d'amour ? Un cinéma pareil pour une chimère qu'il s'était mise en tête, il fallait avoir pété les plombs, non ? Évidemment, tout était interprétable au second degré. Il jouait peut-être la comédie du désespoir pour arriver à ses fins. Prudence. Prudence. C'était déjà avec ce genre de stratagème qu'il avait réussi à la mener au dialogue épistolaire. Il ne fallait pas se laisser attraper une seconde fois. D'ailleurs, elle commençait à le connaître, son petit baratin amoureux. Il s'enlisait. Il oubliait de se ressourcer. Un bon petit coup de fouet s'imposait.

Elle rentra chez elle, se fit un thé et attendit Jean-Luc dans des dispositions très amoureuses. Elle constata une fois de plus combien le sentiment d'être aimée peut rafraîchir l'envie d'aimer. Elle ne savait pas si Edouard serait un jour quelqu'un de réel, mais elle savait que sa relation avec Jean-Luc profitait pour l'instant des assauts dont elle était l'objet. Elle montrait plus d'entrain quand elle était avec lui, et elle en retirait plus de satisfaction également. Elle lui racontait plus volontiers ses projets et même ses anecdotes de boulot qu'elle avait toujours préféré garder pour elle, par souci de ne pas l'assommer et parce qu'il ne posait jamais beaucoup de questions. Mais en réalité, ce n'était pas par désintérêt qu'il ne la pressait pas, c'était plutôt par discrétion, respect, volonté de la laisser déterminer elle-même l'étendue de ses jardins secrets. Dès qu'elle parlait, il l'écoutait et l'encourageait. La discussion devenait animée. Il avait un avis sur des points précis ou délicats, si du moins elle le lui demandait. Ils y passaient toute la soirée sans s'en apercevoir. Une vraie révélation.

Ce soir, elle avait décidé de l'inviter au restaurant, sans raison ni date anniversaire. Seulement par envie. Jean-Luc accueillit la nouvelle avec un petit frétillement de surprise.

— Bien sûr que tu peux m'inviter ! Je prends une douche et j'arrive. Tu me laisses choisir l'endroit ? Allons au resto cubain près de la Bastille.

Et la soirée fut belle.

Le lendemain, Geneviève avait un rendez-vous professionnel. Elle devait voir un artiste peintre qui souhaitait faire photographier ses œuvres dans les meilleures conditions possibles afin de compléter son dossier de presse. Il l'avait invitée à déjeuner pour se donner le temps de discuter, après quoi ils repasseraient à l'atelier procéder aux repérages. Geneviève ne voyait pas la nécessité du déjeuner mais, quand l'autre lui avait demandé au téléphone quel jour lui conviendrait, elle n'avait pas su dire : aucun. Donc, elle se retrouvait à table avec ce monsieur qui, elle le comprenait maintenant, avait surtout besoin d'un public pour raconter sa vie, son œuvre, etc. Elle n'aimait pas ce rôle mais passait facilement pour une bonne oreille. Évidemment, quand vous ne parlez pas beaucoup, les gens concluent que vous êtes fasciné par ce qu'ils disent.

Après avoir ramé pendant vingt ans, l'homme commençait brusquement à avoir du succès, et l'on voyait clairement qu'il comptait bien en profiter. Il affectait de parler comme celui à qui la gloire est totalement indifférente, bien qu'il la mérite pleinement, elle et les honneurs qui l'accompagnent. Il jubilait de montrer à quel point il dédaignait ce qui semblait devenir une vraie notoriété. Il venait d'exposer à New York et, trois semaines avant le vernissage, il avait brusquement décidé de brûler toutes les toiles (« Au fond, qu'est-ce qu'une toile, n'est-ce pas ? »), mais une inspiration puissante et les supplications de son agent l'avaient finalement poussé à recommencer une nouvelle série dans les délais impartis. Le plus fou, c'est que cette fois-ci son geste avait atteint une fluidité inégalée.

Il fumait le cigare et portait, outre un chapeau texan à large bord, une écharpe jaune sur un justaucorps noir, sans imaginer un instant que le ... tableau pouvait prêter à rire. Il commanda des plats qui n'étaient pas sur la carte avec un clin d'œil appuyé à la serveuse, sûr de mériter un traitement de faveur et sans remarquer son embarras. Le plus curieux, c'était l'énergie qu'il dépensait à affirmer sa profonde modestie. Il prétendait ne pas croire un instant à son génie, douter sans cesse de son travail, le brûlant une fois sur deux, se laissant finalement arracher ses toiles par son agent enthousiasmé alors que lui-même aurait préféré les détruire. Mais le manège s'éclairait en écoutant la suite : « Quand on est peintre, il ne faut rien commettre en dessous de Picasso, ça tombe sous le sens. La satisfaction est le signe le plus sûr de la médiocrité. Je n'ai jamais été content d'un tableau jusqu'ici. » Voilà, voilà.

Geneviève le regardait d'un air perplexe. Plutôt que de s'intéresser aux états d'âme de l'artiste, elle essayait de déterminer pourquoi elle le trouvait à ce point lamentable. C'était peut-être un grand peintre, après tout. À quelle condition un homme est-il émouvant ? Sans doute ne faut-il surtout pas qu'il essaie de l'être.

Celui-ci, en brandissant sa sincérité, son humilité et ses doutes, suscitait un grave soupçon de comédie. Bien que son propos fût allusif et habilement mené, Geneviève sentait combien il se trouvait admirable et à quel point il espérait qu'elle porterait sur lui un regard semblable au sien propre. Mais cet espoir puéril, précisément, ruinait tous ses efforts. Il était seulement risible dans sa volonté de se montrer touchant, au point d'en devenir touchant au second degré. Elle avait souvent la gorge serrée devant les gens qui ne voient pas le ridicule où ils s'enfoncent. Le même discours aurait pu être tenu, se disait-elle, par quelqu'un d'authentiquement émouvant. Pas besoin de changer les mots. Simple affaire de regard, de présence trop occupée d'elle-même. On l'entendait presque penser, et régulièrement il jetait des regards sur les tables voisines pour voir l'effet produit. Ce qui l'empêchait d'être le héros qu'il voulait, c'était de le vouloir trop fort.

En rentrant chez elle, Geneviève pensa qu'elle attribuait peut-être à Edouard le même genre de travers : ses lettres laissaient trop clairement entrevoir sa volonté de séduction. Et, pour séduire, il se voulait tour à tour touchant, autoritaire, comique, tendre, désemparé, bouddhiste, etc. Ce libre choix des attitudes la mettait mal à l'aise. Elle ne pouvait imaginer Edouard comme un homme au premier degré. Il était constamment en train de composer un personnage. Bien sûr, ce trait était permis et renforcé par l'écrit. La personnalité qui transparaît dans une lettre est nécessairement composée. Mais, puisqu'elle n'avait pas d'autre base, elle n'avait pas d'autre idée. Edouard était calculateur, à n'en pas douter. Et elle aimait les hommes sincères.

Peut-être avait-elle gardé un trop mauvais souvenir de son premier amour, un garçon qui répétait ses tirades et mettait leur amour en scène comme un film dont il voulait être fier. Il avait cette affectation de sincérité qu'elle ne pouvait plus supporter, et encore moins croire. Mais Edouard, comment jurer qu'il souffrait du même défaut ? En acceptant de l'écouter, peut-être ? Si ses craintes se trouvaient confirmées, elle aurait tout le mal du monde à le supporter. Elle écouterait Edouard pérorer de la même manière qu'elle avait écouté cet artiste peintre amoureux de lui-même, sans pouvoir un instant le prendre au sérieux. Il avait brûlé ses toiles, et alors ? Rien de remarquable, si c'est juste pour pouvoir s'en vanter. Et en plus, elle doutait que ce fût vrai.

Non, pas d'épilogue minable. Elle voulait, de gré ou de force, accorder à Edouard le bénéfice du doute.

Seul Jean-Luc avait cette formidable présence sans distance des hommes qui ne vivent pas avec un projecteur braqué sur leur personne. Il était entier, et en même temps profond, ce qui est une combinaison rare, telles les grandes œuvres sculptées d'une seule pièce.

VIII

Paris, le 9 octobre

Cher Edouard,

Vous vous énervez, je le sens, et la fraîcheur qui distinguait votre prose en pâtit. Vous commencez à ressasser votre malheur. Quel dommage ! Pourquoi continuer à m'infliger vos jérémiades qui, reconnaissez-le, se cassent le nez ? Ce n'est pas ce chapelet de récriminations qui va me séduire, voyons. Vous savez à qui vous me faites penser ? À cette actrice d'une publicité des 3 Suisses qui répétait sur tous les tons : « J'ai embouti la voiture » devant son mari impassible, en changeant chaque fois de style et de vêtements. Bourgeoise pincée, fille des rues, prof de fac, bonne franquette, chanteuse de rock, on la voyait se métamorphoser grâce aux articles 3 Suisses pour énoncer en substance toujours la même formule. Au gré de vos nombreuses variations sur un thème, je devine autant de profils différents que de tons adoptés, et j'en viens à douter de l'authenticité du personnage. On vous croirait en train de réciter la tirade du nez, version « tirade du rendez-vous ».

Sans doute n'avez-vous pas encore mis le doigt sur l'argument décisif. Continuez à chercher si le cœur vous en dit, mais vous me trouverez imperméable à toute forme de chantage. Vous pouvez menacer d'écrire mon nom sur un ballon dirigeable, de débouler dans les studios pour passer votre annonce au JT, de vous jeter d'un pont ou de la tour Eiffel, je ne bougerai pas le petit doigt pour vous en empêcher. Vous avez épuisé mon capital de sollicitude. Si votre sort repose entre mes mains, c'est sans m'avoir consultée, et je m'en lave lesdites mains. Allez donc au casse-pipe.

Pas plus que par le chantage vous n'obtiendrez votre salut par les manœuvres sournoises, comme ce déjeuner au Normandie. J'y avais emmené une amie et j'ai passé un excellent moment à bavarder avec elle. Oui, je vous remercie de l'invitation. Non, je n'ai pas souffert de votre absence. Nous nous sommes fort bien amusées. Les femmes n'ont pas toujours besoin de vous, ne vous en déplaise. Si votre intention était de m'en remontrer, c'est raté, et en plus je ne suis pas sûre de trouver l'idée élégante.

Beaucoup plus belle fut votre façon de me remettre le crayon dans la main. Après un an passé sans dessiner, les retrouvailles ont été merveilleuses. Revenir vers une activité délaissée, c'est souvent retrouver avec étonnement une familiarité sur laquelle on ne comptait plus. *La Promise* était un bon sujet pour commencer, pas trop couru, pas trop tapageur. Elle ne m'a pas fait peur. Son attitude de soumission est l'une des plus nobles que j'aie vues jusqu'ici.

Pourquoi la soumission de la femme est-elle un fantasme pour les femmes autant que pour les hommes ? Est-ce parce que le fantasme lui-même se soumet à ce que l'homme désire, toujours lui ? J'ai appris récemment une histoire édifiante. L'auteur d'*Histoire d'O* était une secrétaire tout ce qu'il y a de plus convenable dans une grande maison d'édition. Passant secrètement à l'écriture, elle livra une femme aux séances de domination les plus cruelles, où sévices corporels et tortures délibérées font l'essentiel de la charge érotique entre les deux partenaires. Sous le pseudonyme de Pauline Réage, elle publia cette bombe dont seul son amant connaissait l'auteur. À quatre-vingt-sept ans, elle révéla la vérité, et tout le monde s'étonna qu'une dame aussi bien mise ait pu écrire des horreurs pareilles. Savez-vous ce qu'elle a répondu ? « Je voulais seulement faire plaisir à mon amant. »

Par dévotion et pour s'attacher l'amour d'un homme, elle avait mis en scène la souffrance plus que l'amour, la souffrance par amour disait-elle, ajoutant à l'imparfaite docilité du corps réel le récit fabriqué d'une soumission sans frein, et cette veine chatouillait si bien l'imaginaire des hommes que l'on soupçonna longtemps le mystérieux auteur d'être un homme. Mais non, c'était une femme, une femme qui voulait faire plaisir. En se marquant au fer rouge, en se couvrant de chaînes et de coups, en se mutilant les seins, en se perçant les lèvres, elle voulait faire plaisir. Stupéfiant, non ?

On pourrait sans doute scinder l'humanité en deux catégories. D'un côté, ceux que la cruauté excite, à quelque degré que ce soit, et qui ont besoin de la douleur pour enflammer leur plaisir. De l'autre, ceux que la cruauté inhibe, que n'importe quelle violence, même verbale, détache du registre érotique tel un paquet qui tombe du train. Nécessité ou impossibilité, il n'y a que deux statuts pour les fantasmes de domination.

Mais la soumission de *La Promise* est d'une autre sorte. Ce n'est pas une manœuvre de séduction mais une offrande. On dépose cette fragilité totale seulement aux pieds de qui ne voudra jamais en profiter. Même pas soumission symbolique, mais hommage à la noblesse de l'autre. Offrir sa gorge, comme font les loups pour se rendre, c'est encore laisser sur l'autre le poids de son regard, et dans ce regard, le vœu d'une revanche. Mais lui offrir sa nuque, c'est dire que la confiance a pu s'élever au-dessus de l'instinct de conservation. La violence est abolie jusque dans ses fondements.

Vous qui parliez d'explorer l'érotisme avec un appétit tout neuf, j'aimerais vous entendre dire que vous visez cette sorte de voyage, loin du triste paysage de la domination. Enfin, si je trouve dans vos armoires des tenues de cuir et des fouets, je serai fixée. J'ai connu un pauvre homme qui ne pouvait grimper au ciel qu'en ayant le visage presque étouffé par l'oreiller. Inutile de dire que je n'ai pu lui « faire plaisir ». Loin de chercher le fantasme qui va à mon amant, je cherche l'amant qui va à mon fantasme.

Alors, qui de nous deux trace des jardins à la française, Edouard ? Vous qui voulez mordicus me matérialiser dans votre vie ou moi qui ne prétends absolument pas y prendre pied ? Quand on voit l'autre accroché à son idée, c'est souvent que l'on est soi-même accroché à la sienne. Je vous propose de déclarer le match nul.

Je viendrai chez vous du 19 au 23 octobre. J'arriverai dans la soirée du lundi et remettrai la clé au bar-tabac en partant le vendredi matin. Je lirai vos livres, j'écouterai vos disques, mais tout à fait librement. Ne me laissez aucune directive sur la façon de fureter dans votre tanière (et si c'était sur votre corps, je n'en voudrais pas non plus — quoi de plus vulgaire que ces hommes qui vous demandent tel ou tel programme comme à leur machine à laver ?) Je trouverai bien votre lettre, mais pour l'amour de moi, changez un peu de chanson. Il y a d'autres sujets de conversation que notre hypothétique rencontre.

Pour ma prochaine missive, c'est très simple, vous la trouverez chez vous. Cachée aussi.

Amicalement,

Geneviève

Geneviève mettait la dernière main à son exposition qui commençait dans trois semaines. Les tirages étaient en cours de finition. Les invitations pour le vernissage allaient partir. Il fallait encore régler quelques détails pratiques avec la galerie. Tout allait pour le mieux, mais une crainte sournoise vint soudain envahir ses pensées. Et si Edouard, prévenu par voie de presse, se mettait en tête d'assister au vernissage sans s'annoncer, ni même se dénoncer au moment même ? Il aurait là une occasion extraordinaire de venir l'espionner incognito. Dans ces vernissages, il y a toujours du monde venu on ne sait d'où. Elle ne connaîtrait pas toutes les têtes. Cette perspective la contrarierait beaucoup. Passant et repassant tous les scénarios possibles dans son esprit, elle n'envisageait que trois options. Soit elle boycottait elle-même le vernissage, seule façon absolument sûre d'éviter d'être vue. Mais les organisateurs trouveraient inadmissible de faire venir relations et journalistes sans pouvoir leur livrer l'artiste en pâture. Soit elle pariait qu'Edouard ne tomberait pas sur l'information, mais c'était un calcul risqué. Vu son intérêt pour les beaux-arts et sa passion pour elle, il ne pourrait pas passer à côté de la plus petite annonce. Soit, enfin, elle lui envoyait une mise en garde tellement brutale qu'il aurait vraiment peur de l'enfreindre. Restait alors l'inconvénient de ne disposer d'aucun moyen de contrôle. N'importe quel visage inconnu constituerait une menace, sans qu'elle puisse laisser libre cours à sa méfiance, de peur de commettre un impair.

Ou alors, ou alors... il y avait bien une possibilité. Mais qui exigeait un revirement assez difficile à défendre. Elle pouvait mettre à exécution son idée de lui envoyer Daphné dans les pattes, et ce avant le 9 novembre. Lors de cette rencontre, Daphné jouant le rôle de Geneviève serait chargée d'interdire à Edouard l'accès au vernissage pour n'importe quelle raison plausible (par exemple la présence de Jean-Luc), et ainsi Geneviève aurait un mécanisme de contrôle infaillible. Elle placerait Daphné près de l'entrée le soir du vernissage, et toute traîtrise d'Edouard serait immédiatement détectée. Seule la certitude d'être reconnu pourrait neutraliser Edouard, d'autant plus qu'il aurait déjà obtenu — ou cru obtenir — ce qu'il voulait le plus au monde, une entrevue avec elle.

Ce scénario n'allait pas sans l'inquiéter. Jusqu'ici, on plaisantait. Mais s'il s'agissait de fixer des rendez-vous, l'histoire risquait de prendre des proportions incontrôlables. Daphné pourrait donner le change un moment, mais après ? Elle refuserait peut-être de continuer pour cause d'incompatibilité. Ou elle se piquerait au jeu, mais rencontrerait des difficultés pratiques de plus en plus insurmontables (pour parler de photographie, par exemple). Elle vendrait alors la mèche au moment où elle jugerait avoir ferré le poisson pour de bon, avec tous les risques de douche froide faciles à prévoir. Et puis, même si tout se passait bien et qu'Edouard devenait l'amant de Daphné, il viendrait fatalement un moment où elle devrait le rencontrer — l'ami de sa meilleure amie ! —, et comment exclure la possibilité d'un coup de foudre ? Elle s'horrifiait elle-même à l'idée de voir Daphné malheureuse par sa faute. Bon Dieu ! ce vernissage la mettait au supplice, elle qui aurait tant souhaité se limiter aux échanges virtuels. En plus, si elle voulait mettre à exécution ce plan d'urgence, sa dernière lettre constituait un très mauvais tremplin naturel. Après sa diatribe musclée contre tout projet de rencontre, comment allait-elle pouvoir justifier une volte-face aussi rapide ? « Edouard, je n'en peux plus, il faut que je vous voie dans les dix jours. » Hautement incohérent.

Elle s'accorda le droit de réfléchir jusqu'à la fin de l'épisode de l'appartement. Il était convenu que Daphné irait s'y installer pendant quatre jours et que Geneviève passerait quand elle pourrait, soit le soir en sonnant trois coups pour prévenir, soit en journée, après avoir récupéré les clés au bureau de Daphné. Dans les moments libres que lui laissaient son travail et la préparation de l'exposition, Geneviève avait bien envie d'explorer méthodiquement les petits secrets d'Edouard.

Pendant la semaine précédant l'opération, elle eut l'intuition qu'elle trouverait dans cette occupation insolite de nouvelles pistes pour la photographie. Elle allait étudier le nid de l'oiseau afin de découvrir sa personnalité, fort bien, et le principe était aisément généralisable. L'agencement d'une habitation en dit évidemment très long sur son occupant. Pourquoi ne pas photographier les pièces où vivent une série de personnes et puis les exposer selon le principe suivant : quatre lignes parallèles regroupent chacune les pièces d'une même catégorie (cuisine, salle de bains, séjour et chambre), à charge pour le spectateur de deviner les liens qui unissent les quatre pièces d'un même logement. Sur une cinquième ligne, on pourrait ajouter la photo des occupants, à associer aux quatre autres toujours. Les visiteurs pourraient noter leurs suppositions sur un formulaire qu'ils déposeraient dans une urne à la sortie.

L'intérêt ne serait pas tant de récompenser les sans-faute que d'étudier les corrélations entre les suppositions et la réalité pour chacun des logements présentés. On pouvait imaginer plusieurs séries de photos correspondant à des catégories de revenus différentes. Par ailleurs, il fallait réunir des photos prises à l'improviste, sans mise en scène aucune. Pour obtenir ce matériel singulier, on imaginait mal qu'une opération de type « porte-à-porte » puisse fournir une base valable. Il fallait vraiment réfléchir à la façon de constituer un échantillon, mais elle tenait peut-être le sujet de sa prochaine exposition. Et, encore une fois, grâce à un coup de pouce d'Edouard.

Le lundi 19 octobre à dix-neuf heures, Geneviève avait rendez-vous avec Daphné à la sortie du bureau pour aller découvrir l'appartement d'Edouard. Émoustillées comme seules des femmes en pleine conspiration peuvent l'être, elles achetèrent une bouteille de champagne afin de fêter dignement l'événement. Geneviève attendit devant la porte pendant que Daphné allait chercher les clés. Le commerçant les lui donna sans poser de question, sans presque la regarder — il était occupé à regarder un match à la télé. Edouard habitait dans un immeuble ancien du onzième arrondissement, tout près de l'hôpital des Ursulines. Attaché à la clé, un petit papier annonçait : *Escalier C, quatrième étage, première porte à droite.*

Les marches grinçaient épouvantablement. Elles arrivèrent au quatrième tout essoufflées. En ouvrant la porte, et avant même de pénétrer à l'intérieur de l'appartement, elles furent frappées par une odeur d'herbes ou d'huiles aromatiques comme on en trouve dans les magasins de produits naturels. La porte donnait sur un hall assez sombre. Ensuite, on entrait dans le séjour, une très grande pièce encombrée de livres, dont les fenêtres donnaient sur la rue. À droite, communiquant avec le séjour, la chambre, moitié plus petite, donnait également sur la rue. Elles remarquèrent tout de suite le futon posé sur un sommier en paille de riz et les habits suspendus sur une tringle fixée au plafond. En revenant dans le hall, on accédait à la cuisine qui occupait l'autre moitié contiguë au salon, avec une fenêtre sur cour. Des odeurs suaves d'herbes aromatiques y flottaient, confirmées par la présence sur un tableau en liège de différentes informations concernant des magasins et marchés biologiques. La salle de bains s'ouvrait également sur le hall, à côté de la porte d'entrée. Le tour de l'appartement était fait. Compact et bien rempli, donnant une impression d'ensemble plutôt chaude et accueillante.

Apparemment, Edouard n'avait pas laissé de message en vue. Aucune directive, ainsi que Geneviève l'avait demandé. Pas de mot d'accueil non plus. Les lieux devaient parler pour lui. Elles décidèrent de sabler le champagne et commencèrent un premier tour d'inspection de chaque pièce. D'abord le living. Une très grande quantité de livres, presque autant de disques (dont une rangée de vinyles), une étagère de cassettes vidéo, une valise noire contenant un saxophone (Ah bon ? Il jouait du saxophone ? Pas un mot dans ses lettres, mais il y avait sûrement cent mille choses dont il ne lui avait pas parlé), aucune photo au mur ni sur les meubles, très peu de meubles à vrai dire, un divan à trois places et une table au look bizarre de type japonais. Sous le carré du plateau supérieur s'inséraient quatre tablettes coulissant chacune dans une direction. Si on les ouvrait toutes, la table prenait une forme de croix. Dans la partie proche du hall se trouvaient une table à manger ronde en bois patiné et quatre chaises paillées. Au-dessus du divan (bien sûr elle l'avait vu tout de suite) trônait le dessin de *La Promise* dûment encadré et éclairé par un projecteur. Pour le reste, pas de décoration, mais quelques coupures de journaux épinglées sur un tableau de liège près de l'entrée, annonçant des événements culturels.

Laissant l'inventaire détaillé pour plus tard, elles passèrent dans la chambre à coucher. Le futon à deux places était recouvert d'une couette épaisse comme un nuage et d'un blanc immaculé, donnant l'irrésistible envie de s'y rouler. Les vêtements pendaient à droite du lit sans aucune protection. Des chemises aux tons plutôt francs, des pantalons à pinces, deux ou trois vestons dans des teintes claires, un costume en coton brut, et une sorte de djellaba dont Daphné se saisit pour esquisser un pas de valse. Près de la fenêtre se trouvait un bureau encombré de papiers, de courrier, de livres et de quelques pelotes de laine (Edouard tricote ? On aura tout vu...). Sous la fenêtre, un instrument de musique africain, genre xylophone, muni de calebasses comme caisses de résonance. Geneviève s'empara des bâtons et tenta quelques notes. Le son était des plus mélodieux. Daphné reprit sa valse de plus belle et Geneviève accéléra le rythme jusqu'à ce que son amie s'écroule en riant sur la couette. Il ne lui en fallut pas plus pour se mettre à mimer l'extase dans les bras d'Edouard, toujours symbolisé par la djellaba (« Ah, Edouard ! Que me faites-vous avec votre babouche ? »).

Geneviève hoquetait. On pouvait passer au deuxième verre de champagne.

La cuisine. Edouard était un convaincu de gastronomie biologique. Il devait prendre plaisir à cuisiner car les armoires regorgeaient de marmites et d'ustensiles, probablement plus que Daphné et Geneviève n'en possédaient à elles deux. Daphné exultait :

— Un homme qui va me mitonner des petits plats. Le rêve !

Le frigo, un grand modèle, contenait moins de produits de marque que de préparations artisanales, œuvres d'Edouard lui-même ou bien achetées dans des boutiques spécialisées. Du pâté de légumes, de la confiture maison, de la vinaigrette à l'estragon, des laitages, du pain artisanal, plusieurs raviers de graines germées et plusieurs repas complets dans des récipients en plastique. Toutes ces provisions étaient manifestement destinées à satisfaire l'appétit de la visiteuse.

— Eh bien, ma fille, tu vas te régaler ! fit Geneviève, mi-ironique, mi-envieuse.

— Regarde-moi ça, il fait son pain lui même ! s'exclama Daphné en auscultant la jolie brioche qui trônait dans la boîte à pain.

— Sans blague, si ce n'est pas un maniaque, un bossu ou un impuissant, c'est vraiment le parti du siècle.

Il y avait quand même un risque. Edouard ne flirtait-il pas avec les thèmes prônés par le New Age et autres tendances ésotériques qui se marient si facilement avec les graines germées ? Daphné avait fréquenté un jour un jeune homme qui préparait merveilleusement les quiches au tofu et lui semblait des plus prometteurs, jusqu'à ce qu'il lui propose de lire ses lignes de la main et de vérifier la concordance de leurs horoscopes chinois. Pas pour rire, malheureusement. Elle prit immédiatement une saine distance vis-à-vis de l'illuminé. Se pouvait-il qu'Edouard fît partie du grand troupeau des Enfants du Verseau ? Si oui, rien n'en avait transpiré dans ses lettres. Mais un coup d'œil sur sa bibliothèque permettrait certainement de mieux situer ses références.

Avant ça, la salle de bains. Pas très grande, mais bien rangée. Sans doute pour l'occasion ? Pas de cotons-tiges dans la poubelle, pas de tartre dans l'évier, pas de cheveux sur la brosse à cheveux, pas de préservatifs dans la pharmacie. On pouvait se demander si Edouard avait évacué dans un endroit secret tous les objets qu'il voulait dérober au regard de sa belle. Les chaussettes trouées, la lotion antipelliculaire, les suppositoires, le fil dentaire, le journal des sports, les revues porno, où tout cela se trouvait-il ? Geneviève cherchait déjà quelle série de photos l'on pourrait constituer avec tous les objets que les hommes escamotent avant la première visite d'une femme qu'ils convoitent. Quel volume de rebut ? Quelle composition ? Est-ce que certains enlèvent ce que d'autres laissent ? La photo d'une ex, celle des enfants, le bulletin de loto, les mots croisés près des toilettes... Encore une enquête intéressante, mais quasiment impraticable.

Elles revinrent au salon pour faire un sort à la bouteille de champagne et passer en revue les rayonnages. Beaucoup de littérature — française et étrangère —, d'essais en sciences humaines (deux étagères rien que pour la psychologie), des livres sur le cinéma, la musique et la peinture. Un peu de jardinage (mais où diable jardinait-il ? ce n'était sûrement pas dans cet immeuble... avait-il une résidence secondaire ?), de tourisme, d'architecture, un peu de bouddhisme, quelques volumes prometteurs sur l'érotisme, et le *Kāma Sūtra*. Pas de dérive alarmante, semblait-il, vers le corps astral, le tarot ou les vibrations positives. Edouard avait toute sa tête. Côté musique, une majorité écrasante de jazz, puis de la musique classique, puis de la chanson française (Brassens, Ferré, Piaf, Dutronc, Gainsbourg). Pas un seul disque de pop. Rien de résolument moderne ni rien d'anglo-saxon. Tiens, tiens, un dinosaure, cet Edouard. Pas tout à fait en phase avec son temps. Pour les vidéos, c'étaient surtout des films genre intello, des classiques enregistrés à la télévision : Fellini, Woody Allen, Jean-Luc Godard, Eric Rohmer, Ingmar Bergman, Pedro Almodovar,... pas *Les Bronzés*, ni *Rambo*, ni du porno — en supposant bien sûr qu'il n'en ait pas camouflé la moitié. De tout cela se dégageait un agréable profil intellectuel, pas barbant mais sûr de ses choix, l'intelligence alliée au jugement et au sens de l'humour. Daphné se frottait les mains.

Au terme de ce premier tour d'horizon, il fallait se rendre à l'évidence : Edouard continuait à fournir l'image d'un homme charmant, intéressant et sain d'esprit. À moins qu'il n'ait lourdement maquillé le tableau, cet endroit témoignait en sa faveur tant par l'atmosphère générale que par le détail du contenu. Impossible de repérer l'objet d'un aberrant mauvais goût qui aurait compromis toute l'affaire. Pas de rideaux à franges, pas de napperons, pas de calendrier postal, pas d'œuvre d'art prétentieuse, pas de canari, pas de catalogue de voitures, pas de dessin d'enfant, pas de fleurs séchées, pas de service en faïence, pas de boules Quiès, pas de cendrier... Elles n'avaient encore rien trouvé à lui reprocher. En fait, l'appartement était si peu contraire à ses goûts que Geneviève s'y sentait comme chez elle. Daphné le trouvait un brin négligé quand même. On voyait qu'il y manquait une femme. Elle aurait mis plus d'attention dans la décoration, des meubles mieux coordonnés et plus d'espaces de rangement. Des vêtements qui pendent sans protection, c'est bien une idée d'homme ! Et les caisses empilées dans le hall, au lieu d'acheter une armoire ! Sans rire, il était grand temps qu'Edouard recourût à ses services. Elle refit rapidement le tour des lieux en déclinant toutes ses directives sur un ton d'entrepreneur, ici vous me mettrez une commode, et là vous repousserez la table pour élargir le passage. Geneviève opinait gentiment mais ne voyait là que broutilles.

Elle était sûre, en tout cas, de son verdict. En y repensant, elle se souvenait d'un jeune homme très séduisant qu'elle avait rencontré en voyage. De retour à Paris, il l'avait invitée chez lui, et en découvrant son appartement elle avait réprimé un haut-le-cœur. Outre que le niveau d'ordre et de propreté lui paraissait tout à fait aberrant, genre appartement-témoin, elle avait mesuré d'un seul coup d'œil l'étendue du mauvais goût chez ce garçon Meubles laqués, papier peint vert, tables chromées, bibelots monstrueux, tellement clinquants et désassortis qu'elle n'aurait jamais cru possible pareil intérieur si elle ne l'avait vu de ses propres yeux. Inévitablement, son intérêt pour l'occupant des lieux tomba en piqué, alors qu'il avait accumulé tous les bons points jusque-là. Edouard, lui, passait l'épreuve haut la main.

Il était temps maintenant de rentrer dîner avec Jean-Luc. Elle aurait le loisir de revenir pour fureter tout à son aise pendant la journée. Pas le lendemain, trop chargé ; mais mercredi, elle procéderait à un examen approfondi en vue de trouver la lettre cachée quelque part, à moins que Daphné ne la trouvât entre-temps, ce pour quoi elle lui laissait toute licence de chercher. Sur le pas de la porte, elle eut une brusque illumination. Les livres ! Edouard avait sûrement été assez entêté pour placer son message dans un manuel érotique. Elle plongea la main sur le *Traité des caresses*, l'ouvrit à n'importe quelle page, et cette page fut précisément celle que désignait l'épaisseur d'une lettre cachée à cet endroit. Elle avait mis la main dessus sans même se fatiguer à réfléchir. Quel point faible, tout de même, d'avoir une idée fixe. Tout se déduit si facilement.

Daphné la laissa partir avec sa lettre, malgré la curiosité, car elles n'avaient que trop traîné. Elles se promirent de passer ensemble la soirée du mercredi à l'occasion d'un petit gueuleton qu'elles s'offriraient ici même, et Geneviève s'éclipsa.

Paris, le 18 octobre

Chère Geneviève,

Je suis prêt à parier mon caleçon (rose) que vous n'avez pas mis dix minutes pour dénicher cette missive. Vous voyez bien que nous sommes sur la même longueur d'onde (et toc !). J'ai choisi la page qui présente les zones érotiques du corps féminin. Si vous prenez le temps d'y jeter un coup d'œil, vous constaterez qu'en les mettant bout à bout on reconstitue à peu près tout le corps. Eh oui, tout est bon chez la femme, il faut tout caresser. Mais combien d'hommes le savent, qui se ruent bille en tête sur les grands boulevards, et, bien pis encore, combien de femmes le savent, qui n'ont jamais été convenablement arpentées ? Que de surfaces assoupies qui n'attendent que le baiser d'un prince charmant pour chatoyer de mille sensations divines ! Si vous voulez mon avis, la sexualité est un concert perpétré par des sourds, et je m'étonne qu'on puisse encore faire mine de ne pas s'en apercevoir.

Pour la majorité de nos contemporains, un bon coït est un coït bâclé, tant il est vrai que toute autre optique ouvrirait des paysages inexplorés, donc exigeants, donc menaçants, donc refusés. La liberté épouvante, c'est bien connu, chacun préfère reproduire ce qu'il a vu à la télé, se conformer à l'indigence ambiante. Pour inventer une caresse qui réponde au désir secret, voire inconscient, d'un corps singulier aimé, perçu et exploré pour lui-même, il faut, je crois, plus d'audace que pour sortir de table en plein repas de Noël. Finalement, l'amour-recette ne fait recette que parce qu'il protège d'un fléau redouté comme la peste : la responsabilité.

Après cette harangue apéritive, je serais le plus méprisable des goujats si je n'en venais tout de suite à vous dire l'émotion que m'a procurée votre merveilleux cadeau. J'aurais déjà été flatté que vous preniez pour moi une photo, mais de vous imaginer appliquée à parfaire un dessin rien qu'à moi destiné, j'en ai le cœur qui grésille. Et pour un résultat superbe, sacrebleu. Vous avez réussi à saisir un aspect de *La Promise* que je n'avais pas soupçonné moi-même. On jurerait qu'elle vous a admise dans son secret. Ce n'est que logique, d'ailleurs. L'artiste qui laisse poser son regard sur le monde encore et encore, jusqu'à frôler l'impression de se dissoudre en lui, recueille des richesses que tout autre aurait foulées en passant. Vous m'avez communiqué votre aperçu sur une *Promise* plus expressive et plus passionnée que celle que j'avais vue — et en même temps vous en dites long sur vous-même, car on ne traduit bien que ce que l'on connaît déjà. Vous allez vous récrier, mais je le pense quand même. En vous demandant de dessiner un personnage féminin si peu prétentieux, c'est un aspect de vous que j'espérais voir apparaître. Je suis très ému par la silhouette que je devine.

Je l'ai mise en bonne place, vous voyez. J'attendais depuis longtemps le moment d'accrocher un tableau qui me serait destiné plutôt qu'une reproduction ou même une œuvre originale vendue au plus offrant. Ce dessin me parle, car il véhicule votre intention autant que votre talent, et les deux en font pour moi une œuvre irremplaçable.

Vous avez dû y consacrer un peu plus d'une heure, c'est-à-dire le temps qu'il faut pour faire l'amour posément. Sans se précipiter, sans s'attarder inutilement non plus. Il n'y a pas d'autre record qui tienne, en amour, que celui de la sincérité. Aucun geste ne peut se permettre la vulgarité de viser à donner telle ou telle impression (de science, de puissance, de durée...). Seulement du plaisir, et rien que du plaisir partagé. C'est un guide tellement facile à suivre que l'on se demande comment les couples peuvent patiner aussi obstinément. Que l'un des deux se lasse ou au contraire se sente frustré, et c'est toute la magie du plaisir qui s'évapore comme neige au four. Il ne faut pas être grand médium pour remarquer un déficit pareil, à moins de s'engager dans l'acte de manière distraite, sans s'avancer pour l'autre mais pour mimer les rites de l'espèce.

Ainsi, cette heure lumineuse durant laquelle vous avez dessiné pour moi était-elle une façon de nous essayer aux gestes de l'amour, puisqu'il y eut caresse et qu'il y eut plaisir. D'accord, j'extrapole, mais il n'empêche, mes affaires avancent. J'en veux pour preuve le ton singulièrement ambivalent de votre dernière lettre. À côté d'une résistance affirmée et réaffirmée au point de me traiter de ratiocineur, ne voilà-t-il pas que vous disséquez les fantasmes téléguidés d'une femme exagérément amoureuse — je veux parler de l'auteur d'*Histoire d'O* — pour me demander de quel côté penchent les miens ? N'allez-vous pas même jusqu'à évoquer dans une parenthèse pudique la possibilité de fureter sur mon corps ? Je vous inspire des sujets brûlants, ma parole, moi qui me consume à vous demander quoi ? Un simple et banal petit rendez-vous.

Vous l'avez expliqué, la franchise est inaccessible à ceux qui entretiennent un commerce amoureux. Est-ce là le théorème dont vous voulez appliquer la contraposée ? Voulez-vous faire de moi votre confident pour m'empêcher de devenir votre amant ? Voulez-vous me raconter vos fantasmes pour être sûre de ne jamais les vivre ? Eh bien, je suis tout ouïe, Geneviève, car je ne crois pas que cela puisse rien nous interdire. Je dirais même plus, j'en suis sûr, et je le prouve.

Avez-vous déjà songé à cette possibilité : je suis peut-être quelqu'un que vous connaissez depuis longtemps, l'un de vos anciens amants, ou même votre compagnon actuel, et j'ai pris un nom de plume pour vous aimer plus que je ne vous aimais déjà. Si tel était le cas, j'aurais fait la démonstration par a + b que vous pouvez donner à votre amant la sincérité sans bornes qui vous paraît impraticable. Maintenant que vous connaissez mon appartement, cette hypothèse est écartée (encore que j'aurais pu emprunter les pénates d'un ami), mais la validité de mon raisonnement est avérée. Vous n'avez aucun moyen d'être sûre que je ne suis pas votre bien-aimé en train de vous mener en bateau. CQFD.

Donc vous pouvez tout me dire, cela ne m'empêchera jamais de vous aimer par-dessus le marché. Vous n'avez rien à craindre, en tout cas, de mes tendances sadiques. Si vous souhaitez écrire un roman cochon pour me faire plaisir, voyez plutôt du côté de la dévotion et des raffinements voluptueux. Vous ne trouverez chez moi ni tenue de cuir ni fouet, même en cherchant bien. Je n'ai jamais accepté de ligoter une femme qui me le demandait (le cas s'est présenté deux fois et ce fut la fin de nos relations). Je ne vois pas l'amour en termes de jeux de rôles. Il s'agit d'une rencontre. Et, pour se rencontrer, il faut être là, tandis qu'endosser un rôle, si sulfureux soit-il, c'est encore une façon de se désister, de se couler dans un moule, de refuser la liberté. Avec un fouet, on n'invente rien, on récite une partition prémâchée, on fait l'amour en kit. C'est que, au lit comme ailleurs, il est hélas plus simple de vivre en pilote automatique.

Les fantasmes féminins, vous savez sans doute que certains hommes vont jusqu'à les rédiger eux-mêmes. Dans *La Mécanique des femmes*, Louis Calaferte expose en grand détail les émois de jeunes dames qui adorent se faire explorer en profondeur par de parfaits inconnus. On ne lui reprocherait pas de projeter ses propres désirs sur le comportement de l'autre sexe, si tout cela n'était présenté comme venant tout droit de l'imaginaire des femmes, puisqu'il parle à la première personne. Ces curieuses héroïnes n'ont qu'une obsession : copuler d'abondance avec la première brute qui passe. Je voudrais voir une femme qui ait lu de telles allégations sans exploser de colère.

Bien peu d'hommes possèdent la noblesse qui mérite le pur don de soi de *La Promise* de Rodin. Je ne suis pas sûr de faire partie du nombre mais je m'entraîne. Je crois à la ferveur plus qu'à tout autre ingrédient de l'amour. Ensuite à l'humour. Et puis à la technique. Savez-vous que, du temps où j'étais puceau, je croyais que les femmes s'ouvraient et se fermaient comme des portes (on m'avait dit : quand la femme est prête, son vagin s'élargit) ? Le grand jour venu, j'attendis vainement la métamorphose annoncée, le sexe tendu contre les muqueuses de ma première amante, espérant l'ouverture magique. Elle se demandait ce qui me retenait de poursuivre et je me demandais pourquoi la nature ne s'écartait pas devant moi. J'étais très jeune, d'accord. Mais vous comprenez l'importance de l'humour, surtout quand la technique bredouille.

Je vous imagine à présent, à demi allongée sur le divan. Vous avez enlevé vos chaussures. Vous songerez bientôt à grignoter un morceau. J'espère que vous trouverez l'une ou l'autre préparation à votre goût. Je les ai concoctées avec amour, pensant que le cadeau serait approprié. Si je vous héberge, il ne faut pas que je m'acquitte de ma tâche à moitié. Vous êtes maintenant chez moi comme la belle qui venait se régaler dans le château d'un prince invisible. Pendant qu'il se terrait, honteux de son faciès de bête, elle dégustait ses bons repas sans inquiétude aucune. Notez que notre histoire est inversée. Je n'ai pas honte mais vous avez peur. Quand la belle vit enfin le prince, elle s'enfuit, épouvantée. En toute logique, vous devrez donc me sauter au cou quand nous nous verrons. Oups ! j'oubliais qu'il m'est interdit d'évoquer le moindre rendez-vous, j'ai déjà abusé de cette perspective, paraît-il. J'exaspère. Bon, bon, détendez-vous et racontez-moi, s'il vous plaît, un tout petit fantasme, j'attends votre copie à la sortie.

Votre obéissant,
Edouard

Geneviève ne s'inquiétait pas trop de la supercherie montée pour Edouard, mais elle craignit que Daphné ne reculât à la lecture de cette lettre. Plus la discussion prenait le ton de la confidence, plus Daphné aurait l'impression de tromper Edouard sur la marchandise. L'abus de confiance s'aggravait à mesure que la confiance s'installait. Il devenait donc impératif d'envisager un rendez-vous rapide, avant que le poids de tout le discours accumulé n'étouffât les bonnes dispositions de la doublure. Il fallait lui donner d'occasion de séduire Edouard, et pour cela lui laisser la place. C'était décidé, elle proposerait la grande confrontation dès sa prochaine missive.

La suggestion qu'Edouard fût peut-être l'un de ses proches la troubla profondément. Elle trouva stupéfiant que l'idée ne l'ait jamais effleurée, à aucun moment, en aucune mesure. Cette inconscience totale par rapport à une interprétation somme toute plausible lui donnait rétrospectivement des frissons de peur, comme si elle avait vécu à côté d'une grenade sans s'en apercevoir. Comment avait-elle pu être assez sotte, alors qu'elle se creusait les méninges à essayer de cerner le mystérieux Edouard, pour n'avoir même pas soupçonné une blague ou une conspiration de quelque proche ? Voilà en réalité la solution la plus évidente, la première qui aurait dû lui venir à l'esprit.

À mieux y réfléchir, elle était prise d'un curieux vertige à l'idée du procédé qu'Edouard évoquait pour les simples besoins de sa démonstration. À supposer que Jean-Luc ait vraiment été l'auteur des lettres, quelle incroyable nouveauté et jeu de miroirs cela aurait donné à leur relation ! Quel enrichissement inattendu, et comme elle lui en aurait voulu tout en l'aimant davantage !

Inévitablement, elle dériva vers une transposition photographique. Si l'on pouvait imaginer « espionner » son propre conjoint à l'aide d'une correspondance parallèle, on pouvait tout aussi bien l'espionner photographiquement, dans tous les instants où il se croyait hors du couple. Les risques étaient de même nature. Au lieu de voir l'autre céder aux avances bien argumentées d'un amoureux théorique, on risquait ici de le surprendre en plein milieu d'une infidélité pure et simple. Mais l'attrait était aussi excitant. Grappiller de l'autre un aspect neuf et différent, l'observer, l'admirer, le découvrir quand il s'adresse à X ou Y, le guetter face au reste du monde, retomber amoureuse de lui dans une modalité légèrement différente, bref, on pourrait dire s'en payer deux pour le prix d'un. Geneviève s'amusa un moment à envisager quelques scènes. Suivre Jean-Luc dans ses divers déplacements. Le cueillir sur une terrasse à bavarder avec un ami, au garage en train de s'expliquer avec le mécanicien, chez le coiffeur, dans les embouteillages ou transpirant sur un terrain de squash. Construire l'album photo de sa vie sans elle. Même quand il travaillait seul dans son bureau, quand il dormait en l'attendant, quand il se masturbait (qui sait ?) sous la douche, tout était valable, du moment qu'elle l'attrapait à son insu. Voilà, au fond, ce qu'elle considérait comme un excellent fantasme. À force de se braquer sur les moindres faits et gestes de Jean-Luc, elle sentait déjà combien elle pourrait être amenée à l'idolâtrer en pensée. Et le simple plaisir de jouer avec cette idée lui suffisait largement, sans même s'inquiéter d'une possibilité de réalisation — nécessairement malaisée. En s'imaginant espionner Jean-Luc, en lui supposant des secrets, en s'interrogeant sur la part de lui qui lui échappait en permanence, elle venait de réalimenter son désir pour lui, et si ce n'était pas un projet de travail très réaliste, cela nourrissait un fantasme fécond, encore une contribution indirecte d'Edouard à sa vie intime, décidément.

Le mercredi matin, Geneviève se rendit vers onze heures au bureau de Daphné. Par la porte vitrée, elle vit celle-ci en grande conversation avec un monsieur fortement charpenté. Prenant juste le temps de faire un petit signe pour annoncer sa présence, elle déambula dans le couloir en lançant de petits coups d'œil à gauche et à droite, pour voir à quoi les gens passaient leur temps dans une agence de publicité. Le voisin de Daphné, qui avait laissé sa porte ouverte, était en train d'enguirlander un fournisseur au téléphone. Il était question d'affiches imprimées à l'envers, un couac inadmissible, on allait devoir repousser tous les délais et si l'affiche n'était pas réimprimée dans les vingt-quatre heures l'interlocuteur en serait réduit à payer des dommages et intérêts, toute la campagne étant bloquée à cause de lui. Pénible ambiance. Dans la salle suivante : une réunion entre plusieurs jeunes employés de l'agence, sans doute ses forces créatives, qui semblaient se livrer à une sorte de brain-storming. Deux gros échantillons d'une mousse bleuâtre se trouvaient posés sur la table à l'endroit le mieux éclairé et des mots en désordre recouvraient le tableau : *Bullimax, Moletonex, Revazur, Moussibel, Ronflix, Conformat, Relaxoft, Doulux...* L'assistance devait avoir atteint le fond de ses capacités linguistiques car plus personne ne se levait pour aller ajouter un nom à la liste.

Geneviève revint vers le bureau de son amie. Les voix se rapprochaient justement de la porte. Elle vit Daphné prendre congé du monsieur d'une façon assez peu amène.

— Un fournisseur ? demanda-t-elle.

— Non, c'est le comptable qui venait m'expliquer que je rédige les factures de travers. Il n'arrive pas à les encoder parce que j'utilise des catégories qui ne sont pas dans son plan. Mais qu'il les mette dans son plan, nom d'une pipe ! Qu'il les mette ! Ce n'est pas au client de s'adapter à notre plan comptable tout de même. Moi, je suis obligée d'utiliser les termes du contrat, sinon j'ai des ennuis. Enfin bref, tu vois à quoi je passe mon temps. Dis-moi plutôt ce que raconte le bel Edouard.

Geneviève lui assura qu'elle ne serait pas déçue mais proposa de garder le plaisir d'en parler pour le soir, parce que entre deux coups de téléphone, vraiment, ce n'était pas sérieux. Daphné approuva. Elle lui donna les clés de l'appartement en précisant qu'elle avait passé deux excellentes soirées dans l'univers d'Edouard, à défaut de voir le maître des lieux. Elle ajouta :

— Quand est-ce que je monte à l'assaut ?

Geneviève répondit d'un air mystérieux :

— Justement, j'y pense pour bientôt. Je t'expliquerai ce soir.

Daphné poussa de petits cris :

— Quoi ? Ouh, ah, oh ! Voir Edouard bientôt ? Mon Dieu, mon Dieu, quelle extase, je ne vais pas pouvoir rester calme !

Et elle entama une sorte de petite danse du scalp dans le couloir. Geneviève, faussement philosophe, la tempéra :

— Allons, allons, ce n'est jamais qu'un homme. Occupe-toi plutôt de tes factures !

Arrivée chez Edouard, Geneviève se planta devant le dessin de *La Promise* en se demandant s'il était facile de deviner l'auteur. Est-ce chaque fois un peu soi-même qu'on dessine ? Pas littéralement, c'est sûr, mais il y a peut-être des signes. Par exemple, ses dessins débordaient toujours de la page. Quelle que fût la taille du papier, elle commençait son croquis dans des proportions telles qu'il lui fallait sacrifier le bout du pied, les doigts de la main ou le haut du crâne. Ici, c'était une partie des cheveux. Cette tendance systématique pouvait, si on veut, évoquer son besoin d'espace, de liberté, sa difficulté à entrer dans une organisation établie. Il fallait toujours qu'elle trouvât la possibilité de repousser des frontières, d'aller plus loin, ailleurs, autrement que ce qui était prévu. Était-ce ce genre de choses qu'Edouard avait voulu dire ? Il disait « expressive et passionnée », mais cela fournissait surtout de l'eau à son moulin. Passionnée, Geneviève ? Très rarement, mais alors avec un réel plaisir. Pour deux hommes seulement elle avait senti vibrer tout son être. Dans les deux cas, il s'agissait d'un individu tourmenté qui, dans une large mesure, lui échappait. Elle s'emballait, finalement, pour ce qui la dépassait, qu'elle ne pouvait prévoir ni maîtriser. Mais, si le bouleversement atteignait des contrées profondes, elle n'en restait pas moins très maîtresse d'elle et apparemment mesurée. Jamais personne dans son entourage n'aurait eu l'idée de la qualifier de femme passionnée. Daphné, sans aucun doute, correspondait à la définition. Toujours prête à se jeter corps et âme dans la bagarre. Lorsqu'elle allait rencontrer Edouard, elle l'adorerait ou le détesterait.

 Geneviève se dirigea vers la cuisine pour choisir son repas parmi les trésors du frigo. Elle réchauffa un « curry thaï coco et citronnelle ». Edouard avait soigneusement étiqueté ses préparations. Pour la première fois, elle se mit sérieusement à essayer de l'imaginer. Grand, cheveux en désordre et nœud papillon avait dit l'employé du musée Rodin. Nœud papillon, tiens tiens, il n'aurait aucune cravate mais bien des nœuds papillons. Elle retourna inspecter la chambre en détail. Pas de cravates, pas de nœuds papillons, pas de chaussettes non plus, pas de caleçons, il manquait décidément une partie de la garde-robe. Elle alla voir dans la salle de bains. Sans succès. Alors où ? Il fallait bien que ce garçon possédât du petit linge. Elle souleva le couvercle de l'une des caisses entreposées dans le hall. Elle y trouva gants, écharpes, bonnets. Dans la suivante, une série de pull-overs. Dans la suivante, hourra ! une quantité impressionnante de chaussettes, et dans la dernière, enfin, un amas de slips multicolores jetés là comme autant d'oiseaux exotiques épuisés par une longue migration. Mais de cravates, point, ni le moindre nœud papillon. Entre-temps, le curry thaï commençait à attacher.

 Geneviève passa l'après-midi à fouiner dans les livres d'Edouard. Surtout les livres sur l'art. Elle resta plongée un long moment dans le journal de Frida Kahlo, une peintre mexicaine à l'univers envoûtant. Elle trouva le livre de photographies des statues de sable de Patricio Lagos, aussi émouvantes qu'Edouard les avait décrites. Elle s'amusa à lire, dans les ouvrages de littérature, les phrases qu'il avait soulignées ou pointées en marge. En les mettant bout à bout, cela composait une sorte de poème transversal. Dans les essais, il soulignait des passages aussi, en les annotant de remarques et renvois à d'autres ouvrages. Cela donnait un genre de poésie différent. Elle avait à peine achevé cette balade à travers les livres d'Edouard lorsque Daphné se présenta derrière la porte, les bras chargés de paquets.

IX

Daphné avait acheté chez un traiteur un choix de salades pour compléter les petites gâteries d'Edouard, lesquelles fondaient à vue d'œil. Elle avait déjà compris qu'une fréquentation assidue du cuisinier risquait de lui valoir quelques problèmes de tour de taille. Mais pour quatre jours elle s'était déclarée en vacances, et les petits plats partaient bien.

Moins friande de bouquins que Geneviève, elle n'avait pas passé son temps à relever la poésie cachée dans les citations annotées par Edouard. Elle avait cherché des signes plus personnels dans les tiroirs du bureau et les boîtes stockées un peu partout.

— Regarde ce que j'ai trouvé ! fit-elle triomphalement en brandissant un carton à chaussures.

Geneviève ôta le couvercle et découvrit un amas de photos plus ou moins défraîchies. Les photos de famille d'Edouard !

— Tu as trouvé son portrait ? demanda-t-elle avec précipitation.

— Non, mais à ta place, j'irais voir jusqu'au fond pour avoir l'explication.

Geneviève plongea la main, souleva toutes les photos d'un coup et vit apparaître une enveloppe blanche avec deux mots à l'écriture familière : *Pour Geneviève.*

— Mince alors, il a été cacher un message là-dessous ! Tu l'as lu ?

— Non, je ne voulais pas l'ouvrir sans ta permission.

— Mais tu sais bien que je te fais lire toutes ses lettres.

— Oui, mais cette fois, si tu l'ouvres, il saura que tu as fouillé jusque-là.

— Sapristi, c'est vrai. C'est un test. Il vaut peut-être mieux la laisser là. Qu'est-ce que tu ferais à ma place ?

— Moi ? Je l'ouvrirais tout de suite !

— Bon, eh bien alors, de quoi tu parles ? Allez hop ! pas de scrupules.

— Attends, regarde d'abord les photos, on le voit petit garçon, enfin je suppose que c'est lui.

— Le gamin, là, avec sa pelle et son seau ? On n'est pas très avancées, tiens.

— À mon avis, il a dû enlever les suivantes pour te faire râler.

— On va le savoir tout de suite.

Elle ouvrit impatiemment l'enveloppe.

— « Chère Geneviève,

» Je savais que vous viendriez fouiner jusqu'ici. Avouez que vous êtes curieuse, finalement, de voir cet olibrius qui vous assiège. Eh bien, vous n'avez pas de chance. Je suis un inconditionnel de la photo d'art, mais je me méfie de la photo tout court, et du grand danger qu'il y a à geler sans discernement les instants du quotidien. Depuis que je suis en âge de m'y opposer, j'évite qu'on me tire le portrait, ou au minimum je ne m'embarrasse pas de collectionner les images où d'autres ont cru bon de me faire figurer. C'est moins mon physique qui me dérange — il arrive que le miroir me voie assez content — que la sacralisation d'un moment quelconque, sans autre raison que le caprice d'un quidam muni d'une boîte à déclic. Le temps s'écoule en continu, sans heurts ni préséance, mais, si le photographe passe par là, il immortalise quelques instants rois comme autant de poissons luisants ramenés dans ses filets. Plus tard, ces indices, seuls rescapés, finiront par prendre toute la place et constituer la trame unique d'une histoire dont on aura oublié l'infinie diversité. C'est ainsi que la vie d'un homme se résume à une série de clichés où il sourit d'un air emprunté. Non, je n'aime pas les photos-souvenirs, je n'aime que les souvenirs, et j'en ai des milliers à vous raconter, plus denses et plus vivants que n'importe quelle photo, mais pour cela il faut que vous acceptiez de m'écouter, bon d'accord, je n'insiste plus.

» P-S : Il va de soi que si vous vouliez me photographier, il s'agirait d'art et non d'une manie bébête, sentez-vous donc la bienvenue. »

Daphné s'indigna :
— En voilà une théorie ! Moi, je suis sûre qu'il a enlevé certaines photos, un point c'est tout.
— En tout cas, on reste en droit de craindre qu'il soit vilain comme un pou.
— Non, là tu exagères. Regarde, quand il est gosse, il est mignon tout plein.
— Ça ne veut rien dire. Tout se joue à l'adolescence.

— Après ce qu'il t'a écrit, tu pourrais quand même reconnaître qu'il t'a un peu séduite.

— Théoriquement, oui, mais je sais trop à quel point la présence physique efface le reste. C'est inutile de se raisonner. D'ailleurs tu le sais très bien. Dis-moi plutôt si tu as trouvé d'autres « boîtes aux lettres ».

— Non, j'ai trouvé une boîte avec des lettres, si ça t'intéresse. Qui lui sont adressées.

— Des lettres d'amour ?

— Sans doute, et des lettres d'amis... enfin je ne sais pas très bien. Je n'ai pas voulu trop regarder. Je trouve que ça devient indiscret.

— Ce serait indiscret vis-à-vis de quelqu'un qu'on connaît. Mais vis-à-vis d'un inconnu c'est une démarche... comment dire... presque scientifique. Comme de ratisser la correspondance d'une personnalité historique.

— Tu oublies qu'Edouard est bien vivant et que je suis censée le rencontrer bientôt.

— Toi oui, mais pas moi. Donne-moi cette boîte, je la rapporterai vendredi.

Daphné voulut savoir pourquoi Geneviève avait laissé entendre que le grand moment approchait. Geneviève expliqua le problème du vernissage de l'exposition. Il fallait désamorcer toute tentative d'espionnage. Le plus sûr était donc de se jeter dans la gueule du loup, à condition bien sûr que Daphné s'y jetât pour elle. Celle-ci sentit son cœur se mettre à battre plus vite. Dans une semaine ? Déjà ? Elle qui avait plutôt poussé à la charrette se montrait tout à coup pleine d'appréhension. Geneviève ne lui laissa pas le loisir de tergiverser. Elle viendrait vendredi matin déposer une lettre ici même, qui proposerait une entrevue pour le week-end suivant. Daphné pouvait tout au plus décider si elle voulait choisir les modalités du rendez-vous elle-même ou si elle préférait laisser Edouard fixer ses conditions. Elle opta pour la seconde solution, ce qui lui enlevait une part de responsabilité au cas où l'affaire tournerait mal.

Pendant le dîner, elles commencèrent à réfléchir aux éléments les plus importants que Daphné devait connaître pour répondre aux questions d'Edouard, surtout concernant sa carrière de photographe. Quant à la vie privée, Geneviève disait qu'elle n'avait qu'à utiliser la sienne,

— Sauf que tu lui as parlé de Jean-Luc !
— Ah oui, tu rajoutes Jean-Luc.
Mais pour le boulot, il faudrait ruser un peu.

Daphné connaissait bien les travaux de Geneviève, mais pas nécessairement leurs contraintes techniques, leurs sources d'inspiration ou leur accueil par la critique. Geneviève lui fournit de rapides explications qu'elle nota au vol dans son agenda ; il faudrait toutefois mettre à profit le délai d'une semaine pour penser aux multiples questions éventuelles, afin de préparer au moins ce qui pouvait l'être. Pour le reste, Geneviève ne doutait pas des talents d'improvisation de Daphné. À vrai dire, elle aurait facilement tout misé sur ceux-ci, mais Daphné insistait : il lui fallait des détails et des arguments pour nourrir son numéro. Jamais elle ne s'était sentie aussi peu sûre d'elle, même quand elle avait défendu un projet de campagne devant le comité de direction de Motorola, ou quand elle avait fixé un rendez-vous avec le « candidat » rencontré par courrier électronique. Il faut dire qu'elle paniquait à l'idée d'endosser une fausse identité, alors que Geneviève ne voyait pas le problème. Au contraire, c'était une situation plutôt confortable. Daphné bénéficiait d'une position de repli et d'une possibilité de ne pas se sentir jugée sur sa personne mais sur la prestation qu'elle exerçait pour le compte d'autrui. À la limite, Geneviève n'aurait vu aucun inconvénient à rencontrer Edouard elle-même, si elle avait pu le faire en tant que doublure. Ce qui la gênait par-dessus tout, c'était d'être celle qu'il attendait, l'original qu'il allait comparer à son modèle mental.

Daphné lui fit remarquer qu'elle aurait pu imaginer un stratagème plus ingénieux que tout ce qui se tramait jusqu'ici. Plutôt que d'envoyer une fausse Geneviève tâchant de se faire passer pour vraie, elle pourrait jouer elle-même la fausse Geneviève en se présentant comme telle.

— Tu peux répéter ça ?
— C'est très simple. Tu fixes un rendez-vous à Edouard, tu y vas, et tu lui expliques de but en blanc que tu n'es pas Geneviève, mais une amie déléguée par elle pour le rencontrer à sa place parce qu'elle n'a pas eu le courage, la franchise, l'envie de venir en personne, ou bien parce qu'elle souffre d'une grippe, peu importe. Du coup, tu peux apprécier toi-même la réaction du coco, ses commentaires, ses questions sur une Geneviève qu'il croira encore et toujours hors de portée.

Effectivement, c'était une possibilité. Une sacrée possibilité même. Tellement perverse qu'elles en avaient les joues en feu. Geneviève pourrait tenter de séduire Edouard, le distraire de plus en plus de sa sainte Geneviève, le forcer à craquer et l'amener à se sentir coupable de trahison pure et simple. Elle s'amuserait de ses scrupules devant ce dilemme cornélien jusqu'au moment de lui révéler que l'une et l'autre de ses passions ne formaient qu'une. Quel beau tableau ! Oui mais... Geneviève ne voulait pas séduire Edouard. Elle ne voulait séduire personne. Elle ne voulait pas prendre le risque d'entamer une relation amoureuse que par ailleurs elle chatouillait gentiment sur le plan épistolaire, épistolaire uniquement. Non, sa décision était arrêtée : Daphné irait à sa place.

La soirée se termina par de nouvelles investigations en commun, dans le petit linge, dans les articles de toilettes, dans les armoires de la cuisine, dans les vêtements, les papiers, les bouquins, tout cela en vue de produire des commentaires qu'elles inscrivaient sur des post-it venant se coller à l'objet choisi. Edouard allait avoir de l'occupation en rentrant, et peut-être pour un bon moment, car elles s'ingénièrent à en cacher certains de sorte qu'il pût encore tomber dessus un mois plus tard. À moins qu'il ne s'épuisât à les chercher tous le premier soir, puisqu'il savait qu'il y en aurait cinquante-cinq exactement. Sur la table du salon : « Comment, vous n'avez pas de poisson rouge ? », sur le dessin de Geneviève : « Attention à l'intoxication », sur la page des zones érogènes du *Traité des caresses* : « Et le cuir chevelu, personne n'y pense ? », sur la djellaba : « Mais où sont les babouches ? », sur les pelotes de laine : « Vous bricolez, vous tricotez ou vous filez la laine ? », sur le xylophone africain : « Votre instrument pour les sérénades ? », dans la boîte de sous-vêtements : « Jolie brochette, mais rien de tel qu'un homme nu », sur l'after-shave : « Je préfère les hommes mal rasés » (à la demande de Daphné), dans la boîte des photos : « Ne me dites pas que vous n'avez même pas une petite photo d'identité ? », sur le disque de Francis Cabrel : « Toute ma jeunesse », sur le paquet de sucre de canne roux : « Excellent pour la crème brûlée », sur le liquide vaisselle : « Pensez à la douceur de vos mains. Rien de pire que la vaisselle », sur le saladier en verre : « Je m'interroge sur la transparence de votre âme », sur l'Encyclopédie universelle : « Est-ce ici que niche l'axolotl ? »...

Elles passèrent une bonne heure à disséminer les petits coupons jaunes dans tout l'appartement, après quoi Geneviève quitta Daphné pour la laisser ruminer tout à loisir sur l'imminence de la rencontre.

Pourquoi Edouard conservait-il les lettres s'il évitait les photos ? L'effet de sacralisation était équivalent. Relire après dix ans les chuchotis d'amour d'un ex qui vit maintenant dans les bras d'autrui, n'est-ce pas aussi choquant et déplacé que de revoir son visage souriant pendant la lune de miel ? Geneviève put identifier trois maîtresses dans le paquet de lettres. Plus des amis, une sœur, une grand-mère. Au total, un petit échantillon d'instants isolés et « gelés » sans bonne raison, exactement comme un album photo. Qu'était-elle devenue, cette Thérèse qui assurait Edouard de son amour éternel et se promettait déjà de fêter leur vingtième anniversaire à Rome, lieu de leur première rencontre ? Et cette petite Sandrine, avec son écriture appliquée d'écolière ? Elle le fréquentait à la fac, manifestement, car elle évoquait le cours durant lequel Edouard lui avait transmis sa première invitation (« Je suis quatre rangées derrière toi, veux-tu manger avec moi ce soir ? »). Déjà des méthodes très directes. La troisième maîtresse s'appelait Deborah et semblait lui avoir donné beaucoup de fil à retordre. Elle était américaine et écrivait en anglais. Elle annonçait plusieurs fois son arrivée définitive sur le Vieux Continent avant de s'excuser d'avoir changé d'avis au dernier moment, elle n'était plus sûre de ses projets ni de ses sentiments, Edouard ne pouvait-il faire un saut en Californie pour qu'ils puissent rediscuter de tout cela sérieusement ? Sa dernière lettre mentionnait à nouveau le projet de venir le rejoindre. Que s'était-il passé, finalement ?

De ses amis, il recevait des nouvelles de voyage. Celui-là était parti faire le tour du monde à la voile avec sa petite famille. Sa femme enseignait aux deux enfants les matières du programme scolaire français afin de pouvoir les réinscrire à l'école sans perdre un an. Mais quelle école du voyage ils découvraient ! À chaque escale un nouveau pays, de nouvelles rencontres, de nouvelles aventures qu'ils n'oublieraient jamais. Un autre ami était récemment parti occuper un poste diplomatique en Somalie. Il donnait de sa vie et de sa fonction une description à l'humour sophistiqué qui retint Geneviève jusqu'au bout de sa lettre, unique malheureusement. Une amie qui s'était installée à Londres après avoir épousé un Anglais expliquait sa difficulté à s'adapter au climat, tant humain que météorologique. Quant à sa grand-mère, elle n'écrivait que pour décrire les différentes merveilles qu'elle admirait au cours de ses voyages en Grèce, au Maroc ou en Turquie.

Plutôt que de lire leurs lettres, qui ne la renseignaient guère, Geneviève songea qu'elle pourrait essayer d'entrer en contact avec ces différentes personnes pour leur demander de lui parler d'Edouard, de tracer son portrait selon leur point de vue particulier d'ami, de parent ou d'ancienne maîtresse. Avec une dizaine de témoignages, elle cernerait d'un mouvement en spirale ce personnage qui devenait de plus en plus intrigant à force de ne pas exister pour de bon. Bien sûr, il y aurait bientôt le compte-rendu de Daphné, mais celui-ci serait un peu trafiqué puisqu'il reposerait sur un Edouard croyant lui parler à elle. Sans le rencontrer, elle lui volait ce qu'il lui destinait, et cette manigance diminuait la beauté de l'approche. Elle aurait préféré continuer à procéder par manœuvres indirectes, soit par le truchement d'objets, lettres, photos et tutti quanti, soit, comme elle venait d'y penser, par le recours à des témoins innocents. Elle pouvait facilement imaginer de consacrer tout un travail de recherche à cette personnalité insaisissable (parce qu'elle ne voulait pas la saisir), sûre de trouver dans cette enquête cent fois plus de suspense et d'intérêt qu'en acceptant simplement de rencontrer Edouard. Il suffirait, par exemple, de le considérer comme disparu, mystérieusement disparu, et elle se chargerait d'établir sa biographie ainsi que son portrait psychologique le plus précisément possible. Elle interrogerait les voisins, les correspondants de ce paquet de lettres, et par eux d'autres amis et proches, ses collègues de l'université, ses partenaires de tennis s'il en avait, ses amis saxophonistes. Elle accumulerait ainsi la matière d'un portrait dont il manquerait le modèle, opération guère plus acrobatique que d'évoquer la présence d'un fils imaginaire, comme elle l'avait fait dans *Le Livre de Simon*. Ici, toutes les traces existaient, il suffisait de les collectionner sans jamais percuter leur auteur.

Quand Jean-Luc rentra et commença à lui raconter ses petites aventures de la journée, elle se dit que la biographie d'un inconnu était un problème intéressant, mais que celle de l'homme le plus connu et fréquenté constituait un défi d'un raffinement supérieur. Pas la biographie, plutôt une sorte de reportage, entre le portrait et le journal. Voyant Jean-Luc du même point de vue historico-psycho-socio-énigmatique que venait de lui inspirer Edouard, elle fut soudain tentée d'en faire le héros d'un documentaire domestique. Par exemple, elle le photographierait pendant qu'il plongeait sa tête dans le frigo à la recherche d'un bout de fromage ou d'un reste de gâteau, et elle noterait : « Il m'explique qu'il a des problèmes avec Mme Humbert qui lui avait promis que la salle du centre culturel serait disponible le 15 janvier et maintenant elle s'avise que c'est impossible car le festival des Voix traditionnelles a été reculé d'une semaine pour permettre aux Corses de participer. » Ensuite, elle le photographierait assis dans le divan en train de masser sa cheville, et elle noterait : « Il dit que ce n'est pas croyable le nombre de gens qui sont de mauvais poil ces temps-ci, à croire que le mauvais temps finit vraiment par leur taper sur le système, ou bien alors c'est une histoire de taches solaires. » Ensuite, elle le photographierait en train de répondre au téléphone, et elle noterait : « Il dit que lui aussi a beaucoup à dire pendant cette réunion, mais qu'il préfère laisser parler Christian d'abord pour ne pas avoir l'air de prendre le mors aux dents et d'attaquer le premier. » Ensuite, elle le photographierait devant le JT et elle noterait : « Il éclate de rire en voyant des interviews d'Américains avant les élections législatives. » Sans même se fatiguer à le traquer en dehors des moments où il était avec elle, elle pourrait faire de lui un héros rien qu'en le regardant vivre. En fait, le roman-photo n'avait jamais été exploité dans ses vraies potentialités. Il fallait inventer le journal-photo.

Le vendredi matin, elle passa récupérer les clés de l'appartement d'Edouard au bureau de Daphné. Celle-ci était en réunion et ne put sortir qu'une minute pour lui parler. Elle avait tourné et retourné toute cette histoire dans sa tête et ne savait plus très bien que penser.

— Ce type est un peu trop spécial pour moi, tu ne crois pas ?

— Allons, allons, tu dis toujours que tu aimes les hommes qui ont du caractère !

— Oui, mais celui-ci est vraiment bizarre, et puis très intello. Je ne sais pas si je serai à la hauteur. Moi, je suis plutôt une affective, tu sais.

— Vous verrez bien ce que ça donne ! Mais au moins il aura eu son rendez-vous, tu auras vu l'animal et moi je passerai au vernissage tranquille. Allez, arrête de paniquer.

Geneviève se rendit chez Edouard et se mit en quête d'un endroit où camoufler sa lettre. Il fallait que ce fût surprenant, puisque le contenu était surprenant. Le plus inattendu, mais sans suspense, aurait été de la laisser en évidence sur la table. Le plus difficile, mais sans talent, aurait été de la glisser dans un livre choisi au hasard. La cuisine ou la salle de bains présentaient quelques possibilités ludiques. Le plus logique, sans doute, serait de la glisser avec les autres lettres, dans la boîte qu'elle s'apprêtait à remettre en place, au fond d'une caisse. Puisqu'il l'attendait dans la boîte aux photos, elle l'attendrait dans la boîte aux lettres. Mmm... trop facile. Il fallait l'inquiéter un peu. Qu'il s'arrachât les cheveux. Comme pour la cabine téléphonique. Plus il se montrait sûr de ses propres cachettes, plus elle aimait semer le doute sur les siennes. Et qu'il crût perdre le fil. Voici ce qu'elle allait faire : glisser l'enveloppe entre la taie et l'oreiller, de sorte que lorsqu'il aurait passé toute la soirée en vaines recherches, il finît par se jeter sur le lit désespéré et entendît le petit froissement du papier.

Avant de sortir, elle passa en revue les messages disséminés et trouva plus sage d'en retravailler quelques-uns. On a tendance à tout trouver drôle quand on se creuse la tête à deux, mais à la réflexion il faut savoir jeter par-dessus bord les enfantillages. Elle ajouta également un grand « Merci ! » sur la porte du frigo, et déposa sur la table une photo qui représentait la porte de sa chambre à coucher de jeune fille, sur laquelle elle avait collé de nombreuses photos de portes découpées dans des magazines.

Paris, le 22 octobre

Cher Edouard,

Mais non, nous ne sommes pas sur la même longueur d'onde. Simplement, vous donnez beaucoup d'éléments qui permettent de vous cerner et j'anticipe facilement vos mouvements. Il n'y a rien de sorcier là-dedans, pas de convergence providentielle, pas de communion de nos âmes, seulement le bon sens de qui apprend à reconnaître les obsessions d'autrui. J'ai plongé sur le *Traité des caresses* parce que tout votre discours pourrait tenir sous ce titre. Et puis je me souviens des nageoires d'hippocampe.

Je ne suis guère étonnée de vous voir adversaire farouche de la copulation hâtive (à ne pas confondre avec l'éjaculation précoce — car on peut, hélas ! n'en pas finir de se hâter) et un adepte convaincu de toutes les zones érogènes. Encore faut-il avoir des idées.

Vous ne semblez pas trop mal fourni de ce côté-là, mais je ne partage pas la confiance aveugle que vous semblez accorder au plaisir pris comme guide et repère. Le plaisir n'est pas le produit automatique de la dextérité. Vous pouvez jouer à l'hippocampe tant qu'il vous plaira, c'est mon désir qui dictera l'effet que vous produirez, et vous n'avez malheureusement aucune prise sur celui-ci (moi non plus d'ailleurs, c'est bien le problème). Je suppose que vous aviez posé le désir comme acquis, mais le raccourci est un peu téméraire. Pour quelques couples amoureux, combien forniquent par habitude, devoir, ou même conformisme (pour ne pas se sentir anormaux) ? Or il se trouve que le plaisir orgasmique est un objectif très sûr — surtout chez l'homme, mais aussi chez la femme. À force d'insister, on finit par tomber dedans, c'est mécanique, quasi mathématique, et l'on arrive ainsi à satisfaire sa libido — tout en restant à cent mille lieues du territoire de l'érotisme. Repu, oui, mais sans avoir connu le désir. Et sans avoir goûté à l'éventail des sensations trop subtiles pour un organisme engourdi.

Quand bien même il m'arrive de m'illusionner sur un homme que ma raison juge intéressant sous tous rapports, je dispose d'un moyen infaillible pour attester que je ne le désire pas vraiment. Si je constate un léger mouvement de recul de mon corps lorsqu'il me touche les mains, les pieds ou la tête, ses jours sont comptés. Qu'il se montre par ailleurs capable de m'envoyer au septième ciel n'y change rien. Ma véritable intimité est périphérique. C'est pourquoi je pense que l'érotisme l'est aussi, et suppose une exploration bien plus complexe que celle des centres grossiers et d'accès évident, bien que réputés intimes.

Je veux bien souscrire à votre théorie, mais à la condition expresse que vous reconnaissiez le primat du désir, et sa nature incontrôlable. Pas question donc, comme vous vous y risquez si légèrement, de déclarer un amour — un amour érotique ! — sur la seule foi de quelques indices immatériels. Vous pourriez m'écrire pendant vingt ans, jamais je ne saurais si j'éprouve un quelconque frisson pour vous. La question ne se pose même pas, pas plus que pour les milliards d'autres hommes que je ne fréquente pas. En matière d'attirance charnelle, l'enjeu reste toujours entier jusqu'au moment de la consommation. Pour mieux vous montrer l'imprévisibilité du désir, je serais presque tentée de vous proposer un test, et si nos encéphalogrammes restent plats, ce sera tant pis pour vous, il ne fallait pas vendre la peau de l'ourse... Mais j'y reviendrai plus tard.

Vous me demandez un tout petit fantasme. Dieu sait que j'en ai, mais ils gagnent à rester inconnus. Ils se tiennent dans une petite région de mon cerveau que je ne consulte jamais à moins de dix minutes de l'instant capital. Qui mangerait du piment en dehors des repas ? Ils ne se montrent utiles qu'à la condition de rester muselés. Toute banalisation est impensable. Même les évoquer leur nuirait. Ils hibernent. Ils entrent en jeu au moment qui leur convient et font déferler la vague.

Mais je peux, plutôt par jeu, vous dévoiler un fantasme moins sexuel que vaniteux qui me tournait dans la tête quand je devais avoir quinze ans. Un fantasme que je considérais comme rare et malfaisant, preuve de mon infinie perversité, et qui consistait à imaginer que je possédais tous les hommes de la terre. La situation légitime était celle-ci : tous les hommes m'appartenaient. Mais, pour des raisons d'ordre pratique, j'avais accepté de déléguer une partie de mes attributions à d'autres femmes, de pâles copies entièrement sous ma tutelle, qui occupaient provisoirement les mâles que je ne pouvais satisfaire moi-même. Mon existence s'organisait en cabotant de l'un à l'autre, obtenant chaque nouveau partenaire d'un simple regard, puisqu'il me revenait de droit. Toute femme était ma suppléante, placée là par pure commodité. Tout homme, avant de me connaître, sentait qu'il n'avait pas encore goûté au plus grand feu de la passion, sans pour autant se douter qu'il vivait avec une simple intérimaire. Je posais sur chacun le regard attendri que m'autorisait la certitude de le tirer un jour de son erreur. Et, en attendant la révélation, je lui permettais de s'amuser en toute innocence avec mes remplaçantes. Voilà jusqu'où peut mener le narcissisme des jeunes filles qui attendent encore qu'un regard les sorte de l'ombre. C'est si gros que je n'en ai même plus honte.

Mais, pour mes fantasmes sexuels, vous pouvez toujours courir, ils ne regardent que moi. Il serait tout aussi déplacé d'en parler que d'évoquer d'anciens ébats. Même pour moi seule, j'évite ce genre de déballage. Rien n'est plus obscène que les scènes d'amour périmées, puisqu'il n'en reste que les images dépouillées de tous les sentiments qui les portaient. Il y a du sacrilège à remuer ces vieilleries nues et vulnérables. Il y a du sacrilège parce qu'il y avait du sacré. Et votre recours à l'humour ne me convainc pas tout à fait. Je ne crois pas que l'on puisse mélanger érotisme et rigolade, pas à l'instant même, car l'érotisme naît d'un engagement de la personne entière, comme l'émotion religieuse. Qu'est-ce qu'une messe, au fond ? Simplement un moment où tout le monde décide d'être grave et où, parfois, du recueillement surgit un aperçu, un sentiment, une intuition... Ceux qui n'arrivent pas à prendre les choses au sérieux s'appliquent à faire semblant, à camoufler leur dissidence, sans quoi la cérémonie tournerait en eau de boudin. Dans l'amour physique, il en va de même. On suppose qu'il y aura des envolées mystiques, ou bien l'acte se réduit à une gymnastique hygiénique. Jouer avec ses glandes en compagnie d'un ou d'une camarade, c'est sympathique mais sans envergure. Je trouve plus exaltant de voir dans le sexe une rampe d'accès vers une communion qui ne sera jamais accessible sur simple demande. Mais, pour prendre son envol, il faut d'abord tomber sur l'oiseau rare qui permettra d'atteindre un état « d'illumination », il faut d'abord sentir le désir envahir chaque parcelle de son corps.

Voilà pourquoi je suis si peu encline à prêter foi à vos discours. Rien de tout cela ne pourra servir. Rien de tout cela n'influencera l'alchimie imprévisible de la rencontre. Vous n'imagineriez jamais, par exemple, à quel point j'ai pu être amoureuse d'une brute épaisse qui n'avait pour moi aucun égard. J'étais la première punie de cette dépendance, mais croyez-vous que j'avais la possibilité de m'en défaire ? On peut combattre ce qui s'impose, le nier, jamais. À l'inverse, je ne suis pas prête à vivre dans la fiction d'un envoûtement que je n'éprouve pas.

Et vous ? Êtes-vous vraiment prêt à jouer quitte ou double, à lâcher l'ombre pour la proie que vous ne connaissez pas ? Après tout, vous l'aurez voulu, et en ce qui me concerne je n'ai rien à perdre, n'ayant rien échafaudé d'exotique. Je vous laisse le choix des armes : lieu et circonstances. De mon côté, je fixe le moment : le week-end prochain. Écrivez-moi où et quand nous devrons nous rencontrer, et que le hasard décide. Quand vous me verrez, vous découvrirez une inconnue, quoi que vous pensiez savoir de moi.

Je vous remercie pour votre hospitalité. Je me suis sentie ici comme chez moi. Vous êtes désormais ma référence absolue en matière de curry thaï.

Amicalement,

Geneviève

Il ne restait plus qu'à attendre. La réponse viendrait mardi ou mercredi sans doute, via la galerie. Geneviève se demandait s'il y avait la moindre chance que l'étincelle jaillisse entre Edouard et Daphné. Si elle ne risquait pas de regretter son coup de poker. Si elle n'avait pas envie, après tout, de rencontrer Edouard elle-même. Depuis près de neuf mois, maintenant, il était dans sa vie, le mystérieux inconnu, l'homme caché derrière un écran de fumée, donc celui qui a tout pour lui. Elle aimait bien cette indétermination. C'était la meilleure façon de prolonger ce sentiment si aigu, ténu et volatil que la réalité inévitablement annule. Le sentiment du possible.

Si tant de fois on échafaude des projets sans se mettre en peine de les réaliser, c'est uniquement pour boire un peu à cette source. On aime caresser des idées pour le plaisir très particulier de s'en tenir là, et qu'il ne faille pas, parce qu'on décide d'y travailler, salir ses illusions en même temps qu'on se salit les mains. On a besoin de châteaux en Espagne, c'est évident. Geneviève trouvait bizarres les gens qui interprètent tout rêve inabouti en termes de frustration. Bien au contraire, ce qui est frustrant, c'est de passer à l'acte. De constater la maigreur et la fatale imperfection de ce qui avait représenté un jour des montagnes de promesses. Elle rattachait l'origine de ce décalage aux caractéristiques du monde mental, fluide, coloré et gracieux, que les contraintes du monde extérieur empêchent de traduire de façon satisfaisante. Le mieux était de s'en accommoder. Réaliser seulement une part de ses rêves, en la jugeant non pas à l'aune de l'idéal imaginé mais d'après la dureté du réel dans lequel celle-ci avait dû se frayer un chemin. Un projet traduit dans les faits n'était jamais bien fier, mais si modeste et même médiocre fût-il, il possédait au moins le mérite d'avoir traversé le rideau des faits, au prix de nombreux efforts et d'autant de risques. On pouvait toujours l'admirer pour ça. Mais de manière générale, il était bon, même essentiel, de cultiver une pépinière d'idées, envies, projets, rêves qui n'avaient pas pour fonction principale de s'incarner mais de ravitailler sans cesse le réservoir du possible.

Ses travaux photographiques, par exemple : seuls quelques-uns avaient finalement vu le jour, parmi les myriades qui lui traversaient la tête. Beaucoup restaient des mois et des mois au stade d'idées, nourrissaient sa réflexion et son imaginaire, puis s'effaçaient progressivement sans laisser d'autre trace qu'un souvenir vaporeux. Elle jugeait profitable de ramer dans le vide parce qu'on y rame beaucoup plus facilement que dans l'eau et, à condition de se colleter avec la réalité de temps en temps, la multiplication des projets lui permettait de brasser davantage de substance et de cravacher sa matière grise. Elle aimait se donner l'impression de galoper dans l'immensité, même si la suite démontrait qu'elle n'avait fait qu'un tour de manège sur un cheval de bois.

Par moments, il lui paraissait indifférent d'avoir réalisé un projet ou pas. Si elle l'avait tourné et retourné dans sa tête, examiné sous toutes les coutures, l'essentiel du travail était fait et elle en avait largement profité.

Cette idée de tenir un journal-photo concernant la vie de Jean-Luc, elle tirerait sûrement plus de plaisir à la ruminer qu'à la concrétiser. Le photographier à toute heure du jour, noter ses faits et gestes, combiner le tout en un objet construit et cohérent, voilà qui formait un projet séduisant en théorie mais lourd à manœuvrer en pratique et d'autant plus risqué qu'il interférerait directement avec leur vie de couple. Mieux valait s'en tenir aux élucubrations.

Ainsi pour Edouard. Voilà un certain temps qu'elle s'amusait, à son sujet, à jouer avec toute la profondeur du possible, et lui ne poursuivait qu'une idée fixe, l'aplatir au plus vite. En amour, l'occasion d'échafauder des scénarios en toute franchise ne se présente pas si souvent. Au début d'une relation, avant qu'elle ne se déclare, on a cette enivrante liberté de pouvoir tout imaginer sur l'individu qu'on vient de rencontrer, depuis sa façon de manger le potage jusqu'à ses idées politiques et le genre de relations qu'il entretient avec sa mère. Au bout de quelques semaines, hélas ! les jeux sont faits, on sait comment il fonctionne, et l'on se met à « exercer » un amour comme on exerce une profession. Cet amour présente tous les avantages du concret mais ne peut plus fournir aucune des voluptés du possible. L'autre est là, en bloc. D'où la pratique largement répandue de fantasmer sur des vedettes de cinéma ou des chanteurs de rock. Mais ce n'est là qu'un possible usurpé, car chacun sait qu'il est irréalisable.

Edouard présentait cette commodité inouïe de fournir un possible possible et à la fois évitable, un sursis indéfiniment reconductible pour mieux profiter des plaisirs de l'attente. Or ce délicieux suspense, il faudrait bientôt y renoncer et elle le regrettait. Une fois qu'Edouard serait devenu quelqu'un, il ne serait plus « que » quelqu'un. Magnifique ou minable, il ne serait que lui-même, et non le mystérieux Edouard. Mais, si cette évolution était inévitable, devait-elle la fuir à tout prix ? En fait, si elle envoyait Daphné à sa place, c'était sans doute une manière de continuer le jeu malgré tout, et de sauver le principe du mystérieux Edouard. Même si, par Daphné, elle en avait un témoignage concret, ce serait toujours par personne interposée, donc un ouï-dire, un jeu, une fiction. Elle continuerait à le contenir au-delà des frontières de son monde, quitte à le savoir le nez écrasé contre la porte.

Et puis, peut-être cherchait-elle à sauver par-dessus tout le principe de la mystérieuse Geneviève ? Car la supercherie, en tout état de cause, ne pourrait pas perdurer bien longtemps et Edouard serait bientôt amené à repartir pour un tour dans les supputations. Non, elle ne voulait pas renoncer à jouer. Et si elle sentait une légère frustration à laisser monter Daphné au créneau, elle en aurait plus encore à se convaincre qu'il fallait jeter bas les masques.

Bien sûr, ses résolutions variaient encore au fil des heures et en fonction des humeurs, si bien qu'il lui était impossible de fixer ce qu'elle désirait réellement. Dans l'ensemble, elle ne voulait pas accorder trop d'importance à cette histoire, mais pratiquement cela se traduisait par des dispositions très variables. Le matin, quand il lui arrivait de penser à Edouard quelques minutes après son réveil, il lui apparaissait clairement qu'elle s'était laissé embarquer beaucoup trop loin avec un plaisantin dont elle ne devait rien attendre et à qui elle ne pouvait rien promettre. Une seule stratégie s'imposait : mettre le holà, strictement, et revenir à d'autres moutons. Quand elle y pensait dans le courant de la journée, elle balançait de la curiosité amusée à l'envie irrésistible de le connaître, en passant par quelques rêveries romantiques, l'un ou l'autre fantasme charnel, et bien souvent des élucubrations sur la façon de prolonger le jeu plus ou moins subtilement. Quand elle y pensait en présence de Jean-Luc, elle ne pouvait réprimer une bouffée de culpabilité à l'idée de se laisser courtiser, et si longuement, alors qu'elle n'avait rien à reprocher à son compagnon. Quand elle en parlait avec Daphné, c'était invariablement l'aspect ludique qui l'emportait, la possibilité de comploter et de tenir des conseils de guerre. Dans l'ensemble, donc, elle avait bien du mal à « ne pas accorder trop d'importance à cette histoire ». Mais il y avait au moins deux idées qui ne l'effleuraient jamais : c'était 1) de considérer Edouard comme un emmerdeur et 2) de le considérer comme un candidat sérieux. Pour une raison ou pour une autre, elle ne le voyait qu'entre deux.

Le lundi, Geneviève téléphona à la galerie pour voir s'ils avaient un message pour elle (au cas où Edouard l'aurait déposé lui-même pendant le week-end). Ils n'avaient rien. Le mardi, elle retéléphona. Toujours rien. Elle s'étonna qu'il n'ait pas réagi immédiatement. Daphné était sur des charbons ardents. Le mercredi, toujours rien. L'inquiétude se mua en stupéfaction. Était-il possible qu'Edouard ne mordît pas à l'hameçon ? Qu'il lui fît le coup du silence ? Après tout ce qu'il avait miaulé, c'était indécent. Impensable aussi qu'il n'ait pas trouvé la lettre. Il avait bien dû se coucher à un moment ou à un autre. Aurait-il eu un accident qui l'aurait empêché de rentrer chez lui ? Et s'il était mort d'un empoisonnement au monoxyde de carbone dans l'hôtel où il avait dû s'exiler pour lui prêter son appartement ? Comment le saurait-elle jamais ? Peut-être était-ce un test pour voir si elle allait s'inquiéter et venir sonner chez lui ? Façon de matérialiser leur rendez-vous, mais en lui arrachant une amende honorable. Après neuf mois de rebuffades, la voir arriver chez lui au comble de l'affolement... il aurait bien manigancé son coup.

Le jeudi, il n'y avait toujours pas de courrier pour elle : Geneviève pensa que tout était fichu. Pour Dieu sait quelle raison difficile à imaginer, Edouard ne répondait pas à son invitation et dès lors il ne restait plus qu'à l'oublier, lui et ses roucoulades. Il s'était bien payé sa tête. Maintenant qu'il avait gagné son rendez-vous, il ne daignait même plus se manifester. C'était le dernier des goujats. Qu'il aille se faire pendre, dans ces conditions. Elle ne l'avait pas sonné.

Voyant brusquement l'homme sous un tout autre éclairage, elle se mit à craindre qu'il puisse s'amuser à quelque malversation avec les lettres qu'elle lui avait adressées. En définitive, elle avait ouvert son cœur à un complet inconnu sans se demander si cela ne risquait pas de se retourner contre elle. Il n'y avait dans ses missives rien de réellement compromettant, mais il s'agissait tout de même d'un matériau très personnel et elle aurait trouvé fort déplaisant que cela arrivât sous les yeux de Jean-Luc ou dans n'importe quelle rédaction de journal. Mais non, vraiment, comment Edouard aurait-il pu se révéler si malintentionné, après des mois et des mois d'échanges on ne peut plus courtois ? Elle n'en revenait pas. Et Daphné, donc ! Consternée.

À dix-neuf heures, ce jeudi, le téléphone sonna. Jérôme, l'un des employés de la galerie, lui expliqua qu'un homme venait de déposer un message juste à l'heure de la fermeture. Il avait visiblement couru pour arriver à temps, et il avait demandé qu'on la prévienne par téléphone le soir même, car son message était des plus urgents. Jérôme avait fini par promettre, surtout pour s'en débarrasser, mais il s'excusait s'il avait dérangé Geneviève pour rien. Elle l'assura qu'au contraire il avait bien fait, et malgré son envie de foncer chercher le message séance tenante, elle s'obligea à se calmer et à remettre la course au lendemain matin. Ensuite, elle composa le numéro de Daphné afin de l'informer qu'il y avait du nouveau. Bien sûr, elle allait bondir d'excitation et se trouver incapable de passer une nuit convenable, mais il n'y avait pas de raison que Geneviève fût la seule à se morfondre de curiosité.

Comme prévu, Daphné sauta au plafond en la traitant de tous les noms pour ne pas avoir été chercher la lettre tout de suite. Maintenant, Jérôme était parti et elles allaient bouillir toute la nuit. Geneviève admit ses torts, mais elle attendait Jean-Luc d'un moment à l'autre et ils étaient déjà en retard pour aller chez des amis. De toute façon, si Edouard avait couru pour arriver à temps, on pouvait raisonnablement supposer qu'il acceptait la proposition : Daphné n'avait qu'à se préparer.

— D'accord, dit-elle, mais j'aimerais bien savoir à quoi. Si c'est un rendez-vous en maillot de bain dans la cour Carrée du Louvre, il peut toujours attendre. On a peut-être eu tort de lui laisser carte blanche. Avec le temps qu'il a mis, on est en droit de se méfier. Et s'il avait préparé une mise en scène de tous les diables !

Geneviève tâcha de la rassurer, et rappela qu'elle avait toujours le droit de refuser si les directives d'Edouard étaient par trop rocambolesques. Mais, en tout état de cause, inutile de s'affoler pour rien. Demain seulement elles pourraient discuter sur une base concrète. Daphné dit qu'elle allait louer un film comique au vidéoclub pour se distraire. Et que Geneviève avait de la chance d'avoir une copine comme elle, toujours sur le pied de guerre.

Paris, le 29 octobre

Chère Geneviève,

Un contretemps absolument désopilant m'a empêché de rentrer chez moi, et ce jusqu'à aujourd'hui. Je n'ose même pas vous le raconter tellement c'est insensé. Nous aurons sans doute l'occasion d'en parler puisque — si je peux vraiment y croire — vous vous rendez enfin à mes supplications.

Je crois très sincèrement que vous dramatisez l'enjeu de cette rencontre. Si aucune étincelle ne se produit ? Eh bien, ma foi, nous resterons bons amis, ce qui est loin d'être négligeable. Mais je ne suis pas prêt pour autant à considérer — comme vous semblez le faire — que tout le potentiel d'une relation se joue dans le premier regard. Au contraire, il m'est arrivé de tomber amoureux progressivement, ou bien à l'occasion d'un événement qui m'a brutalement rapproché d'une femme que je côtoyais depuis un certain temps. Il n'y a pas de modèle, pas de règle infaillible. Le coup de foudre est une possibilité ; il en existe beaucoup d'autres.

Face à l'éventail des émotions qui sont à notre portée, je proposerais non pas de vivre et laisser venir, mais de vivre et faire venir, parce que le bonheur, le plaisir, et même le désir ne sont pas seulement affaires de hasard et incontrôlables. Oui, je revendique une part de responsabilité dans le désir. Vous avez beau me brandir votre parfait rustre en exemple, je ne crois pas que vous puissiez l'avoir aimé tout à fait contre votre gré, et le jeune homme intéressant sous tous rapports ne doit pas être si bien sous ceux qui vous intéressent le plus.

Disons plutôt qu'il convient parfaitement à votre maman, et que vous n'êtes pas encore prête à assumer au grand jour (ni pour vous-même) la réalité de vos préférences profondes. Alors, vous parlez d'imprévisibilité du désir. Pardonnez-moi ce petit cours de psychologie à quatre sous. En fait, je n'en sais rien, évidemment, mais je tente simplement un exemple d'interprétation différente des faits dont vous parlez.

Donc, je crois au contraire que nous avons une certaine prise sur notre désir — pourvu que le ou la partenaire possède quelques traits de base auxquels nous sommes sensibles (dans notre cas, je suis toujours persuadé que vous les possédez à merveille). Une grande part de l'évolution des sentiments dépendra de notre attitude. On s'en occupe, on investit, on s'intéresse à l'autre, et presque automatiquement il deviendra intéressant. Si l'on reste au contraire dans un attentisme sceptique, la torpeur menace. Je n'en dirai pas plus car le temps me manque cette fois-ci, mais vous voyez l'esprit.

Je m'en voudrais infiniment de faillir à attraper la balle au bond pour une stupide histoire de contretemps. Permettez-moi donc de vous proposer un rendez-vous sans mise en scène ni prétention, car ce qui m'intéresse, pour être clair, c'est vous, simplement vous. Je vous attendrai samedi à seize heures chez Dame Tartine. Vous connaissez certainement cet endroit sympathique à côté de Beaubourg. Pour ne pas vous faire attendre, je serai là à l'avance, et pour me rendre reconnaissable, je me contenterai d'emporter une mallette jaune vif que je poserai à côté de moi sur la banquette. Cela devrait suffire, je pense.

Je me confonds encore en excuses pour ce retard qui a dû vous paraître terriblement grossier. Croyez bien que j'en étais le premier contrarié.
Au plaisir de vous voir et de vous parler.

Votre rayonnant,
Edouard

X

Le samedi 31 octobre, jour du rendez-vous, Geneviève avait décliné une invitation au cinéma pour attendre le coup de fil de Daphné. Il était déjà dix heures du soir et elle n'avait toujours pas appelé. Les choses s'étaient peut-être mal passées — et Daphné sanglotait —, ou alors vraiment très bien — et elle s'apprêtait à passer la nuit avec Edouard dès leur première rencontre. La curiosité rongeait Geneviève. Elle aurait payé cher pour pouvoir épier cet épisode, enregistrer la conversation dont Daphné ne lui rapporterait que des bribes. Avec sa façon de raconter, qui zigzaguait comme une coccinelle heureuse, elle en omettrait sûrement la moitié.

À onze heures trente, enfin, le téléphone sonna. Daphné exultait. Elle avait passé une soirée ma-gni-fique, disait-elle avec des éclairs dorés dans la voix. Vraiment, l'homme l'emballait. En arrivant chez Dame Tartine, elle avait tout de suite repéré la mallette jaune vif posée sur une banquette, sans personne à proximité. Sur la table, une tasse de café vide, et un livre ouvert intitulé *Geneviève au bain*. Daphné avait balayé la salle du regard, mais personne ne semblait la chercher des yeux. Elle s'était installée et avait commencé à feuilleter le roman. À la page ouverte, un passage était souligné : « *Geneviève, au lieu de s'offusquer de l'irruption du jeune homme dans la salle de bains, s'enfonça légèrement dans la mousse, posa la tête sur ses cheveux ramenés en chignon et le regarda droit dans les yeux* ».

Au moment où Daphné avait relevé la tête, un fier jeune homme se dirigeait droit vers elle, venant du fond du café.

— Pardonnez-moi, j'avais un petit coup de fil à donner. Vous êtes Geneviève, si je ne m'abuse ?

Daphné s'était levée, et ne sachant trop quelle attitude adopter, lui tendre la main, l'embrasser sur la joue ou lui rouler un patin, elle avait laissé fuser un rire clair, en ramenant ses mains sur ses joues, puis avait murmuré :

— Edouard, vous existez vraiment, c'est incroyable !

Le plus incroyable, c'était qu'il fût si séduisant. Plein d'allure, la petite trentaine, cheveux blonds un peu flous, regard franc et rieur, Daphné n'eut aucun mal à s'imaginer dans ses bras.

Edouard avait commencé par lui raconter l'invraisemblable histoire à rebondissements qui l'avait tenu cinq jours éloigné de chez lui. Une étudiante de première année était entrée dans son bureau un beau matin pour lui demander des lectures supplémentaires en rapport avec son cours. Elle était habillée d'une manière très provocante et son attitude achevait de démontrer ses intentions. Elle prétendait vouloir préparer un travail sur la fonction érotique. Edouard, comme toujours dans ces cas-là, était resté de marbre. Il ne mélangeait jamais profession et vie privée, et il avait horreur des aguicheuses. Voyant que son petit manège ne donnait rien, la fille avait entamé un rapprochement systématique, tandis qu'Edouard tâchait de fournir quelques indications. Il était resté debout dans l'espoir d'écourter l'entretien, mais elle en profitait pour l'acculer dans le fond de la pièce. Brusquement, alors qu'il s'était retourné pour prendre un dossier sur une étagère, elle l'avait cueilli à l'arrivée en se jetant à son cou. Surpris, Edouard avait fait un grand geste du bras pour se libérer, projetant la fille vers la fenêtre où elle s'était cogné le nez de plein fouet sur la poignée. Elle s'était mise à saigner abondamment et à le traiter de tous les noms. Edouard avait voulu la conduire à l'infirmerie mais la fille s'était débattue et avait glapi qu'elle allait porter plainte, qu'il allait voir ce qu'il allait voir. Prise d'une rage monstrueuse, elle avait jeté et démoli tout ce qui passait à sa portée, livres, lampe, cendrier, et quand Edouard avait essayé de l'immobiliser, elle lui avait mordu le poignet jusqu'au sang avant de lui envoyer l'agrafeuse à la figure puis de s'enfuir en courant. Une vraie furie. La stupeur d'Edouard était telle qu'il n'avait pas voulu la poursuivre davantage. Tant pis pour elle, elle se calmerait toute seule quand son nez aurait fini de saigner.

Quelle n'avait pas été sa surprise, moins d'une heure plus tard, lorsque deux policiers en uniforme étaient venus l'interpeller dans son bureau. Il était formellement accusé de viol par une étudiante qui s'était présentée en larmes et en sang au commissariat. On le priait de suivre les représentants de l'ordre sans résister. Edouard, qui était encore en train de ranger le capharnaüm provoqué par l'incident, ne put nier qu'il s'était bagarré avec cette fille, mais, quand il tenta d'expliquer qu'il était la victime et non l'agresseur, il vit passer sur le visage des deux hommes une expression entendue qui lui annonçait clairement la difficulté de sa position. Au poste de police, on lui avait expliqué que la fille était à l'hôpital pour passer des examens et que son bureau serait passé au peigne fin l'après-midi même. En attendant, il resterait au poste. Edouard avait répété ses explications, mais sans aucun succès. On l'entendrait plus tard. D'abord les faits. Edouard n'en croyait pas ses oreilles. En une minute d'hystérie, cette mégère en chaleur avait ligué toutes les apparences contre lui Dieu sait combien de temps il lui faudrait pour rétablir la vérité.

Tout cela se passait le vendredi où, normalement, Edouard aurait dû rentrer chez lui après son petit séjour à l'hôtel. Il fut évidemment dans l'impossibilité de donner cours cet après-midi-là. L'histoire devait déjà avoir fait le tour de l'université. Dans la soirée, le commissaire était revenu en annonçant qu'il y avait du nouveau. Edouard espérait voir la fin du cauchemar. Loin de là. Les examens cliniques révélaient que la fille avait bien été violée, ou du moins avait eu des rapports sexuels dans l'heure précédant sa déposition. Le nez fêlé, les traces de coups et les vêtements déchirés témoignaient évidemment en faveur de l'hypothèse de l'agression. L'affaire devenait grave. Edouard était abasourdi. Il avait lui-même des marques de morsures et un bleu sur la tempe droite qui aggravaient les présomptions contre lui. Son bureau, quoique grossièrement rangé, montrait encore des traces de lutte : la vitre brisée de la bibliothèque, la lampe de bureau désarticulée, des taches de sang frais sur les papiers et sur la moquette. Dans ces conditions, le commissaire se voyait obligé de placer Edouard en détention provisoire.

Suivirent alors quelques jours de rebondissements divers, entretiens avec un avocat, interrogatoires serrés, demande de test d'ADN, pour arriver finalement au dénouement le plus simple : la fille avait fait des aveux spontanés quand elle avait vu l'ampleur de la procédure (et peut-être en entendant parler d'ADN). Elle avait tout simplement couché avec le chauffeur de taxi qu'elle avait arrêté dans la rue après l'épisode du bureau, et ce à seule fin de se venger et de causer les pires ennuis à celui qui venait de repousser ses avances. On peut dire qu'elle avait réussi.

En revenant à l'université le vendredi suivant, Edouard avait constaté que tout le monde connaissait les détails de l'affaire, sans doute par les bons soins de la plaignante elle-même, qui n'était autre que la meilleure amie de Carla. Carla ? Une autre étudiante qui était tombée folle amoureuse de lui et le poursuivait depuis plusieurs mois de propositions de rendez-vous auxquelles il n'avait jamais donné suite. Il l'avait chaque fois poliment mais fermement éconduite, et ce jour-là elle avait lâché sa division blindée. Comme quoi, il fallait toujours être prudent avec les déclarations d'amour. Pour sa part, heureusement, il ne les pratiquait que dans un esprit totalement pacifique.

Daphné resta interloquée par le récit d'Edouard. Comment des embrouilles infernales peuvent-elles se produire aussi facilement ? Quel inimaginable toupet peuvent avoir des gamines ! Edouard paraissait vraiment choqué par cette aventure, et à mille lieues de tous les discours sur la séduction dont il se montrait habituellement le champion. Il se lança dans une explication sur les différences de registres. Ce geste désespéré d'une candidate éconduite ne pouvait en aucun cas appartenir à l'univers de la séduction. La séduction éveille une réponse, fût-ce après plusieurs années de travail, elle ne s'en empare jamais. À force d'arguments persuasifs, Edouard n'avait-il pas réussi à obtenir un rendez-vous d'une femme qui ne voulait pas entendre parler de rencontre ? N'était-il pas parvenu à amadouer la belle effarouchée ? Daphné souriait, d'un sourire qu'elle espérait ambigu.

— N'oubliez pas que l'affaire n'est pas conclue, dit-elle. Je viens seulement pour abréger un jeu de colin-maillard dont vous ne voulez pas vous contenter.

— En effet, pourquoi se contenter d'un peu quand on pourrait conquérir beaucoup ?

La conversation avait roulé longtemps, émaillée de connivences et de points de rencontre amusants, comme un séjour en Bolivie, la pratique de la planche à voile ou le goût immodéré pour les framboises. Sans aller trop loin dans les confidences, ils s'étaient raconté leurs penchants, leurs activités, leur appétit commun pour la vie. Dans les sourires, dans les regards, on sentait une énorme disposition à résonner ensemble. Elle s'emballait pour un film, il l'avait adoré aussi. Il ne supportait pas les hommes de chiffres, elle s'était disputée avec le comptable hier matin. Et cette énergie qu'ils affichaient tous les deux pour piocher à pleines mains dans l'existence ; elle était belle, solaire, incontestable. On les aurait mis sur un radeau, ils auraient traversé l'Atlantique. Ils s'étaient provisoirement contentés de changer d'arrondissement pour aller manger.

Daphné se disait tout à fait conquise. Maintenant, ce qui l'ennuyait au plus haut point, c'était de devoir jouer un rôle qui lui interdisait de laisser libre cours à son attirance. Elle incarnait celle qu'Edouard désirait, mais il lui était défendu de répondre à ses avances, sans quoi elle perdrait toute crédibilité. Quel mauvais scénario. Geneviève ne pouvait-elle vraiment changer d'avis ? Trouver Edouard irrésistible et décider de quitter Jean-Luc ? Geneviève, toujours dépassée par les emballements de Daphné, expliqua qu'il valait peut-être mieux jouer le statu quo pendant un moment avant de se décider à foncer. Daphné le ferait sous son propre nom alors, une fois qu'Edouard serait suffisamment accroché. De toute façon, il n'était pas nécessaire de trancher la question le soir même, il était plus de minuit.

— Et tu n'as pas oublié de lui interdire l'entrée du vernissage ?

— Non, non, ne t'inquiète pas. Il ne viendra pas.

Le lendemain, elles déjeunèrent ensemble. Daphné avait encore des papillons plein les yeux.

— Il est beau. Il est spirituel. Il est tendre. Il est intelligent. Moi, je l'achète sans hésiter. Il faut que tu me dises ce que je dois faire.

— Eh bien, tu vas le rencontrer une deuxième fois, et on verra s'il te plaît toujours autant. Qu'est-ce que vous vous êtes dit en vous quittant ?

— Il m'a demandé de lui écrire. Pour me laisser le choix, sans doute.

— Ah bon ! Heureusement que je pose la question ! Il va falloir s'y mettre. Mais tu veux peut-être lui écrire toi-même ?

— Non, il verra tout de suite la différence. Moi, j'écris comme je parle.
— Bon, mais alors j'ai besoin de toi. Pfff, écrire une lettre sur un rendez-vous où je n'étais pas !
— C'est toi qui l'as cherché.
— Oui, oui, ça va. On lui propose une nouvelle date ?
— Un peu, je veux.

Daphné trépignait. Geneviève se demanda un instant si elle n'avait pas commis une grosse erreur. Mais comment revenir en arrière ? De toute façon, il n'en était pas question. Si Edouard était tellement séduisant, tant mieux pour Daphné, c'est bien ce qui avait été entendu. Mais l'idée de perdre bientôt son correspondant lui serrait un peu le cœur. Il avait su créer un suspense délicieux dans sa vie.

Paris, le 3 novembre

Cher Edouard,

Vous attendez de moi que je vous livre un verdict ? Une note sur vingt ? Rassurez-vous, vous êtes un homme charmant, d'ailleurs vous le savez, et je le savais aussi. La question n'est pas là.

Quand j'ai vu votre mallette abandonnée sur la banquette, j'ai cru que vous aviez quand même préparé un coup monté, genre mallette piégée, message annonçant un jeu de piste, et j'ai presque accusé une légère fatigue. Mais heureusement vous n'en étiez plus là, vous étiez là, tout simplement. Et avec vous, l'impression, à laquelle je m'attendais, que tout entre nous était encore à construire. Que vous fussiez l'auteur de dix ou quinze lettres ne changeait rien à votre statut de parfait inconnu. Il fallait partir de zéro. Ces lettres, vous l'avez bien senti, n'étaient d'aucun poids, d'aucune présence, d'aucune réalité. Elles ne changeaient rien à rien. Il n'y avait que vous et moi, sans arrière-pensée, et le fait est que le courant est passé. Vous avez de la chance. J'ai de la chance. Qu'allons-nous faire de tant de chance ?

Vous êtes un objet de fixation érotique pour vos jeunes étudiantes, votre récent séjour au poste de police l'a prouvé. Est-ce pour cela que vous cherchez la difficulté ? Le pain tout cuit ne vous sied pas ? Vous avez été discret sur votre vie sentimentale, mais je vous soupçonne de ne pas la piloter au plus court. Vous aimez faire mousser ce que d'autres boivent d'un trait et sans y penser. Vous trouvez peut-être en moi une possibilité de marivauder qui vous aiguise l'appétit. Eh bien soit, marivaudons tranquillement, mais de grâce ne me demandez rien de plus clair. Il est des choses que la clarté embarrasse. Je voudrais que nous prenions le temps de faire connaissance, indépendamment et en surplus de ces lettres qui viennent un peu comme des oiseaux dans le paysage, toujours détachés du reste.

Sans être clair sur tout, on peut être précis sur certains points. J'aimais bien le choix de l'endroit. J'aimais bien la mallette jaune. J'aimais bien votre façon de fulminer sur la violeuse. Votre chemise sirop de cassis. Votre façon de ne fumer qu'une seule cigarette comme si vous dégustiez une friandise. Je m'attendais sans doute à un plus grand décalage entre votre aisance verbale et votre aisance écrite, car il n'est pas rare que l'une compense l'autre. Mais loin de là, vous n'avez nulle faiblesse à déclarer, s'il faut en croire les apparences. Vous jouez sur toutes les surfaces indifféremment. Ne pourriez-vous m'avouer un tout petit point faible, pour rendre le tableau plus crédible ? Dites-moi que vous ronflez, que vous craignez les chiens, que vous coupez les spaghettis, et je me sentirai plus à l'aise.

Alors, on continue le petit jeu ? Si vous voulez, mais sans scénario imposé. Je vous propose de nous revoir le samedi 14 novembre, au lieu et à l'heure de votre choix, et nous verrons bien où la chance nous mènera. Après tout, c'était drôle, oui, de jouer avec vous, d'anticiper vos mouvements, de vous envoyer au diable, de chercher votre visage parmi les clients de Dame Tartine.

Amusons-nous encore.

Amicalement,

Geneviève

Le vernissage se déroula le mieux du monde. Daphné restait près de l'entrée et surveillait les nouveaux arrivants au cas où Edouard aurait été assez sot pour désobéir. Mais il avait juré de visiter l'exposition un autre jour. Heureusement, il ne s'était pas attardé trop longuement sur les histoires de photos et d'expositions dans lesquelles Daphné se sentait menacée. Il préférait l'interroger sur ses goûts, ses activités, ses amis, enfin, la vie réelle. Il faut dire que Daphné avait un peu tendance à considérer le travail de Geneviève comme une vie dans la lune, si ce n'est une vie pour des prunes, malgré tout le talent qu'elle lui reconnaissait. Pour elle, le plaisir était toujours lié aux relations avec autrui et non embusqué dans des aventures solitaires. Mais elle n'en respectait pas moins Geneviève, qui semblait vivre de réelles émotions dans ses envolées photographiques.

Pendant le vernissage, Geneviève fut, comme à son habitude, entourée d'une cour de commentateurs zélés que Jean-Luc regardait d'un œil goguenard. Jean-Luc ne se comportait jamais en public d'une façon qui marquât clairement sa relation avec Geneviève car il trouvait le procédé vulgaire. Si quelqu'un devait repousser un témoignage d'admiration trop empressé, c'était Geneviève elle-même, en fonction de sa propre évaluation de la situation. Pas question pour lui de veiller au grain comme un mâle épais. Il ambitionnait surtout l'amour en toute liberté, les retrouvailles ayant chaque soir valeur de déclaration et d'engagement pour les prochaines vingt-quatre heures. Si Geneviève lui avait dit, à la fin du vernissage, qu'elle partait avec untel, il aurait dit bon, si c'est ce que tu veux.

Les hommes groupés autour de Geneviève rivalisaient d'esprit pour commenter ce qu'ils appelaient son « œuvre ». L'un y voyait un poème symphonique, l'autre un séisme artistique, le troisième une mise en transe du quotidien subtil. Geneviève s'étonnait toujours qu'avec des idées à la portée de chacun il y eût moyen d'épater tout le monde. Elle s'était contentée de photographier des gens dans la rue et cela semblait du dernier exotique. On lui posait sans cesse la question de la mise en scène, mais non, non, il n'y en avait pas. Peut-être que la prochaine fois elle y penserait. Pendant qu'elle écoutait à moitié ce qu'on inventait à propos de ses photos, elle remarqua un homme qu'elle aurait pu soupçonner d'être Edouard si elle n'avait pas pris ses précautions. Il ne parlait à personne et regardait les photos — déjà un trait original —, et puis il avait une allure légèrement ténébreuse qui lui plaisait. Ensuite, elle le perdit de vue et ne le retrouva plus. Le seul qui l'intriguait, évidemment, ne lui avait pas adressé la parole.

Après cette soirée, Geneviève se sentit un peu vide et désœuvrée, comme toujours quand un travail atteint son terme. Pour la suite, elle avait bien quelques idées en tête, mais aucune n'était encore arrivée à maturité. De toute façon, il ne faut pas se précipiter. Plutôt que de chercher à tout prix l'idée du siècle, il valait mieux attendre que celle-ci s'imposât d'elle-même, et dans l'intervalle, elle en profiterait pour pratiquer le dessin, qu'Edouard lui avait permis de redécouvrir.

Elle annonça à Jean-Luc qu'elle allait avoir besoin de lui en tant que modèle. Ils avaient déjà tâté de ce genre de plaisir trois ans plus tôt, quand elle prenait des cours aux Beaux-Arts. Elle se souvenait de quelques séances très excitantes qui s'étaient terminées par l'abandon du crayon. Et puis, sans qu'on sût pourquoi, le jeu avait disparu, comme d'autres fantaisies qui ne fleurissent qu'à la faveur des premiers feux de l'amour. Pourquoi en arrive-t-on si facilement à renoncer aux étincelles ? Ne serait-ce pas simplement par paresse ? Quand l'autre semble acquis, on ne paie plus de sa personne, car on trouve moins fatigant, finalement, de ronronner au coin du feu. Mais ce qu'on perd, à force d'être heureux sans effort, c'est le vif-argent du désir en marche. Aujourd'hui que Geneviève demandait à Jean-Luc de bien vouloir poser pour elle, il s'étonnait :

— Tiens, tu te remets au dessin ?

Elle affirma :

— Oui, j'ai brusquement la main qui me démange.

Il se déshabilla avec un petit sourire ravi, et immédiatement l'atmosphère se chargea d'une électricité qui leur piquait la peau à tous les deux. Elle s'appliquait, tâtonnait, recommençait ; il la regardait d'un air amusé, et le cours de la soirée en serait transformé. Nul doute que, d'ici une heure, ils allaient faire l'amour comme à leur grande époque. Cet Edouard, tout de même, jusqu'où allait son influence !

Paris, le 7 novembre

Chère Geneviève,

À la bonne heure, vous n'en êtes pas morte. Mieux même, vous en redemandez. Vous auriez dû vous fier tout de suite à mon flair. Nous sommes faits pour nous entendre, d'une manière ou d'une autre (si cette précision dans le sens du flou peut vous rassurer). Oui, du flou, vous en aurez tant que vous voudrez. Pour une photographe, il s'agit sans doute d'une sorte de récréation. Allons-y, ce n'est pas le flou qui me fait peur, je suis déjà complètement flou de vous.

Que vous étiez fraîche et rose dans votre petit ensemble en coton. Je vous aurais croquée toute crue. Mais non, ne vous raidissez pas tout de suite, on peut être flou et enthousiaste, le scénario n'est pas fixé pour autant, il ne s'agit que d'un cri d'euphorie pure, comme en poussent les cow-boys, Yeeeeee-haaaaa, juste une façon d'annoncer la belle énergie disponible pour l'aventure qui commence. Je reprends donc sans vergogne : vous étiez à croquer, y compris dans vos fous rires adolescents et vos réserves soudaines. Cette petite fossette est absolument délicieuse, et vos yeux noisette, tout un programme. Je sens que vous rougissez et c'est tant mieux car je sens que j'adore vous faire rougir.

Alors, un vrai départ de zéro, ce rendez-vous ? Oui et non. Il est un fait que nos échanges épistolaires n'interviennent guère au moment de bavarder, et heureusement, car si c'était pour redire la même chose, à quoi bon. Mais êtes-vous sûre qu'ils n'étaient d'aucun poids ? Dans votre état d'esprit et le mien, au moment d'aborder cette rencontre, il y avait certainement un état de sédimentation compliquée, un substrat soigneusement structuré, une prédisposition, que vous le vouliez ou non. Je vous ai trouvée charmante, c'est un fait d'autant plus avéré que j'y étais tout disposé. Je crois que nous avons, par ces préliminaires écrits, économisé une phase d'approche un peu fastidieuse, pour ne pas dire routinière. Quelques doutes essentiels étaient déjà levés. Mais pour le reste, oui, sans doute, c'est une tout autre histoire qui se joue sur une tout autre scène. Qu'importe, l'homme est un dispositif multitâches, et je pense que nous arriverons à mener ces deux relations de front, l'une en demi-teintes prudentes et l'autre toute en audaces de langage (avec possibilité d'inversion dès que vous le souhaitez).

Non, nous n'avons pas parlé de sexe, et pourtant que n'a pas fait gronder en moi votre avant-dernière lettre. Celle que j'ai trouvée dans l'oreiller en m'effondrant sur le lit après mon incarcération absurde. Dans ma précipitation à cueillir au vol votre proposition de rendez-vous, je n'ai pas eu le temps de vous livrer mes commentaires (et dans l'émotion dudit rendez-vous, je n'ai pas osé aborder ce terrain sulfureux). Mais sachez que vous m'avez troublé délicieusement, et que, dans les circonstances désolantes dont je sortais à peine, j'ai puisé matière à me réconcilier avec l'amour. Sur vos fantasmes, vous avez une façon de vous taire qui est tout simplement torride. Comme en photo, vous appâtez plus en suggérant que d'autres en exhibant. Vous seriez même subtilement perverse que cela ne m'étonnerait pas. Quand je dis « subtilement », c'est pour inclure la possibilité que ce soit à votre insu — et préserver ainsi votre sincérité. Et puis, « pervers » est un compliment lorsqu'il s'agit de duplicité partagée. J'indique par là une situation dans laquelle les choses ne sont pas exactement ce qu'elles ont l'air d'être, sans qu'on veuille se résoudre à les éclaircir. Si vous voyez ce que je veux dire. De toute façon, je n'en dirai pas plus.

Pour mes délires adolescents, je vous avouerai un fantasme qui n'était pas plus modeste que le vôtre, mais curieusement symétrique. Je rêvais de posséder non pas toutes les femmes de la terre mais une seule, à ceci près que je la posséderais sous toutes les personnalités imaginables. Je serais un jour aventurier, un jour homme d'affaires, un jour sportif, un jour détective, mais bien sûr en camouflant mon identité véritable au fil des métamorphoses, de manière à séduire la belle chaque jour à nouveau et ce sur des arguments différents. La déception de la voir trahir ma personnalité de la veille serait rachetée par le bonheur de la voir succomber à ma personnalité présente, encore plus convaincante et digne d'amour, jusqu'à ce qu'elle me rencontre le lendemain sous un autre jour. De cette façon, je comptais parvenir à la combler entièrement et lui offrir toutes les facettes qu'un seul homme ne pourrait jamais cumuler. Et cela à son insu, pour magnifier chaque fois la conquête.

J'ai l'impression que nous aimons manigancer tous les deux, tirer des ficelles que nul ne voit, manipuler autrui peut-être, et néanmoins entretenir avec lui une conversation limpide en toute sincérité. Que de perspectives bariolées cela nous offre ! Je m'en pourlèche les babines.

Savez-vous comment j'ai su que vous portiez des bas ? Non, votre jupe n'est pas remontée exagérément.

Non, vous n'avez pas remis vos bas en place sans vous en apercevoir. Mais vous aviez une façon d'être un peu coquine qui n'appartient qu'aux femmes qui sentent à tout instant contre leur peau le rappel de la sensualité — je ne parle pas des sous-vêtements qui se font vite oublier, mais des bas qui laissent le haut des cuisses dans un émoi permanent. Me trompé-je ?

Je n'ai pas eu besoin de toucher votre corps pour en cueillir les messages. Mais restons dans le flou. Flou comme votre regard, de temps en temps, quand il s'agissait de parler de vous. Flou comme votre geste de prendre un sucre pour le café et de vous raviser au dernier moment. Comme votre bise furtive en nous quittant. Et cette façon de vous enfuir telle Cendrillon qui sort du bal.

Je compte bien vous attraper encore, chère Geneviève, et même vous effaroucher un peu, si vous me le permettez. Le samedi 14 novembre à 9 heures, nous prendrons ensemble le petit déjeuner dans le café du hall de la gare du Nord. Cela vous rappellera notre voyage à Ceylan. Cette fois non plus, je ne vous dis pas où nous allons. Prévoyez la journée. Pas besoin de pique-nique mais une paire de chaussures confortables sera utile. Et un bouclier, peut-être, pour repousser mes assauts.

Votre multiple,
Edouard

Daphné fut très touchée par cette lettre. Elle s'était rendue chez Dame Tartine pleine d'appréhension sur sa capacité à affronter un séducteur de la trempe d'Edouard, or il semblait que l'animal ne fût pas déçu. Elle s'était donc montrée à la hauteur de ses attentes, vous voyez le sujet de fierté. L'évocation de Cendrillon la fit tressaillir, car c'était exactement ce qu'elle avait ressenti sur le coup. Elle avait, le temps d'une soirée, joué un rôle princier qui ne lui appartenait pas. Sur le crédit de Geneviève, elle avait savouré la compagnie du prince charmant, et au moment de le quitter elle comprenait durement qu'elle allait redevenir Daphné toute seule dans son appartement en train de se demander ce qu'elle venait de vivre au juste. La déception l'avait submergée. Elle avait tendu la joue et puis s'était détournée précipitamment pour ne pas laisser voir son trouble.

La lettre d'Edouard, à présent, lui donnait à réfléchir. L'enthousiasme qu'il démontrait à grands cris ne pouvait plus revenir entièrement à Geneviève. Ces détails physiques, ces attitudes qui l'avaient charmé n'étaient en rien ceux de son amie. C'était elle, Daphné, du haut de sa petite personne, qui avait réussi à impressionner le jeune homme. Qu'elle eût ou non endossé l'identité d'une autre (la robe de bal), c'était bien elle qu'Edouard avait appréciée. Alors pourquoi s'inquiéter ? Elle remettrait le nom de Geneviève sur son front, la robe qui ouvre la porte, et elle continuerait à tricoter son petit bonhomme de chemin avec Edouard. À la fin, il s'en ficherait qu'elle s'appelle Geneviève, Daphné ou Cunégonde. Pas vrai ?

Geneviève était à la fois heureuse et surprise. Edouard semblait ne se douter de rien. Daphné marchait à fond. Ces deux-là n'avaient presque plus besoin d'elle. Ils couraient tout seuls vers la lumière. Encore une ou deux lettres, et Daphné pourrait prendre ses responsabilités, en espérant que l'autre ne s'en montrerait pas courroucé. Mais n'avait-il pas deviné lui-même que Geneviève aimait les manigances ? Il allait être servi, un point c'est tout. De son côté, elle se sentait assez légère. Elle était heureuse de pouvoir se nourrir du désir d'Edouard sans que cela impliquât une liaison fatigante et impossible à organiser en pratique. Son attachement s'ancrait chez Jean-Luc, et l'aimable badinage avec Edouard était un adjuvant, un petit kit de musculation pour son ardeur amoureuse. Tout ce que celui-ci lui insufflait, elle le recyclait dans son amour pour Jean-Luc, l'arrangement était parfait.

Il régnait maintenant entre eux une harmonie qui avait peut-être toujours existé mais dont elle s'avisait seulement de ressentir l'intensité et la douceur. Former un couple par désir et non par habitude était un don du ciel qu'elle n'avait pas assez mesuré. Une aubaine à déguster à petites gorgées. Edouard lui apprenait à s'émerveiller de ce qu'elle possédait. Certains soirs, elle se pelotonnait contre Jean-Luc en se disant qu'elle profitait d'un cadeau d'Edouard. Jean-Luc, s'il ressentait cette attention redoublée pour sa personne, ne posait pas de questions mais savait répondre dans le même ton par une sorte de célébration tacite du plaisir d'être ensemble. Il caressait les cheveux de Geneviève d'une manière si délicate qu'elle se sentait statue de sable de Patricio Lagos. Pendant ces moments délicieux, elle éprouvait une inexplicable complicité avec

Edouard. Bien que tournée vers un autre que lui, elle profitait de ses leçons et appliquait ses principes à la lettre : cultiver l'amour avec inspiration et minutie, fignoler sa joie comme une tapisserie d'art.

Cependant, elle ne pouvait se défaire d'une certaine curiosité. Une curiosité enfantine. Edouard lui avait laissé imaginer tant de pistes qu'elle brûlait d'envie de l'apercevoir, ne fût-ce qu'un bref instant, pour se fixer les idées. Si sa relation avec Daphné se confirmait et si le malentendu se dissipait sans esclandre, elle serait sûrement amenée à le rencontrer un jour, mais dans un avenir tellement indéterminé que ce n'était pas un projet, plutôt une éventualité. Non, c'était trop vague, elle avait en tête une idée bien plus précise qui la taraudait. Puisqu'elle connaissait le lieu et l'heure du prochain rendez-vous, puisqu'il s'agissait d'un lieu de grand passage, il lui serait parfaitement possible de venir espionner les tourtereaux sans se faire remarquer. Sans même prévenir Daphné — pour ne pas la rendre nerveuse —, elle pourrait se poster par exemple sur la mezzanine qui domine le hall de la gare et bénéficier d'une vue plongeante sur le petit café où Edouard et Daphné devaient se retrouver. Elle pourrait même, oui, pourquoi pas, prendre son appareil photo et les saisir à leur insu. Elle pourrait jouer les détectives privés. Les suivre, prendre le même train, espionner leur escapade et en grappiller quelques images. Quel cadeau plus merveilleux pourrait-elle leur offrir, au moment de la grande explication, que l'album photo de leurs premières émotions ? Les tout débuts de l'amour forment toujours les souvenirs les plus émouvants, où l'on se revoit fragile et balbutiant comme les premières feuilles du printemps. Cette innocence bouleverse le cœur, lorsque l'on y repense trois ou dix ans plus tard. Se pouvait-il vraiment que l'on ignorât autant l'histoire à venir ? Petite idylle de trois jours, liaison orageuse ou grand amour limpide, qu'est-ce qui les attend, ils ne le savent pas, les amants qui se découvrent, ils avancent dans le noir, ils espèrent et ils pagaient, pleins de courage.

Geneviève pensait souvent avec attendrissement à sa rencontre avec Jean-Luc. Aux premiers mots qu'ils avaient échangés, en parfaits étrangers. « Vous connaissez le système ? » avait demandé Geneviève en se débattant avec la clé du coffre-vestiaire (elle venait dans ce centre sportif pour la première fois). L'homme avenant à qui elle s'adressait lui avait montré comment dégager le mécanisme et ils s'étaient séparés sur un sourire. Elle ne l'avait pas revu ce jour-là. L'histoire aurait pu ne jamais se poursuivre. Mais quelque chose l'avait poussée à revenir, la semaine suivante, même jour même heure. La première personne qu'elle croisa à l'entrée fut cet homme-là, qu'elle trouvait déjà terriblement séduisant. Elle lui demanda — assez platement et le regrettant déjà — s'il venait ici chaque semaine. Il répondit non, avec un sourire fondant qui en disait long. Plus tard, il lui avouerait qu'il l'attendait. Le souvenir qui hantait le plus Geneviève, c'était ce tout premier contact, quand ils s'étaient croisés devant les vestiaires. Elle aurait donné vraiment beaucoup pour revoir la scène. Quelques paroles, un regard, un sourire, trois fois rien, mais ce frêle prélude donnerait naissance à une montagne. Tout était déjà possible, l'enlacement des corps, la vie partagée, les vacances en Toscane, le bonheur joufflu, et ils ne le savaient pas encore. Ils s'effleuraient prudemment, juste pour voir. La semaine suivante, ils avaient passé une heure au café, en bavardages, coups de sonde, curiosité retenue, ébauches de portraits, échange de numéros de téléphone. Si un photographe clandestin lui offrait aujourd'hui un cliché de ces moments fondateurs, elle le couvrirait de fleurs, non parce qu'il s'agissait d'une photo d'eux, mais parce qu'il s'agissait d'une photo d'eux « avant ». Avant de savoir que c'était si important. Avant de s'engager dans la fabrication d'une vie de couple. Une photo suspendue à la source ténue de ce qui maintenant prenait toute la place.

Ce cadeau inestimable, elle était en mesure de l'offrir à Daphné et Edouard qui se trouvaient peut-être, eux aussi, au bord d'un grand amour. Dans le cas d'Edouard, l'innocence de ces premiers moments prenait un tour très particulier. Non seulement il ne savait pas quelle histoire l'attendait, mais il ignorait à quelle femme il parlait. Raison de plus pour immortaliser ce moment. Évidemment, cela devenait de plus en plus tordu de se mettre à manœuvrer à l'insu de Daphné, mais Geneviève ne doutait pas de travailler pour la bonne cause.

Le samedi 14 novembre à 8 h 45, Geneviève, équipée d'un chapeau et de lunettes, se trouvait postée en retrait sur la mezzanine de la gare du Nord. Elle avait décidé de ne pas s'avancer avant 9 h 10, pour être tout à fait sûre que Daphné fût arrivée, lui permettant une identification instantanée. Tant qu'Edouard serait seul, il risquait de lancer des regards à la ronde et de remarquer une femme qui scrutait la petite terrasse. En attendant, elle testait la mise au point de son zoom sur de fausses cibles, remarquant dans ses mains une nervosité inhabituelle. C'était tellement bizarre de venir espionner sa meilleure amie !

À 9 h 10, elle se dirigea prudemment vers la rambarde et embrassa d'un seul coup d'œil toute l'animation du café. Daphné venait précisément d'arriver (toujours en retard, sapristi). Elle tendait la joue à un homme qui tournait le dos à Geneviève, et celle-ci se recula prestement pour que Daphné ne l'aperçoive pas en levant les yeux. Elle se déplaça de quelques mètres le long de la mezzanine afin d'atteindre un endroit d'où elle verrait plus facilement le couple, en oblique. Elle s'approcha de nouveau et les repéra tous les deux, assis à l'une des petites tables et bavardant avec animation. C'est alors qu'elle faillit s'évanouir de surprise. Le jeune homme en face de Daphné, elle n'avait pas la berlue, elle le connaissait, c'était l'employé du musée Rodin. Ce jeune homme sympathique qui lui avait remis l'une des missives d'Edouard. C'était bien lui. Horrifiée, elle prit conscience qu'elle avait cru pouvoir lui soutirer des renseignements sur Edouard et répondre à sa curiosité, acceptant même ses conseils, alors qu'Edouard, mille sacrés nondidju de poil à raclette, c'était lui ! Quel toupet ! Il l'avait magistralement piégée, et d'une façon si naturelle qu'elle ne s'était méfiée à aucun moment. Il avait dû bien s'amuser ! Et maintenant, le pompon de l'affaire : après l'avoir bernée de la plus belle manière, il se trouvait en face d'une femme qui se faisait passer pour elle et il poussait le vice jusqu'à marcher dans la supercherie. Il bavardait tranquillement avec Daphné comme si de rien n'était. C'était incroyable. Débile. Dément.

Geneviève s'était assise sur une banquette pour digérer le coup. Quel culot ! Ah, le manipulateur ! Ah, le tordu ! Il l'avait bien eue ! Et qu'envisageait-il maintenant ? Continuer à faire mine de marcher dans leur combine ? Ça n'avait aucun sens. Daphné était en train de se donner du mal pour des prunes. Que faire ? Débouler à leur table et leur dire de cesser cette comédie, au risque de jeter un de ces froids ?... Faire de grands signes à Daphné ? Lui envoyer un petit mot par personne interposée ? Geneviève tournait et retournait tous les scénarios dans sa tête sans parvenir à trouver une solution élégante. En tout cas, son idée de reportage-surprise était loin. Si elle l'avait menée à bien, elle aurait immortalisé la méprise de Daphné et non celle d'Edouard. Nom d'une pipe. Quel imbroglio.

Incapable de se décider sur la tactique à adopter, Geneviève se rapprocha de la rambarde pour jeter un nouveau coup d'œil en bas. À la table où elle avait vu cinq minutes plus tôt Edouard et Daphné se trouvaient maintenant deux hommes d'affaires encravatés. Partis, déjà ? Ils n'avaient sûrement pas eu le temps de prendre le petit déjeuner. Elle regarda de tous côtés mais ne les trouva pas. Plus question de les suivre ni d'entreprendre quoi que ce fût. Elle était tellement stupéfaite qu'elle les avait perdus. Piètre détective. Il n'y avait plus qu'à attendre le rapport de Daphné, sans doute pas avant le lendemain matin. Mon Dieu, jusqu'où allait-il la mener en bateau ? Quand elle pensait qu'elle s'était affolée à cause d'un vernissage où il aurait pu la piéger, alors que la capture était déjà faite ! Bon sang !

Geneviève soupira, enleva ses lunettes et son chapeau et alla s'asseoir dans un café en dehors de la gare. Quel pouvait bien être le dessein d'Edouard ? Comment avait-il pu prendre place à l'entrée du musée Rodin s'il était prof de psycho ? Était-il vraiment prof ? Elle avait bien trouvé son nom dans un programme de fac, mais peut-être avait-il usurpé l'identité de quelqu'un d'autre. À quoi pouvait-on se fier ? Y avait-il une seule once de réalité dans ce personnage ? N'était-il pas un mythomane ? Pourquoi continuait-il à lui écrire benoîtement alors qu'il savait fort bien qu'il avait affaire à deux femmes différentes ? Était-il encore bien plus pervers qu'il ne le laissait entendre ? Voulait-il la mettre à l'épreuve ? Mener Daphné en bateau pour punir Geneviève d'avoir disposé d'une autre ? Ce serait le plus terrible. Elle ne se le pardonnerait pas. Comment mettre le holà à cette situation folle ?

Le lendemain matin, n'y tenant plus, Geneviève appela Daphné à neuf heures. Celle-ci dormait encore, et Geneviève ne lui laissa pas le temps de protester.

— Daphné, c'est très grave. Edouard s'est foutu de nous sur toute la ligne. Il sait très bien que tu n'es pas moi.

— Quoi, qu'est-ce que tu racontes ?

— Je l'ai reconnu. C'est le gars avec qui j'ai parlé au musée Rodin.

— Reconnu ? Comment, reconnu ? Tu ne l'as jamais vu.

— Si, je suis venue vous espionner hier matin à la gare. Je suis certaine que c'est lui.

— Tu es venue à la gare, mais pourquoi ?

— Juste pour voir sa tête. J'étais cachée sur la mezzanine quand tu es arrivée. Je te dis que c'est lui.

— Mais enfin, ce n'est pas possible. On a passé toute la journée à Bruxelles. Il a été merveilleux.

— Et il n'a jamais mis en doute que tu sois moi ?
— Non, pas du tout.
— Je ne comprends pas pourquoi il joue ce jeu-là. Il faut absolument qu'on se voie. Je viens chez toi.
— Et ma grasse matinée ?
— Une autre fois.

Edouard avait apporté des pains au chocolat et des croissants. Après un rapide café au bar de la gare, ils avaient pris le petit déjeuner dans le train. Ils avaient visité Bruxelles sous un ciel d'automne presque clément. Ils étaient restés assis une heure sur la Grand-Place à regarder les gens, avaient visité les vieux quartiers, quelques églises, avaient fait un saut en banlieue pour voir le lion de Waterloo avant de dîner dans un restaurant familial du quartier des Marolles. La journée avait été parfaite en tous points. Ils étaient rentrés par le dernier train et Daphné avait appuyé sa tête sur l'épaule d'Edouard, qui avait répondu en inclinant la sienne. Puis ils s'étaient séparés en évitant les questions, la bise sur la joue venant simplement un peu plus près de la bouche que la première fois. Daphné s'était à nouveau éloignée rapidement pour s'engouffrer dans un taxi en lançant : « Je vous écris. »

Elle était décidée maintenant à tirer cette histoire au clair pour pouvoir enfin se sentir franche avec Edouard. Elle se croyait suffisamment introduite dans son cœur pour risquer de passer aux aveux. Mais s'il s'avérait qu'Edouard savait déjà qu'elle n'était pas Geneviève, alors elle ne comprenait plus rien. Est-ce qu'il était fourbe ? Se moquait-il d'elle ? Elle ne pouvait y croire. Il devait y avoir une explication, et il était grand temps de la connaître. Si Geneviève n'écrivait pas, elle écrirait elle-même.

Geneviève tâcha de la calmer. Elle avait tout autant envie de clarifier la situation, mais deux options se présentaient. Soit passer aux aveux comme s'ils étaient spontanés et voir la réaction d'Edouard, soit passer aux aveux pour lui montrer qu'on l'avait démasqué et voir aussi sa réaction. Difficile de choisir.

Récapitulons. Edouard écrit pendant des mois à une femme qu'il ne connaît pas, simplement parce qu'il est « séduit » par son travail. Elle refuse de le voir. Un jour, il s'arrange pour l'amener au musée Rodin, se trouver à l'accueil, et bavarder avec elle, qui n'y voit que du feu. Plus tard, pour éviter d'être piégée à cause d'un vernissage, elle lui propose un rendez-vous auquel elle envoie une amie qui se fait passer pour elle. Edouard rencontre l'amie sans sourciller, la courtise et continue à écrire en formulant mille compliments. De qui se moque-t-il ? De Geneviève, de Daphné, ou des deux ? Qui drague-t-il exactement en ce moment ?

L'idée de lui faire savoir qu'elles savaient qu'il savait était sans doute la plus radicale, mais ne semblait pas très séduisante à Geneviève. Elles auraient un bien meilleur indicateur sur les intentions d'Edouard si elles se bornaient à avouer leur petit manège spontanément, dans le simple souci de libérer Daphné de son rôle de composition. Si, à ce moment Edouard feignait de tomber des nues, elles pourraient légitimement lui suspecter un fond assez tordu et malhonnête. Il ne serait plus question de se fier à un entortilleur pareil.

Daphné hésitait. Pour elle, il était tout aussi malhonnête de leur part de feindre qu'elles ne savaient pas qu'il savait, et donc ça ne prouvait rien.

— Imagine qu'il sache déjà que nous savons qu'il sait (parce qu'il t'a aperçue à la gare ou pour n'importe quelle raison que nous ignorons). Il est tout autant en droit de se demander pourquoi nous continuons à jouer la comédie. Et si chacun continue à croire que l'autre est malhonnête, sans dire tout ce qu'il sait lui-même, on peut continuer longtemps à s'observer sans que rien ne bouge.

— Ne t'inquiète pas, ça va bouger de toute façon puisqu'on va tomber le masque. Reste à savoir comment. Je veux savoir s'il va tomber le sien ou s'il va jouer les victimes innocentes. Laisse-moi rédiger la lettre et tu me diras ce que tu en penses.

Le lendemain matin, Geneviève se rendit à la galerie pour prendre des nouvelles de son expo. Quand elle entra, un homme examinait les photos. Elle le reconnut rapidement. Il s'agissait du visiteur silencieux qui l'avait intriguée lors du vernissage. Elle ne l'avait vu qu'un bref instant mais elle avait retenu son visage. Il la regarda avec insistance, mais sans mot dire. C'est elle qui ouvrit le feu.

— Il me semble vous avoir aperçu au vernissage ?
— En effet.
— Vous n'aviez pas tout vu ?
— Les conditions n'étaient pas idéales.
— Faites à votre aise.
— Pardonnez-moi, je veux dire pas idéales pour parler.

Geneviève pencha la tête, dans l'expectative. Il était à la fois très sûr de lui et retenu. Une présence magnétique. Il la regardait toujours fixement.

— Vous êtes monsieur ?
— Griset. Antoine Griset. Professeur d'histoire de l'art. J'aime les gens qui ont des idées.

— Je dois me sentir concernée ?
Il attendit un moment avant de répondre :
— Qu'en pensez-vous ?
— Je ne me pose pas la question. Ce serait mauvais signe.

Geneviève n'aimait pas trop les gens qui répondent aux questions par des questions. On dirait toujours qu'ils essaient de vous déséquilibrer en vous repoussant dans les mains le relais que vous leur tendez. Ce procédé l'agaçait très vite.

— Et vous souhaitiez me parler ?
— C'est-à-dire... si vous n'y voyez pas d'inconvénient. Je passais à tout hasard.
— Moi aussi.
— Je peux vous offrir un verre ?
— Une demi-heure, si vous voulez.

Geneviève n'aimait pas non plus les hommes qui avancent leurs pions sans se soucier de savoir s'ils sont les bienvenus. Mais celui-ci, en même temps, l'attirait. Il paraissait au-dessus de la mêlée, et cela rendait un peu caducs les réflexes de protection. Elle alla donc boire un verre avec Antoine Griset. Il ne fit pas l'ombre d'une courbette. Il lui parlait comme s'il était convenu que le respect mutuel s'imposait sans qu'il fallût l'exprimer. Il ne lui fit pas un seul compliment, mais son air de la prendre au sérieux semblait devoir suffire. Il parlait sans se projeter en avant, sans lancer de filets, sans exhiber de désirs, de regrets, de questions, il parlait comme s'il était dans un fauteuil.

Antoine Griset enseignait l'histoire de l'art à l'Académie, à de futurs peintres, sculpteurs et autres auteurs « d'installations ». Il s'émerveillait de voir qu'à toute époque l'on trouvait des contingents de jeunes gens prêts à se consacrer à la carrière la plus magnifiquement vaine qui fût. Il leur parlait de Leonard de Vinci, de Pollock ou des grottes de Lascaux, et c'était une seule communion entre toutes ces îles qui constituent, pardelà les siècles, le grand archipel des artistes. Lui qui avait passé sa vie à étudier la production artistique du monde entier trouvait chaque année des motifs de stupéfaction dans l'expression particulièrement originale ou vigoureuse de quelques étudiants de dix-huit ou dix-neuf ans. La photographie ne faisait pas partie de ses « attributions » officielles, mais il aimait y trouver des échos et des contrepoints par rapport à l'approche picturale. C'est pourquoi il rôdait régulièrement dans les galeries.

Cet homme donnait à Geneviève une impression très simple et très précise, une impression incontestable et dont elle n'aurait jamais pensé qu'elle pût se formuler : l'impression d'être là où il était. C'était la première fois, en regardant cet homme, qu'elle réalisait à quel point tout le monde s'éparpille, se répand, se projette, se précipite. Lui, il était là. Entièrement là. Or elle savait que l'assurance d'un homme, son assise naturelle, exerçait sur elle un attrait immédiat. Les hommes-toupies l'agaçaient, mais les hommes-pyramides la fascinaient. Elle en conclut qu'elle était en danger, et qu'il valait mieux ne pas chercher à en savoir davantage. Elle venait d'éviter un récif nommé Edouard, ce n'était pas pour se fracasser sur Antoine.

Si sa relation avec Jean-Luc la comblait, cela n'excluait pas qu'il pût exister sur terre des hommes avec qui l'entente aurait été aussi bonne, voire meilleure. Simplement, on ne peut pas se permettre de les tester systématiquement. Un jour, il faut dire : J'ai décidé, c'est avec lui que je veux construire. Sans quoi l'on n'accumulerait jamais que des fondations à gauche à droite, sans se donner la possibilité de voir un jour le toit, la fenêtre, la véranda. Alors cet Antoine, il allait rester là où il était, il arrivait trop tard, assis dans son fauteuil ou pas.

Elle s'en tint strictement à la demi-heure annoncée, qui fut excellente, mais qui s'arrêta là. Elle ne croyait pas aux amitiés qui se retiennent de basculer. Il valait mieux ne pas tenter le diable. Antoine Griset, pour sa part, se montra des plus corrects et pas collant pour un sou. Il la remercia d'un sourire calme et disparut.

XI

Paris, le 16 novembre

Cher Edouard,

Cette lettre n'est pas une lettre comme les autres. C'est un passage aux aveux. Je suis coupable d'un forfait de taille et j'espère arriver à m'en expliquer. Cette journée à Bruxelles était si délicieuse que je ne peux pas vous laisser mijoter plus longtemps dans une erreur colossale. Enfin bref, venons-en au fait. La jeune femme que vous avez rencontrée par deux fois s'appelle Daphné. Je l'ai envoyée en ambassadrice, non pour qu'elle vous ausculte à ma place et pour mon compte, mais pour que vous puissiez la rencontrer, la connaître et, qui sait, l'aimer.

Je vous ai dit que je n'étais pas disponible. À quoi bon risquer les embrouilles ? J'ai préféré vous aiguiller en douceur vers une autre piste. Le procédé peut vous paraître odieux, mais je prie le dieu de l'Amour que vous soyez déjà séduit au point de me pardonner. L'entourloupe devient bénigne dès lors qu'un bonheur est en route. Tel fut en tout cas mon calcul, et vous n'avez pas donné l'impression de vous sentir lésé jusqu'ici.

C'est pourquoi j'estime venu le moment de tomber le masque, car l'idée n'était pas de vous leurrer le plus longtemps possible, mais de donner une cible à vos ardeurs, une cible libre et consentante. Vous pouvez claquer la porte, courroucé, ou accueillir ma meilleure amie dans vos plans d'existence. Vous pouvez aussi reprendre votre poursuite acharnée vers la cible initiale, celle qui ne veut pas de vous. Que choisirez-vous ? Daphné, j'espère.

Loin de moi l'idée que je n'aurais pas pu vous aimer. L'on ne peut rien dire de ce que l'on ignore, et mon propos n'est pas ici de vous juger indigne, inapte ou ridicule. Mon refus se situe en amont, avant même de me forger une opinion sur vous : vous arrivez trop tard, et je ne suis pas demandeuse. Si vous le voulez dur comme fer, nous pourrons éventuellement poursuivre une correspondance légère basée peu ou prou sur nos vies amoureuses respectives, mais sans jamais menacer celles-ci. Disserter entre nous sur les finesses de l'amour pourrait, pourquoi pas, nous conduire à mieux vivre par ailleurs, en pleine conscience et fier désir. Et ainsi, vous ne seriez pas totalement frustré de Geneviève. Mais la supercherie ne pouvait plus durer. Il faut permettre à Daphné d'exister.

Je ne vous donnerai pas le détail de ses impressions au sujet du voyage à Bruxelles, car c'est maintenant à elle de prendre en main son destin, mais indiscutablement vous avez marqué des points. Alors, battez le fer tant qu'il est chaud, Edouard, écrivez-lui pour fixer le prochain rendez-vous (Daphné Blandin, 12, rue Elzévir, boîte 20, 75003 Paris). Au fond, vous pourriez sans vergogne démarrer une correspondance avec elle, renvoyer vos arguments contre une nouvelle raquette.

Quoique non, bien sûr, il vous faudra plutôt forger des arguments neufs car le cas de figure est cette fois tout différent. De Daphné vous connaissez déjà l'enveloppe, les gestes, la voix, les attitudes. Voilà un bien meilleur point de départ pour emballer votre imagination fertile. Vous pourrez dériver sur votre radeau épistolaire bien plus effrontément qu'avec moi. Si vous deviez écrire, dès aujourd'hui, avec le peu que vous savez d'elle, vous en auriez déjà pour deux ou trois ans de réserves, si j'en juge d'après ce que vous a inspiré une simple exposition de mon travail.

Mais, finalement, laissez là votre plume, c'est dans l'action que le désir doit s'exprimer. Peut-être faudrait-il garder la littérature pour le moment où nous ne pourrons plus rien vivre.

Si vous aviez été immergé dès l'abord dans un amour réel, chaud et vivant, vous n'auriez pas pris la peine de vous coucher de longues heures sur le papier. Celle qui vous aurait rendu fou, vous l'auriez plus volontiers couverte de baisers que d'adjectifs.

Allez, Edouard, il est temps de vivre cet amour qui gronde en vous, et tout compte fait vous n'avez pas eu tort de vous adresser à moi, car j'avais effectivement une solution pour vous.

Peut-être serons-nous amis un de ces jours, avec en toile de fond l'étrange complicité d'avoir collaboré à un projet inattendu mais clair à la fin. C'est tout ce que je souhaite, pour vous, pour moi et pour Daphné.

Amicalement,

Geneviève

Paris, le 18 novembre

Très chère Daphné,

Je viens d'apprendre que vous n'êtes pas Geneviève. Voilà qui tombe à merveille car je ne suis pas Edouard.

Je suis son meilleur ami, délégué par lui pour vous tenir compagnie lors de ces deux rendez-vous.

Quelle coïncidence, direz-vous. Attendez que je vous explique. Toute cette affaire était téléguidée.

Voici comment nous avons procédé. Edouard se doutait bien que Geneviève risquait de ne pas venir elle-même au rendez-vous (le flair, n'est-ce pas, et puis le fait qu'elle ait changé d'avis si brusquement... bref). Il s'est donc arrangé pour parer à toute éventualité. D'abord, il a habilement attiré Geneviève au musée Rodin, où j'exerce une activité professionnelle à mi-temps, afin de s'assurer un moyen d'identifier la belle (et j'en ai profité pour la cuisiner un peu en passant). Ensuite, quand le rendez-vous fut fixé, il a imaginé ce stratagème simple et génial : à l'heure dite, il placerait sa mallette jaune en signe de reconnaissance sur la banquette et nous serions tous deux embusqués à l'arrière du café. Quand la présumée Geneviève se présenterait, j'étais chargé de l'identifier. Si c'était elle, Edouard irait la rejoindre. Si ce n'était pas elle, je m'y collerais (si j'ose dire). Ce ne fut pas elle et je n'ai jamais été aussi heureux de rendre service à un ami. Peu après que je me fus assis en face de vous, Edouard s'est éclipsé sans attirer votre attention, nous laissant seuls pour refaire le monde. Il m'a recommandé de maintenir l'équivoque aussi longtemps que Geneviève maintiendrait la sienne. C'était un peu curieux, mais quelle importance si cela me permettait de vous fréquenter ?

Je suis soulagé, toutefois, que nous puissions abréger la comédie. Laissons, je vous en prie, Edouard et Geneviève régler leurs histoires entre eux et retrouvons-nous samedi à 16 heures chez Dame Tartine. Nous pourrons y savourer notre deuxième première rencontre et échanger nos numéros de téléphone, car ce serait vachement plus pratique que La Poste si vous voulez mon avis.

Ah oui ! j'oubliais, je m'appelle Lionel et vous me plaisez beaucoup.

Daphné tomba à la renverse sur son divan. Alors lui non plus, ce n'était pas lui ? Quelle histoire de fous. Pendant deux jours, elle avait joué à être Geneviève pour quelqu'un qui jouait à être Edouard. Heureusement, il n'avait pas poussé le vice jusqu'à la presser de questions pièges, au contraire, elle comprenait maintenant qu'il avait délibérément évité de la mettre en difficulté. Il attendait l'heure de vérité en devisant d'autre chose, en traçant son petit bonhomme de chemin pour son compte.

Et donc il n'était pas l'auteur des lettres, son fringant chevalier en qui elle avait toute confiance ? Donc, elle ne savait rien de lui. Donc, il fallait tout recommencer. Enfin tout... tout quoi ? Cela changeait-il la donne qu'il ne fût pas Edouard ? Était-elle déçue ? inquiète ?

Elle s'était habituée à l'idée, tout de même, et puis voilà que tout repartait sur de nouvelles bases. Mais au fond, cela simplifiait la situation. Quoi qu'il arrivât désormais, Geneviève ne pourrait pas regretter de lui avoir offert Edouard sur un plateau, puisque le rusé ne s'était pas laissé offrir. Mais, de son côté, n'allait-elle pas regretter l'étonnant séducteur ? Stupide idée. Elle n'avait aucun droit sur Edouard. Lionel était charmant. Un peu moins bon littérateur, mais quoi, elle n'allait pas faire la fine bouche pour une histoire d'erreur sur la personne.

— Allô, j'ai du nouveau.

— Il a écrit ?

— Oui. Enfin non. J'ai reçu une lettre, mais ce n'est pas une lettre d'Edouard.

— De qui alors ?

— De son copain qui travaille au musée Rodin.

— Qu'est-ce que tu racontes ?

— Enfin, Geneviève, c'est pourtant clair. Le mec que j'ai rencontré n'est pas Edouard. C'est son copain. Il a fait exactement comme toi.

— Quoi ? ! Ce n'est pas lui ? Mais enfin, à quoi il joue ? Ce n'est pas possible. Pourquoi est-ce qu'il m'aurait fait marcher avec un copain alors qu'il voulait tellement me rencontrer ?

— Parce qu'il se doutait que tu ne viendrais pas toi-même, et il a pu le vérifier. Quand je suis arrivée au café et que la table était vide, c'est qu'ils étaient au fond tous les deux, attendant de voir si ce serait toi qui viendrais. Son copain était chargé de t'identifier.

— C'est pas vrai, mais c'est pas vrai ! Nous voilà revenues à la case départ.

— Oui, enfin toi. Moi, je peux continuer à voir Lionel.

— Il s'appelle Lionel ?

— Oui, et donc tu le connais déjà. Tu l'avais trouvé comment ?

— Euh... très bien. Oui, très bien. Enfin, pour les cinq minutes où j'ai parlé avec lui. Mais je n'en reviens pas. Je me souviens que quand je lui ai demandé des renseignements sur Edouard, il a dit qu'il n'avait rien remarqué de spécial, juste grand avec des cheveux en bataille, vous savez, avec tout le monde qui passe, et je ne suis pas physionomiste, et patati et patata...

— À mon avis il y avait une raison. Comme il savait qu'il serait peut-être amené à remplacer Edouard, il fallait une description qui convienne pour tous les deux, donc très vague. Lionel aussi est grand, avec les cheveux un peu décoiffés.

— Je vois, tu prends déjà la défense de ton chéri. Et quelle est la suite du programme ?

— Je le vois samedi. Il m'a donné rendez-vous chez Dame Tartine.

— Vous avez l'air bien partis tous les deux.

— On va se gêner peut-être ! Et toi, qu'est-ce que tu comptes faire ?

— Je dois dire que je suis encore sous le choc. Il faut me laisser réfléchir.

— Tu ne veux toujours pas le rencontrer ?

— Euh... non. Pourquoi est-ce que je changerais d'avis ?

— Je ne sais pas. Parce qu'il s'est montré malin.

— Ouais, un peu trop.

Geneviève ne savait pas avec certitude si elle était déçue, furieuse ou secrètement ravie. Bien sûr, son plan avait échoué, le danger n'était pas canalisé comme elle l'avait désiré. Mais le mystère rebondissait et Edouard se révélait un adversaire de taille. Lui en voulait-elle ? Était-elle prête à repartir pour un tour ? Impossible d'arrêter ses idées.

Ce matin-là, elle décida de sortir chasser des images dans la rue. Une impulsion soudaine. Ah, Edouard l'avait attrapée ! Elle allait en attraper d'autres. Des hommes au hasard. Les suivre un moment. Les épier à la terrasse des cafés. Faire semblant de régler son appareil. Saisir des photos au vol.

Elle aurait voulu aller beaucoup plus loin. Entrer dans l'intimité des hommes et les photographier en toutes circonstances, exactement comme si on l'avait chargée de réaliser un documentaire sur les lapins de garenne ou les hérons cendrés. Pour surprendre les animaux, on sait qu'il faut d'infinies précautions. Ne pas se signaler. S'embusquer. Se placer sous le vent. Attendre des heures sans bouger. Ici, elle devrait se poster dans des abris camouflés, peut-être perchée dans des arbres, munie de puissants téléobjectifs, déployer l'arsenal des paparazzis pour capturer la vie ordinaire de l'inconnu moyen. Examiner sans y toucher le quotidien d'un homme désigné au hasard. Pour l'heure, elle se contentait de scènes de la vie publique de quelques-uns. Elle avait photographié la main d'un homme tournant distraitement sa cuiller dans sa tasse de café, un autre tenant son journal, le jean moulant d'un jeune homme accoudé au bar, le visage de quelques passants, puis elle avait suivi un homme depuis les Halles jusqu'à Saint-Michel, fixé ses arrêts aux feux rouges et devant plusieurs vitrines. Une halte pour se moucher, une autre pour refaire son lacet. Cet homme avait l'air très dynamique et joyeux, comme s'il avait reçu de bonnes nouvelles. Il marchait d'un pas détendu sans avoir l'air agacé par le trafic ou la foule, sans adopter cette forme de démarche fébrile et excédée que l'on remarque chez tant de citadins. Elle avait envie de savoir où il allait. Il entra chez Gibert Joseph. Elle le suivit. Réussit à prendre un cliché de lui devant le rayon de philosophie. Il y resta longtemps. Se dirigea vers la caisse avec un seul volume à couverture bordeaux. Il sortit et revint sur ses pas vers la Seine. Il se dirigea sans hésitation vers une taverne de la place Saint-Michel, s'installa à une table et se plongea dans le livre qu'il venait d'acheter. Geneviève, qui s'était installée quelques tables plus loin, ne parvint pas à déchiffrer le titre écrit en lettres rondes. L'homme passait visiblement un bon moment. Il lisait avec application, enthousiasme presque, relevait de temps en temps la tête pour réfléchir d'un air absorbé, soulignait des phrases, prenait des notes dans la marge. Il resta là trois quarts d'heure en consultant de temps en temps sa montre. À midi trente, il sortit, l'air toujours aussi bien disposé, et se dirigea vers Saint-Germain-des-Prés. Elle dut arrêter la filature car elle avait un rendez-vous pour déjeuner. Sans cela, elle aurait volontiers continué à l'épier toute la journée. Elle commençait à s'intéresser à cet homme. Elle aurait voulu savoir qui il était, ce qu'il faisait. Elle aurait bien aimé lui écrire pour lui avouer qu'elle l'avait suivi dans la rue et qu'il avait l'air heureux.

Elle déjeunait avec un ex. Celui qui avait précédé Jean-Luc. À l'époque, elle tâtonnait encore en photographie, sans projet particulier, et c'était lui qui l'avait poussée énergiquement, l'incitant à mener une activité structurée et à monter des expositions. Finalement, la première avait eu lieu quand elle l'avait déjà quitté. Elle s'en était un peu voulu de ne pas l'avoir laissé profiter du fruit de ses encouragements. Elle l'avait invité, bien sûr, mais pas au vernissage, où se trouvait Jean-Luc, seulement en aparté, un peu comme un voleur, lui qui avait tant contribué à l'événement. Et le pire : elle n'avait jamais rien eu à lui reprocher. C'est son corps qui avait refusé d'aller plus loin avec lui. Elle n'avait pas su se rendre très amoureuse d'Étienne. Après une phase d'assez bonne entente sexuelle, elle avait commencé à manquer d'appétit et à faire l'amour sans émotion particulière. Son respect pour Étienne était toujours intact, mais son désir avait glissé comme du sable entre ses doigts — et pour faire l'amour, le respect ne suffit pas. Puis elle avait rencontré Jean-Luc, moins rassurant, un peu instable, difficile à cerner, mais que son corps réclamait à grands cris. Très penaude et très coupable, elle s'était résolue à quitter Étienne, et elle l'avait considérablement meurtri. Aujourd'hui, il avait une autre amie. Elle l'appréciait toujours autant et tenait à le voir régulièrement. Geneviève aimait surtout son humanité, son aptitude à chercher le meilleur chez chacun et à le trouver chez tout le monde. Si elle avait développé ce qui était original en elle, c'était sans doute grâce à lui.

Elle lui raconta sa petite filature du matin, ses aventures avec Edouard et Daphné, et tous les mystères qui tournent autour de l'enquête sur la personnalité. Étienne se montra passionné par ce thème et insista pour qu'elle y consacrât un grand travail. Si elle parvenait à composer le portrait d'Edouard à son insu, en le suivant comme elle avait suivi cet inconnu dans la rue, quel magnifique chassé-croisé elle pourrait réussir. Un jour, au lieu de lui envoyer une lettre, elle lui enverrait l'album photo de son enquête. Mais, bien sûr, elle risquait fort de ne pas passer inaperçue. Edouard remarquerait tout de suite une femme avec un appareil photo. Il était trop braqué là-dessus. Pourquoi ne pas engager quelqu'un ? Un détective privé, un vrai, pour espionner Edouard. À voir.

De tous ses amants, Étienne était le seul dont elle était restée proche. Peut-être parce qu'il avait toujours été moins son amant que son ami. Elle l'aimait pour sa personnalité profonde, et non par un attrait aléatoire qui empoigne les corps et les relâche sans prévenir. Ses autres ex, elle ne les voyait plus, ou alors avec une telle distance que la conversation roulait sur l'actualité dans le monde. Ils lui semblaient aussi lointains que l'épicier ou Monsieur Météo. Et dire que ces hommes avaient partagé son lit. Inimaginable.

Edouard, lui, semblait très proche alors qu'elle ne l'avait jamais vu. Elle s'attendait à ce qu'il trouvât encore une manière élégante de justifier ses combines.

Paris, le 20 novembre

Chère Geneviève,

Je suppose que vous connaissez la nouvelle. Ce n'était pas vous, et ce n'était pas moi. Match nul.
Brisons là, et laissons à Lionel et Daphné le soin d'inventer la suite qui leur convient.
Quant à nous, reprenons notre texte à l'endroit où nous l'avons laissé quand vous avez feint de vous rendre. Comme au cinéma : le réalisateur aurait crié « Coupez ! » et on recommencerait la scène à la dernière réplique.
J'aurais pu, bien sûr, aller à la rencontre de Daphné moi-même. J'ai trouvé plus excitant de donner moi aussi une chance à mon ami Lionel tout en vous rendant l'exacte monnaie de votre pièce. C'était tellement parfait que je n'ai pu résister.
Mais, si je n'avais pas cédé au charme de cette solution, j'aurais très volontiers rencontré Daphné, non pour assister cruellement à ses efforts de comédienne mais pour arrêter tout de suite sa composition et lui soutirer un maximum de renseignements sur vous. Le procédé risquait toutefois de paraître indélicat et j'ai préféré lui envoyer un homme tout disposé à l'apprécier pour elle-même. Pourtant, Dieu sait si l'envie me démangeait, lorsque je suis passé à ses côtés en la regardant à peine, de la presser de questions et de lui extorquer des aveux complets ! J'aurais été jusqu'à la faire boire pour obtenir un compte-rendu de vos états d'âme. Car elle en sait plus que personne, j'en suis sûr, et s'intéresse à notre affaire depuis le début. C'est pour moi le témoin privilégié numéro un, et je l'ai laissée à Lionel. Faut-il que je sois magnanime !

Et maintenant ? Maintenant que la tricherie est dévoilée, je me demande si je ne vais pas la soudoyer. Acheter sa collaboration d'une manière ou d'une autre. Ah ! tremblez, Geneviève. Vous m'avez donné une arme contre vous, et je compte bien l'utiliser.

Mais revenons à notre charmant badinage d'antan. Vous savez, cette étudiante hystérique (qui n'a jamais attaqué Lionel, mais il avait bien appris sa leçon) m'a donné à réfléchir longuement sur le désir. Jamais je n'avais été l'objet d'un harcèlement sexuel, au sens physique du terme, et l'expérience est plus terrible que tout ce que j'aurais pu imaginer. Tant que cette fille essayait de m'aguicher, je n'avais pour elle qu'une réprobation morale. Je refusais de toute ma personne le principe et le procédé, mais sans éprouver d'aversion physique. Au contraire, force m'était de constater que la créature était bien agencée et théoriquement désirable. Sauf que, dès le moment où cette furie s'est jetée sur moi pour m'arracher ce que je ne donnais pas, un rejet instinctif et incontrôlé s'est produit en moi, sans quoi je n'aurais jamais pu la repousser si brutalement. Mon corps a explosé de rage de se sentir attaqué. Je n'avais plus en face de moi une femme, un objet de désir potentiel, mais tout simplement un agresseur. C'était la première fois que je vivais une telle atteinte à mon intégrité physique — dans un contexte sexuel s'entend. Je n'avais jamais pris la mesure du contraste, car les étreintes non désirées sont plutôt rares pour un homme. Tout au plus, l'appétit varie. Mais j'ai pris conscience de l'envers du miroir : être pris contre son gré, quel cauchemar. Combien de femmes subissent encore la loi du mâle, et ne connaissent de l'amour qu'une gymnastique fastidieuse, voire ignoble, parce qu'elles n'ont pas le droit de vivre selon leur désir ? Combien de femmes restent enfoncées dans l'esclavage ou la résignation sexuelle, même aujourd'hui, dans nos sociétés modernes ? Il y a une révolution qui reste à faire, mais qui n'avance guère car elle ne dépasse pas la sphère de l'intime.

Nous vivons des temps de préhistoire, Geneviève, globalement et individuellement, le bonheur sensuel est balbutiant. Nous jouons maladroitement avec les pièces d'un puzzle qui dessine le septième ciel, en ne trouvant que rarement les bons assemblages et presque par hasard. Il nous faut absolument progresser : vous et moi, à défaut de l'humanité tout entière. Refusons de vivoter et de baisoter comme nos parents l'ont fait. L'avenir est à la pleine conscience.

Ne pourrions-nous ne fût-ce qu'y réfléchir ensemble ?

Nous disserterons et vous expérimenterez « ailleurs » si bon vous semble. Peut-on imaginer proposition plus généreuse ?

Dites-moi, pour commencer à pas de loup : comment approcheriez-vous un homme qui vous attire ? Je sais que vous avez l'habitude de les laisser passer, mais disons que vous décidiez de ferrer un inconnu, un homme qui vous plaît et que vous voudriez suivre.

Pour ce qui est de ma méthode, vous la connaissez déjà. Le succès n'est pas garanti, comme vous voyez, quoique... à force de persévérance... qui peut prévoir le dernier mot ? Reconnaissez au moins que je me tiens à cent lieues de tout argument d'autorité. J'allumerai votre désir ou bien je retournerai au néant.

J'attends votre courroux ou votre absolution, mais ne comptez pas sur moi pour vous forcer la main.

Remettez, je vous prie, mes compliments respectueux à Daphné.

Votre plus que fidèle,
Edouard

Le zigoto. L'énergumène. L'allumé. Sa méthode était une fois de plus élégante. Au lieu de quémander un pardon, Edouard affirmait sa conviction, brandie haut et fort comme seule justification — et attendait de Geneviève qu'elle prît position. Elle comprit à cette petite phrase : « Ne comptez pas sur moi pour vous forcer la main » qu'Edouard n'irait pas la chercher dans ses derniers retranchements. Il escomptait qu'elle passe à l'acte un jour et vienne vers lui en toute liberté. Or ce genre de geste ne lui était pas naturel. Elle comptait généralement sur la volonté des autres pour la tirer de sa propre indécision. L'initiative, ce n'était pas un sport pour elle. Sans doute un manque d'assurance l'empêchait-il d'aller franchement vers autrui alors que les idées ne lui manquaient pas lorsqu'il s'agissait de concevoir un travail d'art ou une relation épistolaire. Dans la solitude, elle pouvait tout envisager. Mais dans le regard de l'autre, elle rétrécissait, lui semblait-il, jusqu'à cesser de penser. Edouard lui demandait plus qu'elle ne pouvait affronter.

Le samedi 21 novembre, Daphné entra chez Dame Tartine avec seulement cinq minutes de retard, tant sa hâte de revoir Lionel était grande. Mais Lionel n'était pas encore là. La preuve qu'il ne sert à rien d'arriver à l'heure. Elle s'assit à la même table que la première fois et attendit en tapotant des doigts. Lionel était-il moins empressé qu'elle le croyait ? Un homme se leva d'une table proche de la fenêtre et s'avança vers elle.

— Vous êtes Daphné ?
— Oui.

— Je suis Edouard.

Daphné resta sans voix pendant cinq secondes. L'autre souriait de plus en plus franchement. Daphné éclata enfin de rire, s'effondra sur la banquette, puis se reprit.

— Vous alors, vous êtes gonflé ! Quand je viens pour vous voir, vous m'envoyez Lionel. Et quand je viens pour lui, c'est vous qui êtes au rendez-vous. Vous n'allez pas m'empêcher de le voir, au moins ?

Edouard sourit.

— Rassurez-vous. J'ai négocié avec lui pour vous voler une heure de votre temps. Il était très réticent mais je me suis montré persuasif. Il arrivera à 17 heures et vous ne me verrez plus.

— Ce n'est pas que je ne veux pas vous voir, au contraire, vous m'avez rendue suffisamment curieuse. Mais, comme toujours, vous êtes un peu surprenant dans vos manières.

Daphné invita Edouard à s'asseoir et à mener la conversation. Elle était intriguée par cet homme séduisant, un peu plus âgé que Lionel, un peu moins spontané, avec un regard à vous donner des frissons dans le dos. Tout à fait le genre d'homme qui plairait à Geneviève, estima-t-elle, mais elle s'interdit de le lui dire, cherchant d'abord à savoir où il voulait en venir.

— Daphné, je crois que vous connaissez bien mes démêlés avec Geneviève.

— Mmmm... plutôt bien, oui.

— Dites-moi ce que je dois faire.

— Ce que vous devez faire ? Mais... c'est que... c'est très embarrassant que vous me posiez cette question. Je connais très bien le copain de Geneviève et...

— Je croyais qu'ils étaient mariés ?

— ... oups, j'ai gaffé. Disons que c'est tout comme. En tout cas, je suis sûre qu'elle ne veut pas le tromper.

— Je ne demande pas qu'elle le trompe. Je veux juste la rencontrer. Si j'avais su que ce serait si difficile, je serais venu la voir d'office, sans prendre la peine de lui écrire. Ça arrive tous les jours de rencontrer des gens par hasard. Pourquoi pas moi ?

— Parce que vous lui avez annoncé un projet dont elle ne voulait pas. Vous avez perdu toutes vos chances. Vous auriez dû être moins clair.

— C'était un pari.

— Donc vous saviez que vous pouviez perdre.

— Oui, mais je n'ai pas dit mon dernier mot. J'ai besoin d'une idée qui va la toucher au vif, d'après ses goûts, ses envies. Il n'y a que vous qui puissiez m'aider.

— Voyez-vous ça... Vous allez me soutirer la formule magique. Mais je ne sais pas s'il y en a une...

— Cherchez bien. Est-ce qu'il n'y a rien qui lui manque dans sa vie actuelle ? Une activité particulière, un petit plaisir qu'elle se refuse ?

— Mmm... Attendez... Est-ce que vous aimez danser sur des musiques latino ?

— Oui.

— Voilà quelque chose qui lui manque. Alors donnez-lui rendez-vous dans un bar brésilien.

— Vous croyez qu'elle viendrait ?

— Ce n'est même pas sûr. Si elle y réfléchit à tête reposée, elle dira non. Il faudrait plutôt que vous arriviez quand elle se trouve déjà dans l'ambiance. Vous savez, une fois sur la piste, on devient plus perméable. Il faut qu'elle vous considère comme un partenaire de danse, sans rien d'autre à la clé.

— Parfait. Je vois. Voici un plan : vous allez sortir un soir avec elle, je suppose que ça vous arrive de temps en temps ?

— Oui, son mec n'aime pas danser, alors on sort à deux.

— Bon, eh bien, nous vous rejoindrons par surprise, Lionel et moi, et le tour sera joué.

— Mais elle va tout de suite deviner que j'étais dans le coup.

— Pas nécessairement. Vous feindrez la surprise. Vous direz que vous aviez parlé de votre sortie à Lionel, mais que ça ne l'intéressait pas de vous accompagner. Et puis, c'est lui qui m'aura traîtreusement prévenu et amené. Vous ne pouviez pas prévoir.

— Mmmmoui, on pourrait essayer. Je la ferai boire avant pour qu'elle soit plus tolérante.

Daphné se laissait emporter par la beauté du projet. Elle avait, comme Geneviève, beaucoup de goût pour la danse et jamais de partenaire qui partageât cet engouement. Quelle belle soirée en perspective s'il leur tombait du ciel deux magnifiques cavaliers. Dans l'euphorie qui accompagnait toujours leurs sorties, Geneviève ne résisterait pas longtemps...

Edouard continua la conversation en posant trois cents questions sur Geneviève. Sa date de naissance. Son parfum. Sa couleur préférée. Ses lectures. Sa pointure de souliers. Ses lieux de vacances. Ses hobbies. Ses marques de lingerie. À la longue, Daphné se sentit en position délicate. Elle était en train de comploter dans le dos de Geneviève. Même si Edouard lui inspirait beaucoup de sympathie, c'était un peu fort. Pour changer de sujet, elle lui avoua que c'était elle qui avait passé quatre jours chez lui, ce dont il ne se doutait pas. Tout de même, la réticence de Geneviève allait loin.

— Donc, ce parfum dans mon lit, c'était...

Edouard se pencha vers Daphné jusqu'à effleurer son cou.

— Arrêtez ! Si Lionel arrivait ?

— Lionel a toute confiance en son vieil ami. En plus, c'est à moi qu'il doit de vous avoir rencontrée. Je voudrais voir qu'il me fasse une scène de jalousie.

Daphné se félicitait de connaître enfin l'énergumène. Un bel homme, vraiment. Mais elle préférait Lionel, sans hésitation. Plus simple, plus direct, plus rieur. Edouard avait un genre de second degré qui l'aurait vite agacée. Il réfléchissait avant de parler, mettait trop de sous-entendus dans son regard. Non, ce garçon-là serait trop sinueux pour elle. Un plan parfait pour Geneviève.

Lionel arriva à dix-sept heures pile.

— Pas question de me laisser voler une seconde supplémentaire, dit-il en tirant Edouard par la manche pour débarrasser le siège. Allez, ouste !

Edouard s'éclipsa après un baisemain cérémonieux à Daphné, et sans oublier de fixer la date du rendez-vous dansant. Vendredi 4 décembre, c'était dit.

Quand ils furent seuls, Lionel prit dans ses mains la main de Daphné et sur un ton solennel déclara :

— Daphné, je suis Lionel et je suis très heureux de vous rencontrer. J'espère que nous allons vivre de grands moments ensemble.

Paris, le 25 novembre

Cher Edouard, ou devrais-je dire : sacré Edouard,

À malin, malin et demi. C'est tout ce que nous avons prouvé jusqu'ici. Bon, laissez-moi digérer le coup et changeons de sujet. Nous pourrions encore jouer longtemps au chat et à la souris, mais je manque de ressort. L'âge, peut-être... On était espiègle. On devient philosophe.

Pour répondre à vos découvertes sur le harcèlement sexuel, je crois en effet que les femmes en connaissent un bout sur l'amour sans désir. Encore heureux si c'est sans violence. L'égalité des sexes, c'est une contradiction dans les termes. Et même quand la soumission n'est plus une fatalité barbare, le moment arrive, inéluctable, où l'on se trouve amenée à dire oui par gentillesse, par respect, par facilité, par peur de vexer, ou que sais-je. C'est toujours une erreur, mais il faut du temps pour l'apprendre. Vous n'avez pas idée du courage qu'il faut pour repousser un homme que l'on ne veut pas chagriner. Quoi de plus humiliant, en effet, qu'un corps qui se dérobe ? Aucun discours ne peut adoucir la rebuffade. Alors, on se résigne. On juge moins fatigant de subir la loi de l'autre que de vexer son désir. Ce n'est qu'un mauvais moment à passer. Voilà le raisonnement courant des femmes sous les assauts des hommes. La préhistoire, absolument.

Et vous, êtes-vous sûr, totalement sûr, de n'avoir jamais forcé la main à personne, sans le savoir ? Une femme, même amoureuse, ne vit pas dans un désir permanent, et peut se donner seulement par bonté. Un moyen de ne jamais la brusquer serait d'attendre son initiative. Imaginez un couple où l'homme attende que la femme signale son désir. Si elle ne demande pas, il ne la force pas, il ne propose même pas. Il laisse affleurer son rythme à elle. Je ne dis pas qu'il faut instaurer ce genre de rapports, mais ce serait une expérience intéressante pour déboulonner le scénario dominant : le désir mène l'homme et l'homme mène la femme. Parce que, vraiment, ce qui se perd dans cette histoire, c'est le désir de la femme. Son autonomie. Sa force. Son architecture. Elle n'a jamais l'occasion de connaître son appétit naturel, car la voix de son corps est couverte par une voix plus forte. Sa mélodie s'éteint sous les coups de clairon. Elle répond docilement, en adoptant la mesure, souvent avec plaisir, mais que connaît-elle à la fin de son pouvoir créateur ? Elle n'en a pas besoin. Elle le laisse s'évanouir.

Et si l'on décrétait, par exemple une fois par an, que c'est le mois de la femme, et l'homme patiente ? Voilà une expérience que je vous propose de mener « ailleurs », comme vous dites, et vous me raconterez vos impressions.

La façon dont je m'y prendrais pour draguer dans la rue ? Écoutez, je suis un peu sous-développée de ce côté-là (et ce n'est pas sans lien avec les schémas dénoncés ci-avant). J'ai souvent laissé agir les hommes. Ils sont programmés pour ça. Mais nous pouvons, pour les besoins de notre conversation, nous placer dans un univers théorique. Mener une expérience par la pensée, façon Archimède. Soit un homme que je croise dans la rue et qui me paraît follement séduisant. En fait, cela m'est arrivé cette semaine. Je l'ai suivi. Un geste totalement neuf pour moi. Irréfléchi. Il faut dire que j'étais sortie pour photographier des gens. Donc, je les regardais, je les choisissais, je soupesais leur charme. Mais celui-là, je l'ai suivi. Il avait l'air si heureux que j'ai eu envie de respirer le même air que lui. Je n'avais aucune intention de l'aborder. Je n'y ai même pas pensé. J'aimais simplement le regarder.

Si je voulais aborder quelqu'un, j'aurais besoin d'un prétexte. Je ferais semblant d'avoir un pépin pour demander de l'aide, par exemple, de façon à disposer d'une position de repli. Réflexe de prudence atavique. Mais retournons dans notre univers théorique. Mettons que l'homme s'arrête dans un café pour lire. Je m'assieds à deux tables de lui et je commande un thé. Puis je sors mon appareil et je commence à effectuer quelques réglages en vue de le photographier. Quand il tourne la tête vers moi, je n'évite pas son regard. Il me fixe un moment puis replonge dans sa lecture. Je prends plusieurs clichés posément, méthodiquement, je fixe quelques plans bien cadrés. Sa silhouette, son profil, sa main juste avant qu'elle tourne la page. Puis je dépose l'appareil à côté de moi et je bois mon thé en regardant par la fenêtre. Un peu plus tard, quand il a fini son chapitre, il glisse d'un mètre sur la banquette pour se saisir de l'appareil. Je tourne la tête vers lui, ma tasse entre les mains, et je souris. Il cadre et appuie sur le bouton. Il repose l'appareil. Dans la boîte, il y a maintenant des photos prises avant qu'une seule parole ait été prononcée. C'est spécial, mais nous n'en parlerons même pas. Il viendra s'asseoir en face de moi et il me racontera une histoire. Elle pourrait commencer par : « Hier soir, j'ai longuement pensé à vous », ou bien : « Je suis né en Côte-d'Ivoire et je connais les mille parfums de l'Afrique », ou bien : « Dans les pays scandinaves, les larves d'insectes passent l'hiver en produisant un antigel identique à celui des radiateurs de voiture. » Peu importe l'histoire qu'il choisit. On part en voyage. Je ne veux pas connaître son nom, son âge, sa profession, je veux seulement faire le même rêve que lui.

Partager un rêve, au sens strict, il paraît que c'est possible, des sorciers mexicains le pratiquent. Mais l'apprentissage est long et difficile. Nous choisirions un raccourci : construire le même rêve éveillé. Il m'expliquerait qu'il étudie les peintures corporelles des peuples d'Océanie. Il appellerait ça le délire codifié et montrerait que là aussi il s'agit d'un rêve collectif. Moi, je m'intéresserais plutôt à l'ikebana en tant que nouvel art du peuple. Et ainsi de suite. En me quittant, il me dirait : « Envoyez-moi les photos » en griffonnant son adresse. Tout cela n'est pas très sexuel, mais totalement excitant. Voilà le plus important. J'aimerais bien en rester là provisoirement, dans un flottement pastel. Plus tard, je lui enverrais les photos en écrivant une autre histoire au dos, une histoire qui le concernerait et qui lui donnerait peut-être une piste à suivre.

Quant à vous, Edouard, je ne sais quelle piste vous donner, car je ne sais où nous voulons aller. J'ai le sentiment que nous marchons sur des chemins parallèles et que si j'acceptais de vous voir, notre belle progression concertée s'arrêterait.

Mais si Daphné et Lionel ont trouvé leur chemin au passage, nous aurons été utiles. Votre ami est en effet bien sympathique. Je m'étais étonnée qu'un employé de musée pût prendre vos intérêts à cœur. Maintenant, je comprends mieux et je vous en veux d'avoir recouru à l'espionnage. J'ai cru pouvoir lui soutirer quelques renseignements sur vous alors qu'il travaillait pour votre compte. Ah, l'horrible machination !

En définitive, derrière vos lettres, c'était bien une histoire d'amour qui se tramait, mais pas celle que vous pensiez. Il faut se rendre à l'évidence. Vous avez été l'outil du destin d'autrui. Puisque le sens en est heureux, il y a tout lieu de se réjouir (à l'inverse, combien il est navrant de se sentir la peau de banane involontaire). Allez, Edouard, soyez content de votre œuvre et restons amis.

Sans rancune,

Geneviève

Le rendez-vous de Daphné et Lionel s'était déroulé sur un ton beaucoup moins retenu que les deux précédents. Ils s'étaient joyeusement moqués de leur petite comédie et en avaient profité pour aller droit au but. Après le café, la promenade, l'apéritif et le dîner, ils avaient passé la nuit ensemble, et le dimanche aussi. Daphné n'en croyait pas ses sens.

Une seule petite ombre à son bonheur : elle ne savait quelle attitude adopter vis-à-vis de Geneviève au sujet de l'intervention d'Edouard. Ne rien lui dire, c'était une trahison. Mais, si elle vendait la mèche, elle fichait tout le scénario par terre. Aucun doute que Geneviève refuserait de prendre le risque. S'il y avait une seule chance de la circonvenir, c'était par une confrontation-surprise. Ils étaient allés trop loin, Edouard et elle, dans les ronds de jambe et les précautions oratoires pour pouvoir fixer un rendez-vous sans que cela ressemblât à une affaire d'État. De là à mettre fin aux relations... Daphné pensait que ce serait un péché d'orgueil et le début d'un souvenir dangereux. Cette liaison inentamée constituerait un potentiel de regrets pour les jours moins bleus. Pour sa part, elle n'aurait jamais envisagé de refuser une proposition sans en évaluer précisément les composantes, raison pour laquelle elle n'avait finalement pas tenté de décourager Edouard, même en sachant que Geneviève pousserait les hauts cris. Peut-être fallait-il la brusquer un peu pour qu'elle jugeât la situation en pratique plutôt qu'en théorie. Aussi, quand elle s'était retrouvée face à Edouard, au lieu de travailler pour Geneviève, Daphné avait comploté avec lui. Mais jusqu'à la mort elle nierait avoir manigancé l'affaire.

On ne fait pas des enfants dans le dos à sa meilleure amie. Question de fierté.

Daphné s'était empressée de raconter à Geneviève ses nouvelles relations avec Lionel, encore plus agréables que les premières. Il était vraiment très drôle, très décontracté. Il s'amusait partout. Et puis au lit, un bon plan, rien à redire. Il avait préparé le petit déjeuner. Ils étaient allés se balader au marché, puis au bois, ensuite ils avaient mangé des crêpes, et dans la soirée il l'avait ramenée chez elle en suggérant d'autres ébats pour le week-end suivant. En clair, le conte de fées.

Geneviève se réjouissait. Sa copine si longtemps sur la touche avait enfin pris le bon train. Un épilogue inespéré. S'ils se mariaient un jour, ils pourraient difficilement éviter de prendre Edouard et Geneviève comme témoins. D'ici là, l'émoi serait oublié, et ils pourraient se voir avec un bon sourire philosophe.

Paris, le 30 novembre

Chère Geneviève,

Personnellement, je serais très flatté que vous me suiviez dans la rue pour me prendre en photo. Ah, si seulement nous pouvions nous croiser par hasard et que je vous tape dans l'œil ! Au fait, n'est-ce pas moi que vous avez suivi l'autre jour ? Ce serait trop beau. En tout cas, je suis prêt à vous embarquer dans mon rêve, vous raconter toutes les histoires que vous voudrez, étudier les peintures corporelles du monde entier, passer aux actes et vous couvrir de hiéroglyphes (j'ai un couvre-lit égyptien qui pourrait nous servir de modèle). Je suis même prêt à vous laisser prendre l'initiative (à condition que vous la preniez). Nous écouterons les moindres bruissements de votre désir et vous pourrez vous exprimer comme jamais. Qu'en dites-vous ? Vous savez où j'habite. Pourquoi ne viendriez-vous pas sonner un soir à l'improviste ? Mon petit doigt me dit que l'idée ne vous plaira pas...

Ce sera tout de même bien difficile de nous croiser par hasard. Nous serons peut-être vieux. Vous aurez des rhumatismes et moi le cœur qui flanche. Il faudra réduire nos prétentions, qui sait, à presque rien. Quel gâchis. Je vous laisse encore réfléchir.

Allons bon, puisque votre grand âge vous porte vers la philosophie, je vais hausser mon discours d'un cran et vous entretenir de sujets artistiques. Il s'agit de votre exposition (celle dont Daphné m'a interdit le vernissage avec la dernière véhémence). J'y suis allé en période calme. J'ai trouvé l'ensemble d'une cohérence impressionnante. Or vous n'avez précisément rassemblé que de l'hétéroclite, des scènes sans rapport aucun, à première vue. Et regardez comme c'est une belle métaphore de la vie. Dans une journée, le nombre de situations et de gens disparates qui interviennent dans notre champ d'action est incalculable (sans parler de notre champ de pensée), et pourtant, l'ensemble forme le résultat le plus homogène qui soit, une seule journée de la vie d'un seul homme. Ici aussi, aux cimaises, il régnait une seule idée d'une seule femme, une unité foudroyante malgré son atomisation dans la matière. Et la qualité formelle n'était pas en reste, car les clichés pris sur le vif se montrent parfois bien plus composés que les autres, avec cette inventivité dont seul le hasard est capable. Je suis sûr que l'on pourrait créer de la vraie poésie avec de la photographie automatique, par exemple dans un supermarché, dans une gare ou sur les Champs-Élysées. Non que je veuille réduire vos mérites, mais il me semble assez clair que votre effort de construction s'attache à la série dans son ensemble plus qu'à chaque photo en particulier. Si vous deviez fignoler chacune jusqu'au niveau de perfection du tableau, vous perdriez le goût de la photo, il vaudrait mieux vous faire peintre, ou écrivain, à la rigueur poète. Ici, c'est différent. Vous composez une fresque. Une épopée. L'homme de la rue est un héros, le moment bénin est immortel. On se sent ému presque aux larmes de voir nos vies par vos bons soins sanctifiées. On se sent regardé, aimé, compris, bref tout ce qui nous a toujours manqué. Et je crois qu'ainsi vous remettez la réalité en perspective. Ceux que les médias et les fictions consacrent stars ou aventuriers sont des chimères sans consistance, sans épaisseur, sans crédibilité aucune. Mais vous remettez sur ses pattes la vie elle-même, la vraie, celle que nous avons le courage d'inventer tous les jours. Vous saisissez la pureté des gestes inaperçus. Vous obtenez en photo ce que certains cinéastes réalisent avec le ralenti. Vous déployez les couleurs de la vie comme un insecte dont on n'avait pas vu les ailes parce qu'elles battaient trop vite. Oui, devant votre objectif, nos contemporains s'élèvent à la hauteur du mythe. Ils irradient de grâce et de gravité, de courage et de légèreté. Grâce à vous, nous voyons palpiter tout cela en chacun d'eux. Vos yeux sont là pour pallier la paresse des nôtres.

Je parie qu'ils sont beaux, vos yeux. De n'importe quelle couleur, de n'importe quel dessin, mais beaux, à cause de tout ce qu'ils voient : détails, émotions, sentiments, prières. Je dis « prières » parce que je vois vos travaux comme des hymnes, et un hymne est toujours une prière. Dans votre cas, c'est une prière pour la dignité humaine. Vous connaissez sûrement Sébastiaõ Salgado, qui adopte le même genre de démarche, mais dans le registre politique. Quand il photographie les mineurs du Brésil, les ouvrières indiennes, les travailleurs du monde entier, c'est pour souligner la grandeur de tous les gagne-petit et réclamer sinon la justice, au moins le respect. De même, dans chaque silhouette anonyme vous saisissez une âme et son fragment d'éternité. Mais comment pouvez-vous voir si clairement ce qui, dans la rue, se dilue complètement ?

Il y a un noyau pur en chacun d'entre nous.

Voilà pour résumer mes impressions sur cette exposition magnifique.

J'aurai noirci bien du papier pour vous exposer mes idées, même si ce n'est pas la voie la plus naturelle.

Quand j'ai pris la plume la première fois pour vous écrire, je ne pensais pas me trouver au pied d'une telle montagne de prose. Mettons que l'exercice n'est pas désagréable, mais tout de même, il apparaît contorsionné quand on sait que vous n'habitez ni Sydney ni Rio de Janeiro. Vous semblez vouloir enfouir votre noyau pur sous deux dizaines de carapaces, comme si j'étais capable de vous le dérober. Ayez confiance, Geneviève. Vous êtes vous, et vous ferez toujours ce qui vous plaira. Peut-être avez-vous la tête encore trop pleine de mauvais souvenirs de jeunesse, tous ces moments où vous avez agi pour faire plaisir, pour obéir, pour vous conformer à tout et à rien, sans égard pour votre nature profonde. Mais, aujourd'hui, vous êtes en place et bien installée aux commandes. Il suffit de vous voir travailler pour en être persuadé. C'est de vous-même que vous avez accouché en racontant l'enfance de Simon. Il ne peut plus rien vous arriver. Sauf du bon.

Moi, par exemple. Je serai votre récompense. Voyons, Geneviève, souriez donc à votre bonne fortune et dites-moi bien vite que vous mourez d'envie de me voir.

Votre infatigable,
Edouard

L'idée plut tout de suite à Geneviève. De la photo automatique, comme d'autres ont pratiqué l'écriture automatique. Outre l'idée de départ, qui revenait à Edouard, tout le crédit créatif serait à verser au compte du hasard. Elle n'aurait même plus besoin de cadrer à la va-vite. Elle laisserait son appareil en bandoulière et déclencherait mine de rien tout en déambulant, ou bien depuis un endroit fixe, par exemple assise dans le hall de la gare.

Elle eut envie d'essayer tout de suite. Dans quelles circonstances commencer ? Au supermarché. Ce serait sans doute le plus facile. Elle aurait le prétexte de faire ses courses pour se donner une contenance et une raison de déambuler. Elle prit son petit appareil automatique réservé aux clichés rapides qu'elle fixa à sa ceinture et partit séance tenante. Ce n'était pas la foule du samedi matin, mais il y a toujours du monde chez Auchan. Pour la première fois de sa vie, elle se trouvait incroyablement intimidée dans un supermarché. Elle parcourait les rayons le cœur battant, regardant les gens furtivement, comme s'ils étaient les acteurs mystérieux d'un culte vaudou dont elle voulait arracher un reportage à la dérobée. Pendant un bon quart d'heure, elle fut incapable d'appuyer sur le déclencheur, nerveuse, tel un bandit au moment de commettre un hold-up et qui passe dix fois devant la porte au risque de se faire repérer d'avance. Enfin, elle trouva le moyen de se lancer discrètement, saisissant une gamine absorbée dans la lecture d'une bande dessinée. Ensuite, elle se rappela qu'il n'était pas question de cadrer ou de rechercher la scène ad hoc, il s'agissait de photographie automatique. Au-to-ma-ti-que. Pas d'états d'âme, pas de jugement, mitrailler comme un robot. Elle trouva peu à peu le rythme et la façon de déclencher discrètement en regardant ailleurs chaque fois qu'elle croisait quelqu'un dans un rayon. De ce moment, il lui fallut moins d'une heure pour épuiser deux films. Elle pourrait déjà se forger une bonne idée du potentiel de la technique avec ce petit échantillon.

Edouard, était-ce voulu ? lui livrait un réservoir d'idées dans lequel elle n'avait qu'à puiser. Il avait vraiment bien compris ce qui pouvait la faire réagir. Si elle montait un jour une exposition sur ce thème-ci, elle serait bien obligée de l'inviter au vernissage.

Quand elle eut fini son petit manège, elle se rendit compte que son caddie était rempli de n'importe quoi. Elle avait attrapé des produits de manière également automatique, saisissant après chaque photo ce qui se trouvait devant elle, et elle remorquait maintenant une somme de victuailles dont elle n'avait rien à faire. Des boîtes de sardines, du chou rouge, des biscottes, du saucisson, du potage en boîte. Impossible de survivre avec cet assemblage. Elle refit le tour du magasin pour échanger ses courses erronées contre des courses véritables.

Le lendemain, elle développa les planches-contacts et les observa soigneusement à la loupe. Le résultat était étonnant. On aurait dit un ballet codifié dont les acteurs connaissaient les mouvements depuis la petite enfance. L'architecture des rayons, imposante, dominante, apparaissait brusquement dans toute sa réalité de structure principale, un peu comme les alvéoles de la ruche. Des murs et des murs de produits, et l'homme tout petit au milieu. Personne, pourtant, ne semblait impressionné ou écrasé. Les gens se baladent là-dedans avec des mines très au fait du système. C'est leur univers familier. L'impartialité des photos soulignait toutefois la distance entre deux attitudes. La plupart des clients, très efficaces, sélectionnent les articles les uns après les autres avec une sûreté de technicien, vérifiant leur liste, comparant deux longueurs de manches, tâtant les avocats, cherchant le jambon le moins gras, tout à leur affaire. D'autres, plus rares, déambulent, regardent sans se presser, feuillettent des magazines sans rien acheter, on dirait qu'ils ont du temps à tuer, qu'ils sont venus pour se distraire. Mais personne n'a l'air désemparé d'un Esquimau débarquant là pour la première fois. Ils sont dans cette ruche comme chez eux.

Sur les photos, on sentait bien la bizarrerie de cet univers, encore accentuée par les cadrages aléatoires, trop hauts ou trop bas, penchés ou coupés. Le supermarché prenait des allures oniriques, peuplé de créatures mystérieusement informées des règles en usage, comme dans *Alice au pays des merveilles*. Les clients, les réassortisseurs, les caissières, tous impeccablement fonctionnels. Un petit monde à part entière. Geneviève se promit d'explorer la photo automatique avec tout le sérieux qu'elle méritait.

XII

Geneviève et Daphné sortaient danser ensemble deux ou trois fois par an. Elles avaient opté pour les soirées entre filles puisque Daphné était rarement accompagnée et que Jean-Luc déclinait systématiquement l'invitation. C'est d'un triste, un homme qui ne danse pas, aussi triste qu'une pièce manquante à la fin d'un puzzle. Il s'agit pourtant d'une pièce de base du répertoire physique, mais Geneviève n'avait jamais réussi à convaincre Jean-Luc de se remuer tant soit peu. Il trouvait cette coutume idiote, point final. Vu froidement, il avait peut-être raison ; en l'occurrence il ne s'agissait pas de raisonner, il s'agissait de laisser libre court à toute la chaleur tapie dans son sang. Même en insistant, Jean-Luc ne sentait rien de ce côté-là, alors Geneviève sortait sans lui.

Inévitablement, elle éveillait l'intérêt des hommes de l'assistance qui se pressaient pour l'inviter dès que la musique le permettait. Certains dansaient pour danser — trop rares —, tandis que les autres en profitaient et déroulaient leur boniment — insupportables. S'il s'agissait de causer, il y avait des circonstances plus confortables qu'une piste bondée où les décibels font rage. D'ailleurs, ces prétendus cavaliers proposaient très vite d'aller bavarder dehors ou au bar, preuve qu'ils fréquentaient la piste pour harponner un morceau en vue d'aller le déguster ailleurs. La danse s'entend, chez ces individus, au sens exclusif de « danse nuptiale », et la femelle qui s'y adonne souscrit du même coup à la suite des ébats. Or Geneviève voulait danser, seulement danser. Quatre ou cinq heures d'affilée constituaient sa ration habituelle. Pour se purger de toutes les tensions physiques et nerveuses, cela valait bien dix séances de yoga.

Elle avait tout de suite été d'accord pour une soirée à L'Orchidée des Îles. Après quasiment six mois d'abstinence, il était temps de se dévergonder un peu. Elle s'était rendue chez Daphné en début de soirée avec un sac contenant ses affaires. Côte à côte dans la salle de bains, elles s'étaient habillées, maquillées, coiffées, tout en écoutant la sono poussée à fond pour s'échauffer les pavillons selon un rituel quasiment immuable. Chaque fois qu'elles sortaient ensemble, ces préliminaires codifiés comptaient pour une grande part dans le plaisir de la soirée. Entrer à l'improviste dans un dancing leur aurait presque paru sacrilège tant la progression d'un échauffement selon les règles de l'art se révélait nécessaire. Pimpantes et d'excellente humeur, elles s'étaient ensuite embarquées dans la Fiesta rouge de Daphné (Daphné conduisait comme un toréador), et elles avaient, selon leur habitude, commencé la soirée par une séance de cinéma. La consigne, toujours la même, était claire : un film facile, optimiste, distrayant, la qualité objective du scénario étant beaucoup moins importante que le respect d'un mot d'ordre général — on était là pour s'amuser. Pas de guerres, pas de drames, pas d'horreur, pas d'embrouilles ni de grands thèmes sociaux, simplement un film de nature à éveiller l'envie de danser. En réalité, ce genre de produit est assez rare et elles en étaient parfois réduites à visionner la dernière des guimauves, mais il arrivait que s'y trouvât camouflé un humour finalement très raffiné, si on voulait bien le considérer comme du comique involontaire. Les parodies, certes, peuvent atteindre une certaine saveur, mais la perfection candide d'un authentique ramassis de clichés leur est parfois bien supérieure, et les navets les plus flagrants ne sont pas à dédaigner pour qui a décidé de s'amuser. À l'occasion, elles récoltaient des « shhhht ! » indignés parce qu'elles se tenaient les côtes de rire au moment le plus pathétique.

Après cette mise en condition, elles passaient généralement une heure ou deux dans un bar choisi pour la qualité de sa musique, en vue d'éveiller dans leur cerveau reptilien l'appétit pour les rythmes primaires. Elles buvaient quelques cocktails en dégustant des tapas, des beignets ou de petites brochettes et en lançant des regards gourmands sur les hommes plus encore que sur leur assiette. C'était aussi une manière de s'échauffer. Le temps d'une soirée, elles s'autorisaient à lorgner les hommes comme si elles se trouvaient sur un marché d'esclaves, pour la qualité de leurs muscles ou de leurs dents, pour leur stature, leur épaisseur, leur maintien de beaux animaux vigoureux. Celui-ci avait la nuque intéressante, celui-là les fesses bien galbées, cet autre le torse puissant, celui-là le visage d'un baroudeur (catégorie Marlboro). Elles devisaient ainsi, de savantes comparaisons en classements gratuits, jusqu'au moment de rejoindre le lieu choisi pour leur défoulement programmé.

À ce stade, l'alcool, la pénombre et le vacarme aidant, la conversation prenait souvent un tour confidentiel en attendant une affluence suffisante sur la piste. On se posait les vraies questions, sentimentales ou sexuelles, on trouvait l'occasion de verser dans une oreille amie les inquiétudes et incertitudes que la vie renouvelle infatigablement. Cette fois-ci, Daphné se livra à un morceau de bravoure en détaillant sa toute dernière et fringante relation. Elle ne se montra pas avare de détails, brossant de Lionel un tableau particulièrement élogieux, y compris sur le plan sexuel. C'était un homme très tendre et câlin, mais qui disposait d'arguments admirablement fermes au moment de porter l'estocade. Il avait le torse à peine velu, un très joli nombril, des cuisses de sportif, des fesses dodues et haut placées. Il ne supportait pas les attouchements sur les pieds, mais adorait les caresses dans la nuque et les oreilles. Les coups de langue à l'intérieur des cuisses le rendaient fou. De plus, il savait manœuvrer sur un territoire féminin, se montrait bien rodé, net et précis, sans ces égarements obscurs dont les lourdauds vous tartinent.

Durant la première nuit passée chez elle, ils avaient achevé leurs ébats en position debout, Daphné rehaussée de vingt centimètres, et elle voyait, par la porte ouverte de la chambre, les mouvements bien scandés de Lionel se refléter dans la glace de la penderie. Il avait pris le temps de s'installer dans le tempo méthodiquement, sans ruades, sans précipitation, il travaillait bien à son aise en la regardant droit dans les yeux et elle était montée très haut dans le plaisir. Au moment de succomber à son tour, il avait brusquement baissé la tête, comme un athlète en pleine concentration, laissant filtrer un grondement sourd — manifestation assez discrète au regard de la puissante tension intérieure qui lui crispait le corps entier. Daphné s'attendrit du contraste entre l'homme très décontracté qu'elle connaissait et ce style de plaisir muselé qui lui donnait soudain une gravité inattendue.

Le lendemain matin, Lionel l'avait réveillée par des caresses très délicates, en promenant sur tout son corps le collier qu'elle avait déposé la veille sur la table de nuit. En appui sur un coude, il regardait les perles filer sur les plats, glisser sur les pentes, hésiter sur les seins, rouler sur le ventre. Rapidement au fait, Daphné avait repoussé les draps plus bas pour mieux offrir son corps émoustillé. Lionel avait bientôt saisi sa ceinture qui traînait par terre et s'était mis à lui titiller le bout des seins avec la boucle métallique, lui offrant des sensations rares et nettes, très excitantes. Le froid, le piquant, la précision des gestes, autant que la présence d'un homme à ses côtés au réveil, poussaient Daphné à gémir de plaisir. Après cet apéritif, Lionel s'était levé pour la contempler, frémissante d'appétit. Lui-même, bandant comme un âne, était fichtrement beau à regarder. Il s'était approché d'elle, s'était agenouillé sur le bord du lit et lui avait offert son sexe à cajoler. Un très beau modèle, sans conteste. Un plaisir pour les yeux et la main. Chaque femme un peu expérimentée sait que les membres virils diffèrent au toucher autant que peuvent différer deux raquettes de tennis ou deux combinés de téléphone. Il est de la plus haute importance d'en choisir un qui épouse parfaitement les goûts et l'anatomie de la partenaire. À cet égard, Daphné n'avait pas encore rencontré de meilleur candidat que Lionel (mis à part, peut-être, le moniteur de planche à voile). Elle l'avait attiré plus loin sur le lit, toujours agenouillé, et avait repoussé ses épaules vers l'arrière, de sorte qu'il prît appui sur ses mains. La position bien cambrée offrait alors la vue la plus réjouissante qui fût sur son attirail rutilant. L'heure était venue de lui montrer ce qu'elle pouvait prodiguer en matière de gâteries buccales. Soutenant ses fesses à deux mains, elle s'était mise à sucer profondément son beau membre cabré, s'imaginant tourner une publicité pour un chocolat glacé. Puis elle avait doucement accentué la pression, ajouté des tours de langue et des nuances, guidée par les halètements de Lionel qui tremblait d'excitation. Bientôt, il cria stop et s'écroula en l'attirant vers lui pour l'embrocher sur son sexe. Daphné accusa avec un rugissement la réception ciblée et commença à rouler et tanguer tout autour de son axe qui la maintenait fermement. Elle se sentit si bien amarrée qu'elle tenta une position autrefois très appréciée par un amant bien membré, position qu'il avait baptisée « petit singe » et qu'il réclamait souvent. Relevant un genou après l'autre, sans se désengager, elle passa en position accroupie, ce qui offrait le double avantage d'amplifier la marge de manœuvre et de confiner le contact strictement aux parties génitales. Daphné ne connaissait rien de plus excitant que de se sentir pénétrée vigoureusement sans offrir aucune autre surface à la prise. Et si, comme ici, elle pilotait elle-même les opérations, encore mieux, elle pouvait régler chaque mouvement au maximum de son effet. C'était comme s'empaler sur le sexe de Dieu. Elle monta en flèche et se donna sans retenue, explosa, cria des sons inarticulés et, dans la foulée, transmis ses soubresauts à Lionel qui vint très vite après elle et prit appui sur son plaisir pour projeter le sien dans ses tréfonds bousculés. Elle s'écroula alors sur lui dans un enchevêtrement de râles et de rires qui les tint serrés jusqu'au petit déjeuner.

Geneviève ne put se retenir d'applaudir. Cette belle histoire lui rappelait ses débuts avec Jean-Luc. Leur appétit flamboyant. Non que l'érotisme fût mort, loin de là, mais il avait trouvé ses pentes naturelles et ne se dispersait plus dans les tâtonnements expérimentaux. Le fait de bien se connaître, de savoir ce que l'autre apprécie, incline à prodiguer sa science avec dextérité mais sans fantaisie excessive. On suit le chemin le plus court, par facilité, en se promettant qu'on prendra le temps de baguenauder la fois prochaine. Alors qu'au début ils avaient exploré de vastes territoires et décliné toutes les variantes en leur pouvoir, il leur restait maintenant trois ou quatre scénarios très sûrs et largement suffisants. Mais, à écouter Daphné, un petit frisson de la fougue des débuts revenait lui chatouiller l'épiderme. Que c'était bon, cette imagination, quand on voulait se manger à toutes les sauces, quand on n'en avait jamais assez. Elle se souvenait de scénarios délicieusement torrides, de scènes croquignolettes jamais réitérées. Pourquoi ? Tout au plus avait-elle récemment demandé à Jean-Luc de poser à nouveau pour elle, et encore, c'était en partie à cause d'Edouard. Elle avait parfois l'impression que plus le lien sentimental se renforce, plus il devient difficile de laisser libre cours à ses audaces. Peut-être parce qu'on tient de plus en plus sérieusement à l'estime de l'autre. Elle soupçonnait qu'il lui serait plus facile de se livrer à certaines frasques avec un inconnu qu'avec Jean-Luc, qu'elle aimait plus que tout. Mais cela restait une intuition.

Jamais elle n'aurait eu l'idée d'en chercher la confirmation, car la frustration ressentie était somme toute minime, à peine un regret, un vague soupir de temps en temps, en pensant aux étincelles du passé. Peut-être valait-il mieux un amour fort qu'un amour fou.

La piste commençait maintenant à se remplir et elles décidèrent de passer à la partie purement physique de leur programme d'activités. La musique des îles et la rythmique africaine avaient le don de les mettre en mouvement aussi sûrement que la Lune déclenche les marées. C'était comme un appel irrésistible à l'énergie enfouie sous les couches de civilisation. Il suffisait de se laisser habiter par la musique, et le corps s'animait tout seul. De tels moments de ravissement primaire ont quelque chose d'incompréhensible, de totalement imperméable à la pensée, Geneviève le concédait volontiers à Jean-Luc. Un pacte se noue entre le corps et la musique, et la tête est exclue des débats. Si comique que cela parût de se dandiner sur des rythmes créoles, elle ne connaissait pas de plaisir plus simple, plus efficace, plus immédiat. En dansant, elle renouait avec une sorte d'instinct animal, qu'elle n'aurait pas nécessairement voulu revendiquer au grand jour mais qui lui procurait une satisfaction plus solide que tous les plaisirs de l'esprit — ou plutôt préalable à ceux-ci. Ce plaisir, c'était un socle, une assise primitive, un besoin antédiluvien.

Quand elles s'arrêtèrent pour se reposer après une bonne heure de bonheur, deux hommes avaient pris place à la table où elles avaient laissé leurs affaires. Geneviève arriva la première. Stupéfaite, elle les reconnut coup sur coup. À gauche Lionel, et à droite

Antoine Griset, l'homme qui était venu la voir à la galerie. Elle balbutia :

— Antoine, qu'est-ce que vous faites ici ? Vous connaissez Lionel ?

Il répondit du tac au tac et sans sourire :

— Le soir, je m'appelle Edouard.

Geneviève faillit s'étrangler. Elle n'eut même pas le réflexe de se tourner vers Daphné, qui ne savait pas trop où se mettre. Elle qui avait cru devoir mimer la surprise se retrouvait devant une vraie surprise. Elle demanda d'un ton abasourdi :

— Vous vous connaissez déjà ?

Geneviève n'avait même pas entendu tant elle était sous le choc.

— Edouard ?! Vous êtes vraiment Edouard, l'homme des lettres, celui qui me harcèle depuis des mois pour obtenir un rendez-vous ?

— Oui, et finalement je l'ai obtenu sans votre permission, pour vous prouver que ce n'était pas si difficile.

Le moment était tendu. Daphné essaya de faire diversion en s'adressant à Lionel.

— Mais pourquoi es-tu venu ? Tu m'avais dit que ça ne t'intéressait pas.

Lionel répondit avec un sourire faussement penaud.

— C'est Edouard qui a insisté.

Geneviève cherchait encore son souffle.

— Vous... vous alors... vous êtes vraiment incroyable.

Elle ne savait absolument pas comment réagir : piquer une colère, éclater de rire, tourner les talons, remercier Edouard d'avoir crevé l'abcès. Lionel prit l'initiative.

— Je propose que nous buvions à notre rencontre. J'offre les margaritas.

Sans mot dire, Geneviève s'assit docilement à côté d'Edouard. Sur les lèvres de celui-ci flottait un très curieux sourire, comme une victoire pas encore assurée et que l'on veut cacher pour la protéger. Daphné cherchait maintenant à comprendre.

— Edouard, si vous êtes bien l'Edouard vrai et définitif, comment se fait-il que vous connaissiez déjà Geneviève ?

— Eh bien, j'ai visité l'exposition plusieurs fois, jusqu'au moment où Geneviève est passée à la galerie et je l'ai invitée à boire un verre en me présentant sous le nom d'Antoine Griset, professeur en histoire de l'art. Pour tout dire, j'avais déjà fait un passage éclair lors du vernissage, pour voir enfin à qui j'avais affaire. Après tout, votre interdiction ne concernait que Lionel !

— Mais Geneviève, tu ne m'as jamais parlé de ta rencontre avec Antoine !

— Eh bien... non, je pensais qu'il n'y aurait pas de suite. Je ne te raconte que ce qui devient croustillant.

Edouard protesta.

— Ou bien ce qu'on vous écrit !

— Oui, puisque vos lettres étaient croustillantes. Mais au café, vous étiez très correct.

— Bien sûr ! Pour qui me prenez-vous ?

— Oh, je ne sais plus. Vous me donnez le tournis.

— Très bien, et je continue. Ce soir, je vais vous faire danser.

Les margaritas arrivèrent. Lionel porta un toast à eux quatre en suggérant qu'on arrête tout simplement de se prendre la tête. Geneviève fit un sourire vaincu assorti d'un clin d'œil à Daphné, et elle leva son verre. Edouard venait bel et bien de remporter son pari.

À peine son verre terminé, il invita Geneviève à se rendre sur la piste (« Allez, allez, mon baratin, vous le connaissez déjà, allons plutôt danser »). Geneviève n'eut pas la force de protester. Elle était en effet venue pour danser et puis elle commençait à se sentir un peu dépassée.

En temps ordinaire, elle appréhendait toujours de se mettre à danser avec quelqu'un qu'elle connaissait peu ou prou. On s'expose souvent à de sérieuses surprises, qui rendent problématique la suite des relations. Et à l'inverse, il n'est pas plus prudent de se mettre à converser avec un homme que l'on a admiré sur la piste, tant sont nombreuses les tares que le physique ne laisse pas présager. Mais le plus embarrassant reste tout de même le premier cas de figure. L'homme qui a tout pour lui, que l'on fréquente depuis des mois avec le sentiment d'être arrivée au port, peut basculer d'un coup et se ridiculiser irrémédiablement au moment précis où il se met à danser. Soit qu'il oscille d'un pied sur l'autre avec la grâce d'un radiateur, soit qu'il se disloque à tout va comme un pantin désarticulé, soit qu'il cultive les effets spectaculaires et complètement déplacés, genre Fred Astaire ou John Travolta, soit encore qu'il ondule comme un pudding près de s'effondrer. Dans tous ces cas, choisis parmi une infinité, il devient impossible d'imaginer quelque développement charnel que ce soit avec un tel cavalier. Pour quelle raison étrange ? La question reste ouverte, mais les faits sont là, un homme qui bouge mal est un homme éliminé. Et, bien sûr, il n'y a jamais moyen de prévoir. Aucune corrélation simple n'a été relevée à ce jour entre qualité du discours et qualité du déhanchement, il faut chaque fois en passer par l'épreuve des faits, avec généralement un gros soupir à la clé.

C'est pourquoi Geneviève redoutait par-dessus tout le moment de vérité, car comment rester charmante avec Edouard s'il dansait comme un sapeur-pompier ? Mais les événements s'enchaînaient si brusquement que Geneviève n'eut pas vraiment le temps d'hésiter ou de trembler. Non seulement Edouard déboulait devant elle sans prévenir, mais en plus il choisissait de le faire précisément sur une piste de danse. C'était son idée. Tant pis pour lui s'il se prenait les pieds dans le tapis. Pour sa part, elle n'avait rien à perdre. Et puis, la boisson aplanissait les derniers doutes.

À première vue, Edouard ne semblait pas en difficulté. Il s'activait élégamment, ni trop peu, ni trop fort, dans le bon rythme et dans le bon style, avec des gestes nets et précis qui ne manquaient pas d'allure. Il avait un petit air calme et détaché assez séduisant dans sa sobriété (l'horreur absolue : ces minets trop enthousiastes qui roulent des yeux et vous adressent des mimiques éperdues à tout bout de champ). Après avoir dansé seul un moment, Edouard se rapprocha de Geneviève pour entamer le morceau suivant, un merengue bien rythmé. Geneviève prisait beaucoup cette danse facile qui permet de se laisser bercer par la répétition d'un balancement binaire sensuel et rapidement hypnotique. Elle était curieuse de découvrir le style d'Edouard sur ce rythme que certains abordent comme une épreuve olympique et d'autres comme un slow déguisé, deux erreurs également fastidieuses.

Plaçant le tranchant de sa main droite sous l'omoplate de Geneviève, et, de sa main gauche tenant son bras haut levé, Edouard adopta le maintien noble typique des danses latines. Il n'était pas né de la dernière pluie. Il conduisait très bien sa partenaire sans avoir besoin de la plaquer contre lui. Il ne lui parlait pas non plus, tout entier consacré au plaisir d'une entente physique qui se développait dans le même espace délié que la musique.

Le morceau suivant, un cha-cha, apporta la preuve qu'Edouard connaissait bien ses classiques. Arrimant leurs mains en parallèle, il enchaîna les pas glissés, éloignements, rapprochements et pirouettes, qui font tout le charme de ce rythme ludique — et avec l'exacte maîtrise dans les hanches qui assure que l'on est en train de danser et non de gesticuler.

Au changement de musique, il proposa d'interrompre un instant les exploits sportifs pour penser aux nécessités du ravitaillement. Il commanda deux margaritas au bar pendant que Geneviève retournait s'asseoir. Quant aux deux tourtereaux, ils étaient vissés sur la piste, légèrement camouflés derrière d'autres couples pour couver leur bonheur en secret.

Edouard revint avec deux verres et se mit à parler de Lionel. Il le connaissait depuis vingt ans. Ils étaient devenus inséparables au moment où il leur apparut qu'ils avaient jeté leur gourme le même jour, quoique pas avec la même fille, et pas non plus de façon concertée. Ils l'avaient découvert quelques semaines après les faits, en invoquant les circonstances de leur grand saut : « C'était le lendemain de l'éruption du mont Saint-Helens, avait raconté Lionel, et je n'arrivais pas à chasser de ma tête les images que j'avais vues la veille à la télévision. Je me suis lâché bien plus vite que je ne l'aurais voulu ! » À quoi Edouard avait répondu : « Incroyable, j'ai eu exactement le même problème et je m'appliquais en répétant mentalement : Pas le volcan, Pas le volcan ! Une injonction aussi vaine que de ne pas faire attention au robinet qui goutte quand on doit pisser. » Ils avaient éclaté de rire et l'anecdote passa au rang de blague codée. Chaque fois qu'il y avait une issue inéluctable à retarder, l'un des deux murmurait : Pas le volcan, pas le volcan ! L'expérience les avait confortés dans le sentiment qu'ils étaient frères (frères de sperme plutôt que frères de sang). Ensuite, Lionel était sorti longtemps avec une Stéphanie qu'il espérait épouser, mais la pimbêche hésitait entre lui et un autre, et finalement les abandonna tous deux pour partir avec un troisième. Une autre fois, il avait vécu deux ans avec une Charlotte avant de la voir s'envoler vers le Mexique pour répondre aux exigences d'une carrière qu'elle plaçait au premier rang de ses priorités. Il pouvait la suivre ou bien la quitter. Il l'aurait peut-être accompagnée si elle avait présenté la situation plus souplement, mais là il s'estimait roulé. Ces deux expériences le conduisirent à se montrer méfiant. Il traversa une période d'aventures sans lendemain qui le laissèrent insatisfait. Aucune ne lui donnait le goût de se jeter à nouveau dans la grande aventure. Jusqu'à l'arrivée de Daphné. Elle était si directe, si enjouée, si adorable. Il ne pouvait former d'autre projet que de la rendre heureuse. Voilà au moins une fille qui ne lui planterait jamais un couteau dans le dos.

Geneviève fut reconnaissante à Edouard de ne pas s'embarquer dans une discussion pesante sur eux-mêmes, leurs lettres, l'impression qu'il lui donnait maintenant, ce qu'elle en pensait, si elle lui en voulait et toutes ces sortes de choses. Il se comportait comme s'il n'y avait rien de plus naturel que d'être ensemble, et finalement ça l'était. Le flegme d'Edouard, ajouté à la douce euphorie de l'alcool, plongeait Geneviève dans un étonnement amusé. Pourquoi s'était-elle fait un monde de cette rencontre ? C'était tout simple, et même très innocent. Edouard ne la brusquerait pas, elle en était sûre. Au fond, il avait été bien inspiré de lui forcer la main. Elle passait une très bonne soirée et il n'y avait pas de quoi crier au scandale. Puisque Jean-Luc ne dansait pas, elle pouvait bien s'offrir un autre partenaire, le temps d'une sortie. Un homme aussi stylé qu'Edouard était peut-être le moins risqué de tous : il ne l'importunerait pas comme un vulgaire dragueur.

Lionel et Daphné vinrent les rejoindre et Edouard commanda à boire pour eux aussi. Ils étaient roses du plaisir de s'être enlacés tendrement. Lionel lança la conversation sur les meilleurs souvenirs de danse et demanda à Edouard s'il en avait de marquants. Edouard raconta qu'un jour (il était encore très jeune), lors d'une soirée d'anniversaire, alors qu'il se faisait tard et qu'il était passablement éméché, il avait invité une petite brunette qui lui lançait des regards insistants. La séquence des slows était longue et la fille particulièrement accueillante, si bien qu'Edouard sentit monter en lui des instincts non équivoques. Leurs corps se pressaient, les mains voyageaient, et celles d'Edouard, par Dieu sait quel concours de circonstances, aboutirent à la lisière de la jupe, qui n'était pas trop serrée. Il glissa furtivement les doigts pour effleurer la naissance des fesses et fut très surpris de constater qu'aucun élastique ne venait l'arrêter. La coquine ne portait pas de culotte. Il fut littéralement estomaqué par cette découverte. Ce n'était pas tant le contact physique qui le troublait, mais surtout l'idée qu'une demoiselle pût déambuler en public sans sous-vêtements. Depuis ce jour, il ne pouvait plus s'empêcher de se poser des questions à tout bout de champ, détaillant discrètement la mise des femmes sous la ligne des reins ou à l'oblique des fesses pour essayer de diagnostiquer la présence ou l'absence d'un élastique. Geneviève et Daphné se regardèrent, mi-surprises, mi-émoustillées, comprenant tout à coup que, malgré leur façon de se juger émancipées et de porter sur les hommes un regard de manager, elles n'avaient tout simplement jamais songé à se promener en ville dans une humeur aussi disponible. Edouard se refusa à raconter la suite de l'histoire puisqu'il n'était question que de souvenirs de danse.

Lionel enchaîna. Son meilleur souvenir ne se déroulait pas dans un lieu public, mais à la maison. Plus exactement au domicile de ses parents, un soir de nouvel an où il avait invité sa petite amie pour une soirée en tête à tête tandis que ses géniteurs partaient festoyer à l'extérieur. Lui et Rosaline étaient si amoureux qu'ils préféraient faire la fête à deux. Lionel avait été jusqu'à louer un smoking pour le seul plaisir de provoquer des exclamations en ouvrant la porte. Il avait commandé des plats de luxe chez un traiteur et mis au frais plusieurs bouteilles de champagne. En fin de soirée, la deuxième bouteille terminée, Rosaline lui avait demandé de passer leur slow préféré et ils avaient dansé, tendrement enlacés. Après le slow, ils s'étaient sentis remplis d'une juvénile énergie et avaient mis d'autres disques, du rock'n'roll, du disco, tout ce qui leur tombait sous la main. Ils avaient dansé à s'en démettre les rotules, avec un plaisir et une liberté que seule permettait leur intimité, très loin du rôle de composition que l'on s'impose en public. Le regard des autres, le contrôle de ses gestes, tout ce fatras se voyait pulvérisé par leur sorte de transe à deux qui célébrait le pur plaisir d'exister. Cette soirée endiablée continuait à représenter pour Lionel le summum de la joie de danser et s'était terminée par une mémorable bataille de coussins. Ils s'étaient amusés mille fois plus que dans ces endroits convenus où on lance des confettis à minuit.

C'était au tour de Daphné. Elle hésita, puis dit que son plus beau souvenir de danse, c'était quand elle avait onze ans, lors de la fête de fin d'année à l'école. Elle tenait le rôle d'une libellule dans un ballet champêtre que l'institutrice avait soigneusement mis au point. Elle devait sortir d'un cocon et parcourir plusieurs fois la scène en virevoltant, puis se poser sur une feuille géante en attendant le tableau final. Durant tout le temps où elle évoluait sur la scène, elle avait éprouvé le sentiment de se donner totalement, de disparaître littéralement derrière la libellule qui était en elle et de connaître une sorte de bonheur parfait. Elle en garda un souvenir ébloui, surtout quand ses parents lui eurent dit qu'elle était la plus belle libellule qu'ils avaient jamais vue.

Après cette émouvante évocation, Lionel fondait de tendresse :

— Dorénavant, je t'appellerai ma petite libellule.

— Et vous n'avez jamais songé à faire carrière sur les planches ? demanda Edouard.

— Grands dieux non ! J'ai un trac calamiteux. Ce qui compte, dans mon souvenir, ce n'est pas le théâtre, c'est la libellule.

— Je vois. Dans ce cas, on pourrait imaginer que ce jour-là, vous avez gagné un aperçu sur l'une de vos vies antérieures.

Daphné fixa Edouard, qui resta imperturbable. Impossible de savoir s'il blaguait. Elle se dit que ce devait être fatigant au possible, un homme toujours en retrait, toujours susceptible de vous mener en bateau. Elle préférait cent fois la franchise de Lionel.

Il restait Geneviève. Son meilleur souvenir de danse remontait à l'adolescence. Un jour, elle était allée à une soirée avec une amie qui avait reçu la permission de sortir en compagnie de son frère plus âgé, frère dont Geneviève se trouvait éperdument amoureuse. Au cours de la soirée, elle avait décliné plusieurs invitations, de peur de ne pas être libre si d'aventure son prince charmant s'approchait. Il finit par l'inviter, en effet ; elle le suivit en tremblant et ils dansèrent ensemble pendant plusieurs morceaux. Ils échangèrent quelques paroles sans intérêt, mais entre leurs corps le dialogue se nouait, et de manière très claire. Le jeune homme commença bientôt à glisser sa joue contre la sienne, se rapprochant de plus en plus de sa bouche, et elle attendait la suite comme si elle assistait à un compte à rebours. Elle n'avait encore jamais embrassé personne de sa vie. Enfin, leurs lèvres se rencontrèrent, se pressèrent, s'entrouvrirent, et Geneviève fut tellement submergée par ces sensations nouvelles qu'elle tomba tout simplement dans les pommes. Le plaisir avait été trop fort pour elle.

Edouard parut très intéressé. Il commença :

— Et est-ce que vous vous évanouissez chaque fois que vous...

Geneviève l'arrêta.

— On a dit qu'on s'en tenait aux souvenirs de danse.

Daphné pouffa. Lionel se leva.

— Geneviève, me permettez-vous de vous inviter ?

Geneviève accepta.

C'était un morceau qui permettait le slow et Lionel décida de bavarder. Il était manifestement curieux.

— Alors, pas trop secouée ?

— Tout de même. C'est un peu fort. Et vous, vous êtes un sacré voyou !

— Comment ? J'ai fait ce que me dictait mon devoir d'amitié indéfectible.

— Vous avez dû me trouver ridicule, quand je suis venue au musée.

— Vous plaisantez. Vous étiez très touchante. Je suis monté plusieurs fois vous regarder dessiner. J'étais très jaloux d'Edouard. Maintenant, je remercie le ciel d'avoir pensé à moi aussi.

— À vous surtout. Je vous signale qu'il n'y aura rien entre Edouard et moi.

— Vous avez tort. Il faut toujours essayer avant de dire non.

La musique changea, et tous les couples se séparèrent. Edouard et Daphné rejoignirent la piste. Geneviève prit alors plaisir à observer les deux hommes. Lionel bougeait bien, mais d'une manière un peu moins contrôlée qu'Edouard. Il avait un côté jeune chien fou, et fermait par moments les yeux en signe de ravissement tout en scandant le rythme des lèvres ou des mains. Un tel entrain aurait été tout à fait assommant de la part d'un homme imbu de lui-même et en train de calculer ses effets — Geneviève pensait au peintre prétentieux qu'elle avait rencontré récemment et qui aurait pu danser ainsi, en y ajoutant un froncement de sourcils inspiré. Mais, chez Lionel, le naturel éclatait et rendait ses gestes à la fois pataufs et gracieux. Au morceau suivant, le disque-jockey opta pour un rythme antillais. Edouard entoura alors la taille de Geneviève et démontra qu'il maîtrisait très bien la technique de déhanchement chaloupé propre aux danses des îles. Quel plaisir de suivre un bon danseur ! Le mouvement coulait de source, il ne fallait même pas le diriger. Ils se trouvaient maintenant l'un contre l'autre, mais sans pression particulière, leurs corps accordés telles les deux moitiés d'un fruit. Geneviève sentait sur ses reins la main d'Edouard la conduire avec l'autorité nécessaire et suffisante. De temps à autre, il amorçait le geste de la renverser sur le côté, mais, plutôt que de la faire basculer vraiment, il la tenait quelques secondes en équilibre, le regard plongé dans le sien, avant de la redresser en souriant. Geneviève répondait à peine, aimant par-dessus tout se montrer un peu lointaine, mais elle appréciait la manœuvre et laissait affleurer dans ses yeux une sorte de défi indéchiffrable. Ces regards brefs mais intenses pouvaient vouloir tout dire ou ne rien dire, ils donnaient en tout cas cette délicieuse liberté de ne pas s'exprimer clairement.

Edouard ne se permettait aucune attitude incorrecte, mais, comme ses hanches roulaient contre les siennes, Geneviève eut l'impression de sentir à travers l'étoffe qu'il commençait à montrer des signes d'ébullition. Elle sourit intérieurement. Un déclic se produisit en elle. Elle eut brusquement envie de jouer. De suivre un moment ses instincts alléchés. De profiter ne fût-ce qu'un peu du vieux rituel des corps qui chauffent. La musique devint franchement africaine. Zoukez, zoukez. Edouard défit le premier bouton de sa chemise. Rien d'autre. Ses mains ne glissaient pas. Sa tête ne s'inclinait pas. Geneviève, elle aussi, s'appliquait à se montrer imperturbable, alors qu'elle aurait bien supporté quelques velléités de rapprochement. Ils se tenaient toujours par un bras à la taille et l'autre détaché du corps, les mains amarrées sans pression, la tête bien droite, le buste dégagé. Seules les hanches ondulaient de concert en un mouvement croisé, mais si peu appuyé qu'elle pouvait deviner plutôt que vraiment sentir les émois d'Edouard. Ce n'était tout de même pas à elle d'initier un rapprochement charnel — après tous les discours qu'elle avait tenus pour s'y opposer, c'eût été indécent. Au troisième zouk, il demanda :

— N'avez-vous pas soif ?

— Oui, bonne idée, fit-elle, un peu déçue d'interrompre le contact physique, mais pour rien au monde prête à l'avouer.

Lionel avait déjà commandé une autre tournée. Daphné et lui étaient très clairement prêts à basculer dans les grandes effusions. Elle lui caressait la cuisse et lui lançait des regards langoureux qu'il buvait comme du petit-lait. Edouard et Geneviève, de leur côté, vidèrent leur verre en n'abordant que des sujets parfaitement anodins. Tout en se regardant d'une façon insistante, ils s'envoyaient des banalités, du genre : « Vous venez souvent ici ? » et : « Où avez-vous appris à danser ? » C'était presque un jeu. Moins ils avoueraient leur trouble, plus l'excitation monterait. À côté des deux tourtereaux qui se bécotaient avec ravissement, ils semblaient tirer un plaisir encore supérieur à s'éviter, à se tenir dignes, à se montrer aussi peu entreprenants que possible. Ils sirotaient leur margarita en faisant mine de ne rien savoir, et pourtant il y avait bien quelque chose qui se tramait. Geneviève sentait se réveiller les ardeurs d'une machine qu'elle croyait endormie. Un chaos de pulsions autoritaires l'envahissait. L'image de Jean-Luc pâlissait, l'effet de l'alcool s'amplifiait et son corps disait ce qu'il avait à dire. Il avait faim. Faim de festin charnel et de passion coupable, faim de sensations sulfureuses, faim d'être le seul maître à bord. La violence de ce désir la comblait en même temps qu'elle l'effarait. C'était si bon d'avoir faim ! De se sentir vivre !

Edouard se mit à lui parler du cinéma japonais avec un aplomb incroyable. C'est-à-dire, il en parlait comme si c'était vraiment le moment. Elle se demanda combien de temps il allait continuer à la balader dans sa vaste culture. Il y eut une pause, et puis il reprit :

— Et Imamura ? Avez-vous vu *L'Évaporation de l'homme* de Shohei Imamura ? C'est un film qui vous plairait énormément. Toute l'histoire concerne un homme qu'on ne voit jamais. Un truc pile pour vous.

— Edouard, vous n'avez plus envie de danser ?

— Si, bien sûr, mais je croyais que vous étiez fatiguée.

Ils retournèrent vers la piste. Edouard reprit la même pose très correcte et elle se colla un peu plus fort contre lui. Il y eut ensuite deux morceaux de reggae pour lesquels ils se séparèrent, mais le potentiel érotique de la musique restait fort. Geneviève s'autorisa l'audace de scruter le corps d'Edouard. Ses hanches qui tanguaient doucement telle une houle marine. Ses épaules aux mouvements légèrement plus secs. Ses genoux souples et déliés. Son regard qui ne la lâchait pas pendant qu'elle procédait à son petit inventaire. On aurait dit un fauve qui ne bronche pas tandis que l'antilope s'amuse à le narguer. Elle fit un pas en avant et se mit à danser de concert avec lui, leurs corps très proches mais sans aucun contact. Le courant d'air du ventilateur descendait sur eux comme un faisceau pour les unir. Geneviève regardait la bouche d'Edouard, bien dessinée, sensuelle, imperturbable. Elle-même souriait légèrement, un peu intriguée par la réserve de cet homme qui lui avait promis les pires débauches. Allait-elle vraiment devoir le provoquer pour qu'il s'encanaille un peu ? Ce serait un comble. Elle commençait à le désirer furieusement.

Toutefois, le nouveau projet qu'elle venait de s'accorder était délimité. Elle s'imprégnerait de ce trouble délicieux, elle s'amuserait à flirter avec ce beau ténébreux, mais à la fin de la soirée elle rentrerait chez elle pour assouvir son appétit flambant neuf sur le corps assoupi de Jean-Luc. Pas question de déraper.

Le morceau suivant se dansait à deux. Elle hésita un moment. Peut-être en avait-il assez après tout ? Peut-être ne lui plaisait-elle pas ? Il la fixait, insistant et mystérieux. Il s'approcha soudain et l'enlaça fermement, sans prononcer un mot. Elle fut surprise par la vigueur du geste et sentit une vague de frissons la parcourir. Elle baissa les paupières en renversant légèrement la tête, se demandant s'il allait l'embrasser pour de bon. Elle était aux abois. Elle n'aurait même pas la force de simuler une résistance. Mais non. Il se remit à danser. Après ce rapprochement brusque et fougueux, il reprit des mouvements plus composés, l'obligeant à tourner, s'éloigner, revenir. De temps à autre, il l'attirait à lui, son torse pressé contre ses seins, et il tourbillonnait en lui imprimant une séquence de pas rapides pendant un long moment, jusqu'à lui donner le vertige. Elle sentait alors nettement l'érection d'Edouard plaquée contre son ventre, qui lui procurait des bouffées de désir violentes.

Elle aimait particulièrement la façon dont il la conduisait, avec fermeté et nonchalance à la fois. Sa main droite appuyait sur un point du bas de son dos, son centre de gravité sans doute, tandis que l'autre se posait sur son épaule, sur sa hanche, ou au milieu du dos, parfois même il la laissait en poche, comble de la désinvolture et arme de séduction affolante. Geneviève s'abandonnait, se souciant du reste comme d'une guigne, et voulait croire encore que ce feu d'artifice pourrait se limiter à la danse. Elle stimulait ses sens d'autant plus joyeusement qu'elle comptait bien se reprendre à temps.

Mais plus tard vint une lambada, et elle comprit qu'un nouveau pas allait être franchi, peut-être celui du non-retour, qu'elle redoutait tout en le désirant par-dessus tout. Elle sut qu'elle ne pourrait peut-être pas maintenir ses digues. La volonté reculait en même temps que le désir avançait, et le plaisir s'annonçait tel qu'il rendait tout remords ridicule. Le jugement auparavant si sûr perdait de sa réalité. Seul comptait le contact des corps qui se cherchaient. Edouard l'attira à califourchon sur sa cuisse offerte, et la musique les empêcha d'envisager rien d'autre que l'accouplement des corps. Elle laissa son imagination vagabonder, repensant à cette fille si portée sur le sexe qu'elle dansait sans culotte, se voyant elle-même affranchie de toute enveloppe textile. Et le sexe d'Edouard, oui, pourquoi pas, elle le dégagerait du pantalon, ici même sur la piste, pour s'enfoncer dessus, les deux jambes autour de sa taille. Soudés de la sorte, ils continueraient à danser, mais cette fois elle le sentirait de l'intérieur, elle se laisserait masser en rythme, puis il la poserait sur le bord d'une table, elle rejetterait son buste en arrière et il la fouillerait profondément. Elle crierait avec la musique et en réclamerait davantage. De l'ample. Du puissant. Du cosmique. Elle partirait dans les étoiles.

Dans un sursaut, elle reprit ses esprits.

— Edouard, il faut arrêter, souffla-t-elle.

Il obtempéra sans commentaire. En retournant vers la table, elle s'éclipsa un moment pour aller aux toilettes. Quand elle revint, Lionel et Daphné annoncèrent qu'ils allaient rentrer, visiblement avides d'intimité, et estimant sans doute que Geneviève et Edouard pouvaient continuer leur chemin seuls. Elle lança un regard interrogateur vers Edouard qui dit en souriant :

— Vous avez bien encore une minute ?

Sans vouloir acquiescer pour de bon, elle ne fit aucun geste pour annoncer un départ et laissa Daphné et Lionel prendre congé. Daphné lui fit un sourire complice qui en disait long et qu'elle n'osa pas vraiment retourner, mais elle se sentit rougir.

— Il est grand temps que je passe au soda, dit Edouard quand ils furent seuls. Je vous en prends un aussi ?

Elle hocha la tête. Pendant son absence, elle se demanda s'il voulait signifier par là qu'il était temps de revenir sur terre ou si, au contraire, il voulait se prémunir contre les effets amollissants d'une dose d'alcool excessive. Quand il revint, ils évitèrent à nouveau de parler de ce qui était en train de se jouer. Délibérément énigmatique, Edouard ne forçait aucunement le mouvement qu'il avait pourtant amorcé — et avec quelle énergie ! À présent, il était accoudé sur le dossier, une main sous la nuque, l'autre bien sagement sur la cuisse. Il ne montrait aucun empressement particulier. Elle n'allait tout de même pas prendre l'initiative ! Pendant qu'il parlait, elle avait le regard irrésistiblement attiré vers l'échancrure de sa chemise, maintenant élargie par l'ouverture d'un deuxième bouton. Elle devinait la peau. Elle avait envie de la frôler, d'y promener ses lèvres. C'était une chemise en coton blanc à col très court, avec une pince dans le dos, qui ne semblait conçue que pour inviter à y glisser la main. Une petite veine battait dans le cou d'Edouard, juste au-dessous de l'oreille. Elle avait envie de l'embrasser à cet endroit. Elle décida de se contenir et de se montrer aussi convenable que lui, jambes croisées, mains jointes, puisque non, trois fois non, elle n'était pas une femme facile. Simplement, elle respirait un peu fort. Elle s'était recoiffée, rafraîchie, repoudrée, reparfumée. Mais elle n'avait pas remis de rouge à lèvres. Elle voulait se sentir nue pour le baiser éventuel. Mais on en était loin. Ils discutaient maintenant de littérature. Edouard expliquait très sérieusement sa théorie sur la dissolution de la littérature comme préfiguration du destin de la civilisation dans son ensemble, et ce destin avait pour nom eau de boudin.

— La civilisation est une rivière qui s'arrêtera en plein désert, absorbée par le sable, dit-il.

Et, comme sans s'en apercevoir, il défit un bouton supplémentaire, laissant deviner le muscle pectoral et la naissance de l'aisselle alors qu'il se penchait pour prendre son verre. Geneviève tâcha d'argumenter en faveur d'une théorie moins pessimiste. Après tout, s'il est présomptueux de croire que les choses vont quelque part, il l'est sans doute autant de déclarer la voie sans issue. Qui sommes-nous pour savoir ? Edouard acquiesça.

— Bien sûr, ce n'est qu'une opinion. Je pense que c'est la moins dangereuse, individuellement, car elle pose des limites au désenchantement. Collectivement, c'est différent. On ne construit une société que sur de solides illusions.

Il reposa son verre, se recala contre le dossier et écarta légèrement les jambes.

Geneviève vit là une invitation à la prière. Elle s'imaginait, sur un seul geste d'Edouard, s'agenouillant entre ses jambes, défaisant sa braguette, vestale attentive à entretenir la flamme sacrée. En elle grondait une joie barbare. La joie d'être présente, d'être vivante, de sentir son sang battre et de pouvoir céder aux injonctions du corps. Mais Edouard ne donnait aucun signe d'accélération. C'était inquiétant à la longue. Avait-il changé d'avis ? Elle ne pouvait douter de ses dispositions — certains signes ne trompent pas — alors à quoi jouait-il ? Comptait-il l'amener à implorer sa pitié en guise de punition pour la trop longue attente ? Il ne fallait tout de même pas qu'il exagère. Elle n'était pas du genre à se traîner aux pieds d'un homme, fût-il affolant. Il la regardait toujours droit dans les yeux, avec insistance et distance à la fois, tout en lui débitant de savantes considérations sur le monde actuel.

La nuit avançait. On avait bien dépassé les trois heures du matin et le disque-jockey se lança dans la première séquence de slows. Edouard ne broncha pas. Geneviève non plus. Elle n'allait pas l'inviter, ça, jamais. Il continuait à disserter et elle approuvait d'un air docte. Au deuxième slow, il se leva, prit Geneviève par la main, sans lui demander son avis.

— Nous allons conclure cette soirée, dit-il d'un ton net.

Que voulait-il dire par là ? Que la fête était déjà finie ? Ou bien qu'elle allait commencer ? Sur la piste, il l'enlaça des deux bras avec délicatesse, la regardant si intensément qu'elle dut détourner la tête. Elle frôla sa joue et se blottit contre lui. Alors, il resserra soudain son étreinte jusqu'à la presser fortement, comme quelqu'un qu'on ne veut pas quitter. Elle répondit d'une manière pas tout à fait aussi vigoureuse, mais sans équivoque, et elle posa son front sur l'épaule d'Edouard, en signe de reddition. Il fit de même en continuant à la serrer avec ferveur. Ils étaient maintenant soudés. Un monde parfaitement clos. Un seul bouchon porté par la vague. Geneviève dérivait dans un vertige délicieux, dans un cocon de sensualité. Ils restèrent pendant tout le morceau fermement enlacés, le front baissé en signe de bénédiction.

Au changement de musique, ils se dégagèrent un peu, à peine, juste de quoi s'autoriser quelques incursions sur le corps de l'autre. La main d'Edouard descendit dans le dos de Geneviève, la main de Geneviève se rapprocha de la nuque d'Edouard, et leurs tempes se rejoignirent. Leurs hanches restaient fermement collées, et le roulis entretenait l'érection d'Edouard, tel un noyau dur blotti entre leurs deux chairs. Ils respiraient fort et se délectaient des caresses vaporeuses que le souffle de l'autre leur glissait dans le cou. Quand Geneviève se redressa pour rehausser ses seins et mieux les presser contre le torse d'Edouard, elle vit que son regard avait changé. Il était un peu égaré, un peu brouillon, comme si elle le prenait au milieu d'une grande question. Elle eut une envie folle de l'embrasser mais se força à détourner la tête et à reprendre position, un peu plus appuyée contre lui. La main d'Edouard descendit encore un peu, glissa vers la hanche, hésitant peut-être à aborder les fesses sans détour. Elle descendit sur la hanche, remonta, redescendit avec seulement deux doigts, semblant chercher quelque chose. Geneviève redressa la tête et chuchota dans l'oreille d'Edouard :

— Je viens de l'enlever, dans les toilettes.

Edouard se recula et la regarda, interloqué. Elle eut peur de l'avoir choqué. Se mordit les lèvres. Esquissa un petit sourire. Dans les prunelles d'Edouard s'alluma alors une lueur qui grandit à la vitesse d'un bolide. Soutenir ce regard-là fut le moment le plus grisant de toute sa vie. Elle ne détourna pas la tête. Elle répondit en tendant légèrement les lèvres et Edouard s'y posa comme dans un film au ralenti, suscitant des tremblements de terre dans toutes les directions. Juste le contact des lèvres, d'abord léger, puis fort, puis léger à nouveau, ensuite elles s'entrouvrirent, demandant la permission d'entrer, et la langue d'Edouard vint s'insinuer, effleurer ses lèvres, restant sur le seuil en attendant d'être accueillie, pour enfin se lover dans sa douceur à elle, se vautrer tel un chat sur le divan, s'étirer, se reprendre et remercier par une tendresse sur le pas de la porte.

Ce baiser langoureux la laissa le cœur affolé et les larmes aux yeux. Elle enfouit son visage dans le cou d'Edouard et le serra très fort. Quand il l'invita à redresser la tête, elle vit qu'il avait les yeux noyés lui aussi. L'émotion redoublant le désir, ils étaient prêts à se dévorer sur place. Le corps surchauffé, la gorge nouée, ils connaissaient un trouble intense, à la limite du supportable, un peu comme ce moment précis de l'ivresse où l'on se sent prêt à basculer dans l'inconscience. Ils passèrent la fin des slows à se presser et se caresser autant que la décence le permet. Après quoi, Edouard décréta : « Sortons d'ici » et Geneviève le suivit sans mot dire.

À partir de ce moment, Edouard fut franchement directif. Geneviève le suivait en somnambule, ignorant ses intentions, sans rien connaître que le bonheur du moment, de suivre un homme, d'être à lui.

— Vous savez que je n'habite pas très loin d'ici. Venez, nous allons traverser la Seine.

Geneviève s'étonna qu'il ne fût pas en voiture mais ne souffla mot. Il était peut-être venu avec Lionel. Elle ferait tout ce qu'il dirait. Il enveloppait son épaule et ne parlait pas. Il marchait vite. Arrivé au milieu du pont, il l'arrêta d'un geste autoritaire.

— Geneviève, je veux vous découvrir à ciel ouvert.

Il la poussa contre le parapet et l'embrassa délicatement, puis ses mains descendirent sur son corps, prenant enfin l'exact contour de ses fesses. Geneviève protesta faiblement :

— Mais Edouard, il fait froid.

— Juste un instant, laissez-vous faire.

Geneviève aimait cet ordre. « Laissez-vous faire. » Comme s'il était coiffeur ou médecin. Elle pouvait s'en remettre à lui. Il savait comment procéder. Ses mains se posèrent en douces coquilles chaudes sur ses seins. Il venait d'écarter les pans de son manteau et de baisser son bustier d'un geste sûr, le replaçant juste au-dessous de la naissance des seins. Elle ressemblait du coup aux déesses crétoises exposées dans les musées, tout habillée mais la poitrine découverte, il ne lui manquait que les serpents à brandir à bout de bras. Edouard la souleva pour l'asseoir sur le bord du muret. Elle lança des regards inquiets à gauche et à droite.

— Edouard, êtes-vous sûr ?

— Nous sommes seuls au milieu du pont. Vous verrez les gens venir de loin.

Edouard avait maintenant le visage à hauteur de ses seins, saisis par le froid. Il entreprit d'en réchauffer un de sa bouche tandis qu'il enveloppait l'autre d'une main rassurante. Edouard savait exactement faire le bonheur d'un sein, le laper de mille délicatesses comme pour en resculpter la pointe. Geneviève sentit son corps répondre avec la promptitude d'une bête sauvage. Des battements sourds dans son bas-ventre annonçaient la nécessité d'être pénétrée. Sa respiration s'affolait. Elle ne surveillait les environs que par intermittence et cambrait le buste pour donner toute la prise possible aux gâteries d'Edouard. Une main virtuose et une langue gourmande sur sa gorge parvinrent à tirer de son corps plus de sensations encore que toute la soirée à s'enivrer de rythmes. Ses seins se laissaient adorer comme d'authentiques et reconnaissantes divinités tutélaires. Edouard les contemplait à cet instant en les gavant de caresses délicates. Il était charmeur de seins comme on est charmeur de serpents, avec des gestes précis mais déliés — une maîtrise proche de celle du danseur. Geneviève, en appui sur les mains, la tête rejetée en arrière, buvait le plaisir à grandes goulées. Puis elle sentit Edouard glisser une main sous les froufrous de sa jupe ample.

Cela faisait près d'une heure qu'elle avait sacrifié ses dessous, et cette seule circonstance aurait déjà suffi à entretenir son émoi. Sentir la soie de la jupe glisser librement sur ses fesses, sentir l'air fluide entourer son intimité en lieu et place d'une étoffe tendue, cette liberté qu'elle s'autorisait pour la première fois lui tournait la tête. En quittant le bar et en marchant dans la rue, elle avait subi les premières atteintes de l'air frais qui glissait entre ses cuisses et elle se serait volontiers abandonnée tout entière à la caresse du vent. Maintenant qu'Edouard soulevait sa jupe, elle percevait les mouvements de l'air froid contre son sexe humide comme autant de vagues d'une marée montant à l'assaut de ses rives, telle une main liquide dotée de mille doigts pressés de la caresser. Edouard remonta le long de l'intérieur de la cuisse, effleura légèrement la toison, interrogea du doigt l'inclination des lieux à se laisser découvrir. Geneviève poussa un gémissement inquiet, regarda autour d'elle, chavirant déjà de toute sa tête. Elle ramena sur sa poitrine les pans de son manteau et se laissa rouler en arrière, couchée en oblique sur le rebord du pont. En pivotant la tête, elle apercevait les bords de la Seine, les voitures, les lumières. Edouard voulut remonter sa jupe, mais elle s'y opposa en fin de parcours, d'une main posée en barrage au niveau de la hanche. Il n'allait pas la dénuder complètement en plein milieu d'un pont ! Le compromis s'établit à la naissance des cuisses. Geneviève n'était pas nue, mais son sexe affleurait, île à peine plus haute que le niveau de la mer. Edouard en apercevait la première plage, en devinait les reliefs intrigants, et d'une main légère commença l'exploration des terres invisibles. Geneviève frémissait d'être livrée à l'air libre autant qu'aux attouchements d'Edouard. Entre la ligne des bas et celle de la jupe qu'elle maintenant à la lisière de ses mystères, elle sentait cette langue de fraîcheur qui la léchait littéralement. Elle n'avait jamais rien éprouvé de pareil. L'impression d'être immergée dans une caresse. Edouard, lui, s'immergeait en elle, et tandis qu'il l'explorait, elle ouvrait de plus en plus nettement les cuisses, élargissant le territoire des sensations, se dépliant, déchiffonnant son sexe telle une fleur exposée au soleil. Edouard progressait en semi-aveugle sous les bords de la jupe, épousant délicatement les reliefs qui se découvraient sous ses doigts, longeant et relongeant la même vallée, atteignant la chair sensible tapie en son centre, ouvrant une barrière après l'autre, savourant l'abandon progressif de Geneviève. Quand il investit finalement sa chaleur la plus profonde, il sentit le corps de Geneviève venir irrésistiblement à sa rencontre, s'enfonçant résolument sur lui, et son bassin glissa plus loin que sa jupe (dont elle retenait peut-être les bords à dessein), découvrant tout d'un coup sa nudité jusqu'aux hanches. Il avait devant les yeux le sexe de Geneviève, offert et palpitant, coulissant sur son doigt plus qu'il ne le caressait lui-même. Geneviève, c'est vrai, ne tenait presque plus son corps. Elle était prise entre le froid mordant de la pierre et la chaleur aiguë de la pénétration. Enserrée par la gaine fluide et glacée de l'air hivernal, elle s'empalait sur une flamme.

Tout en continuant à la sonder, Edouard entreprit de visiter la toison qui venait de s'offrir à sa vue, encore pudique dans sa noirceur compacte et lisse. D'une seule main, il révéla le relief des lèvres toutes prêtes à l'accueillir, et sous les lèvres un bijou mouillé que la lumière orange du réverbère rendait aussi miroitant que l'eau de la Seine. Geneviève se cabra sous la morsure du froid. Morsure délicieuse qui l'amena au bord de la jouissance. Elle attendit quelques secondes, dans une tension extrême, qu'Edouard se décidât à oser le seul geste absolument nécessaire en ce moment : l'embrasser à la source. Il se pencha vers elle et la parcourut d'abord du bout de la langue dans une promenade méthodique qui inversait en permanence le contraste du froid et du chaud sur le velours intime ouvert entre ses doigts. Geneviève haletait et se tendait, au bord de la brisure. Toujours pénétrée, et maintenant léchée au cœur, elle allait rompre les amarres. Edouard réduisit son mouvement et l'appuya, berçant de sa langue le noyau dur de Geneviève, qui tremblait comme la peau d'un tambour. Elle fut lacérée par une vibration intense, étouffant des cris, puis retomba, épave désarticulée. Edouard laissa d'abord ses mains couver l'incandescence, puis il remit en place la jupe, tira Geneviève par les bras et la serra contre lui, toute chaude et pantelante. Dans sa gratitude de femelle repue, elle l'embrassa passionnément dans le cou, sur l'oreille, sur la tempe, sur la bouche, où elle alla chercher sa langue et lui raconta son bonheur. En même temps, sa main descendit s'enquérir des dispositions d'Edouard ; il était en pleine effervescence. Elle enserra son membre à travers l'étoffe, le massa fermement et murmura :

— Je le veux.

— Allons chez moi, répondit Edouard.

Ils firent presque en courant les cinq cents mètres restants. Arrivé à hauteur du porche, Edouard sortit ses clés et commença à tâtonner pour trouver la serrure. Geneviève en profita pour se coller dans son dos, glisser prestement les mains dans les poches de son pantalon et se mettre à masser doucement son sexe un peu relâché. Elle le raffermit très rapidement. Edouard s'était immobilisé, la clé engagée dans la serrure, et il posa son front contre la porte, apparemment saisi dans son geste et disposé à se laisser manipuler. Elle regarda à gauche et à droite. La rue était déserte. Elle défit la braguette et alla chercher le sexe d'Edouard pour le dresser en plein air. Il pointait maintenant par l'échancrure du pantalon, elle ne le voyait pas mais le sentait de tous ses doigts, charnu et palpitant. Elle l'entourait des deux mains, le flattait, le câlinait comme un athlète avant la course. Edouard, immobile, ne trahissait son trouble que par la respiration saccadée qui soulevait son dos. Elle eut très envie de le mettre entièrement nu, là, contre la porte d'entrée, et de le saouler de caresses. Elle s'apprêtait à descendre au moins le pantalon sous les fesses, mais elle vit quelqu'un se profiler au bout de la rue et souffla tout en rhabillant vaguement Edouard :

— Du monde ! Rentrons.

Il ne bougeait pas. Elle lui tapota l'épaule.

— Edouard, rentrons !

Il poussa un soupir, tourna la clé dans la serrure, poussa la porte, et puis seulement se redressa, entra à sa suite et se jeta sur elle, contre les boîtes aux lettres, dans un baiser ravageur. Là, elle s'enhardit à le remettre à nu et à le regarder, superbement tendu. Il avait un membre parfait, des bourses menues très haut placées, une toison peu abondante et claire qui n'attirait pas le regard, renversant un peu les canons de la virilité. Tout etait dans la chair. Il se laissa admirer et cajoler un moment, puis murmura :

— J'ai des voisins dans cet immeuble. Montons.

Elle le rajusta, puis il s'élança dans l'escalier et elle dut courir pour le rattraper.

Encore essoufflé par le plaisir ou par la montée, il dit en entrant :

— Je ne vous impose pas la visite guidée, vous connaissez déjà. Si vous voulez user de la salle de bains, j'en profiterai pour préparer un petit sandwich. Je meurs de faim.

Quand Geneviève sortit de la douche enveloppée de la sortie de bain d'Edouard, elle avait elle aussi une faim de loup.

— Voilà, j'ai préparé une assiette-dépannage, avec une mousse de fraises en dessert. Mangez à votre aise, je reviens dans un instant.

Geneviève avala un sandwich au gruyère, un autre aux fromage blanc et radis, puis elle dégusta le dessert en déambulant dans le salon. Edouard avait mis de la musique à consonance religieuse, une sorte de chant grégorien mais avec un rythme de batterie dans le fond. Le syncrétisme moderne. Comme il ne ressortait toujours pas de la salle de bains, elle éteignit les lumières et se coucha, nue, sur le lit. Peu après, elle entendit un bruit de porte, puis le pas d'Edouard dans le séjour.

Il apparut dans l'encadrement de la porte, complètement nu, contemplant Geneviève dans la pénombre, sans dire un mot. Il tenait à la main sa part de mousse de fraises et une cuiller avec laquelle il commença à picorer.

— Vous permettez que je termine mon dessert ?

— Je vous en prie.

Il avança jusqu'à la fenêtre et s'appuya dans l'encadrement de celle-ci pour manger tout en regardant

Geneviève. Entre chaque bouchée, il formulait un petit commentaire, sur un ton curieusement neutre, presque professoral. « Vous êtes très belle et très désirable. » « Vous dansez comme une déesse ottomane. » « Votre parfum m'enivre jusqu'aux doigts de pieds. » « Vos seins rendraient fous tous les abbés du Moyen-Âge. » « Il est dans mes projets de vous faire subir les derniers outrages. » Dits avec émotion, ces mots lui auraient probablement semblé ridicules. Mais, avec ce ton détaché et cette prononciation précise, elle y trouvait une nouvelle source d'excitation. De plus, comme il se trouvait à contre-jour, elle ne voyait pas son visage. Son corps se détachait en contours nets sur la lueur faible de la rue. Les épaules larges. Les hanches solides. Elle devinait la verge à moitié gonflée et les jambes prêtes à bondir.

Elle s'enhardit.

— Edouard, puis-je lécher la fin de votre dessert ?

Il marqua un bref temps d'arrêt.

— Dans le ravier ?

— Où vous voulez.

Elle le sentit sourire. Il posa la cuiller sur la table, saisit son membre à pleine main et le frotta contre les bords du récipient. Puis, il posa les mains sur les montants de la fenêtre, tel un crucifié, et murmura :

— Je vous attends.

Geneviève se leva et s'approcha d'Edouard, resta debout devant lui un moment. Son sexe était déjà raide. Il tressaillit quand de sa main droite elle lui soupesa les bourses. Elle s'agenouilla et attaqua le dessert à grands coups de langue. Après un débarbouillage grossier, elle fit doucement glisser la peau du membre gonflé pour voir apparaître sa chair intérieure, pulpeuse et sensible. Edouard soupirait d'aise, même si elle sentait ses efforts pour contenir son émoi. Elle l'engloutit à pleine bouche. Il se cabra. Puis, tout en le gardant enveloppé, elle reprit le massage des bourses, les soupesant, les roulant, les lissant comme une fourrure de chat. Le gland d'Edouard palpitait sous ses lèvres. Elle le léchait et le contemplait alternativement, friande du spectacle. Quand il fut suffisamment attisé, Geneviève passa aux manœuvres plus nettes et dirigées. Elle l'avait attrapé au lasso, maintenant elle devait l'attirer vers l'enclos et le mener au point où le plaisir l'abattrait. Les soupirs d'Edouard se faisaient râles et son bassin basculait vers l'avant, poussant son sexe comme un fruit à cueillir, quémandant chaleur et mouvements soyeux. Elle était résolue, mais pas nerveuse. Elle ne voulait rien précipiter. Il allait grimper longtemps vers les cimes, s'il arrivait à se discipliner. Petit à petit, elle sentit son corps se raidir dans l'effort de se retenir. Elle ralentit, allégea, reprit quelque distance. Sa langue se fit rapide, légère ; elle tournoyait, baisotait, suçotait, aspira un début de rosée salée-sucrée, puis elle se releva en glissant son corps contre celui d'Edouard.

En mettant ses mains sur les siennes, toujours posées sur les montants de la fenêtre, elle lui intima l'ordre de ne pas bouger. Elle happa le sexe d'Edouard à l'horizontale entre ses cuisses et se mit à osciller, comme assise sur une poutre vivante et douce. Elle se caressait en le caressant, et sans lui permettre de bouger, les bras le long de ses bras, son souffle dans son oreille. Lentement, le membre qu'elle humectait lui fit monter des élancements dans le ventre, de plus en plus intenses, levant une bourrasque brutale qui éclata en bulles dorées dans sa tête et au-delà. Elle se raidit contre Edouard pendant que tous les mirages du monde défilaient dans la pièce. Edouard dut lutter durement pour ne pas décoller avec elle et se retrouva haletant.

Elle se détacha de lui, laissant son sexe luisant claquer sur son ventre, et s'écroula sur le lit, la face contre le sol, les jambes écartées à titre d'invitation à conclure. Edouard vint s'agenouiller entre ses cuisses, et, pour se reprendre lui-même autant que pour la laisser revenir sur terre, se mit à lui caresser doucement les fesses. Elle frémissait tel un cratère après le carnage. Quand l'usage de ses sens lui fut revenu, elle sentit naître l'appétit pour d'autres orgies, plus définitives. Ses hanches ondulaient toutes seules et se soulevaient pour quémander l'assaut. Edouard la laissa attendre un moment, jouissant par les yeux de la voir à ce point rendue, puis il poussa sa langue entre les fesses offertes, ce qui décupla les désirs et grondements du volcan tapi sous lui. Alors, se redressant sur les genoux, il souleva énergiquement la croupe de Geneviève et s'enfonça d'un trait dans ses moiteurs de bête. Elle poussa un cri. Creusant le dos sous l'intrusion, elle aplatit ses épaules au sol, ne laissant émerger d'elle que l'instinct ancestral, et délirant de bonheur sous les rafales. Elle poussait des gémissements de contentement dont le rythme s'emballa avec les coups de reins d'Edouard. Elle était prise et explorée autant qu'une femme peut en rêver malgré elle. Ouverte à l'extrême, implorante, écartelée, elle recevait les chocs comme autant de déflagrations nécessaires. N'eût été son éducation, elle aurait hurlé : « Oui, oui, encore, prends-moi, baise-moi, c'est bon, vas-y ! »

Edouard, qui la tenait fermement par les hanches, glissa ses mains vers ses seins et se courba sur elle pour tempérer le galop. Sa queue allait et venait au ralenti. Il se massait lentement à l'entrée de Geneviève, le temps de se ménager une nouvelle distance à couvrir. Il soupesait ses seins, petits mais lourds de plaisir, agaçait les tétons, mordillait les épaules, léchait les oreilles, et continuait à régaler son intérieur par des mouvements retenus. Elle voulut le gâter aussi et tendit le bras sous elle, ouvrant la main entre ses cuisses pour embrasser d'une seule caresse les couilles d'Edouard en plein travail. À peine déliées du sexe, elles butaient contre ses lèvres à chaque secousse, dans un tremblement délicieux. Edouard se cabra sous le contact précis. Elle leur fit un nid qui voyageait avec elles, les enrobant, les flattant, ravie par leur texture d'une douceur infinie, qui contrastait si bien avec la vigueur du membre en train de la fouiller. Edouard amplifia progressivement la vitesse et la force des cognées, fermant les yeux, se concentrant, adorant et remerciant la nature. Il se rendait au vertige, mais ne livrait qu'un bastion à la fois, pour sentir les paliers un par un, coup après coup, les arcs qui se tendent, la pression qui monte, les munitions qui s'amassent. Geneviève, aplatie, sauf son cul au plus haut perché, et sa main pianotant le bonheur d'Edouard, goûtait la joie brûlante de la cible épinglée. Edouard chercha encore un moment à garder le monde en place, puis fut emporté par le mouvement qui dessoudait ses entournures. Il termina le sprint en athlète déjà vainqueur, et presque évanoui : titubant, trébuchant, délirant. Il fut pris de soubresauts qui le déchiquetèrent, sentit son corps partir en lamelles, puis le plaisir l'atomiser d'un coup fulgurant, lumière aveuglante, dilatation instantanée, bruit sourd, vibration plutôt que bruit, qui occupe l'espace soudain infini du crâne. Puis il s'abattit sur sa proie et la mouilla de ses larmes.

Edouard suffoquait et Geneviève elle-même avait le cœur en carton-pâte.

Ils roulèrent sur le côté et s'endormirent très vite pour ne pas affronter le chaos des sentiments plus emmêlés que leurs corps.

XIII

Paris, le 6 décembre

Cher Edouard,

Je vous félicite. Vous avez mené toute cette affaire de main de maître. De la première à la dernière note. Car il s'agira bien de la dernière.
Vous avez mis tant de soin et d'art à m'arracher au silence que pour un peu je me sentirais cruelle de vouloir y retourner brutalement, et définitivement. Mais il le faut.
Parce que le feu d'artifice était parfait et insurpassable.
Je vous devrai l'un des mes souvenirs les plus flamboyants, c'est un immense cadeau tombé du ciel, mais je veux le garder pour ce qu'il est : une étoile filante, aussi fulgurante que vite évanouie.
Pour l'amour de moi, je vous conjure de ne pas protester. D'ailleurs, je vous retournerai vos lettres sans les ouvrir.
Nul ne retouchera l'histoire que nous avons vécue, même pas vous.
Ne cherchez pas l'erreur, la faille, l'explication. Il n'y en a pas d'autre que celle-ci : tout est bien ainsi

Quand on a atteint la perfection, il faut passer à autre chose.

Au fond, je ne crois pas que vous me désapprouverez. Vous avez bien senti que nous formions une œuvre d'art plutôt qu'un couple raisonnable. Une composition savante, mais très loin du réel. On ne peut pas vivre aux nues.

Quand vous avez surgi devant moi, j'ai d'abord eu des frissons glacés dans le dos, pensant que vous aviez commis une très grosse erreur, pris un risque intolérable. Mais l'esclandre n'étant pas dans mon caractère, j'ai accepté de relâcher la bride, tout en regrettant d'avoir perdu le mystère. C'était sans compter avec le désir, le désir rauque et indomptable que vous pouviez m'offrir à la place.

Ce fut un merveilleux voyage, une victoire des sens ressentie intensément dans chaque parcelle de mon corps. J'ai aimé éperdument cette vitalité du désir, cette poussée de fièvre, cet orage fastueux. C'était comme participer à un moment exceptionnel, genre catastrophe naturelle, sursaut de la matière sauvage. Quel bain de jouvence nous avons pris ! Un bain à bulles. Pour toute cette énergie, merci.

Nous aurons maintenant chacun dans notre tête les mêmes images jusqu'à la fin des temps, comme si réellement nous avions fait le même rêve. Mais souffrez que je revienne sur terre et continue mon petit bonhomme de chemin.

Votre numéro était vraiment très bien. Vous pourrez sûrement le recycler ailleurs. Edouard, le séducteur épistolier, triomphe des plus solides résistances. Frissons garantis.

À moins que vous ne cherchiez vraiment l'âme sœur. Après tout, c'est fort possible. Vous la trouverez si vous l'abordez comme vous m'avez abordée, avec votre fougue tantôt lâchée, tantôt bridée, votre infinie délicatesse, vos mains mielleuses et bien d'autres choses. Vous êtes fin prêt. Ne vous gaspillez plus sur une femme attachée. Prenez le large et allez vers celle qui vous attend.

Amicalement,

Geneviève

Pour en savoir plus
sur les éditions Belfond
(catalogue complet, auteurs, titres,
extraits de livres),
vous pouvez consulter notre site Internet :
www.belfond.fr

Impression réalisée sur CAMERON par

BUSSIÈRE CAMEDAN IMPRIMERIES
GROUPE CPI
*à Saint-Amand-Montrond (Cher)
en octobre 2003*

N° d'édition : 4039/03. — N° d'impression : 034673/1.
Dépôt légal : août 2003.

Imprimé en France